四季の〈うた〉

草弥のブログ抄

木村草弥 *Kimura Kusaya*

K-SOHYA
POEM BLOG

澪標

四季の〈うた〉——草弥のブログ抄

木村草弥

はしがき

この本は私のブログK-SOHYA POEM BLOGの抄出である。

私がブログをやるようになった「いきさつ」などを書いておきたい。

二〇〇一年九月にニューヨークの高層の世界貿易ビルが、イスラム過激派の攻撃を受け、乗っ取られた民間航空機が二機ビルに突入して炎上し崩壊する事件が起こり、世界中が震撼した。

この事件をきっかけに一般市民が「私にも発言させろ」と、そのツールとして利用し始めたのが少し前に考案されたブログなのである。

プログラミングに不慣れな人でも、既成のフォームを使えば誰でも文章が簡単に打てるようになった。

日本では二〇〇三年の秋頃、富士通が「ココログ」を有料で始めたばかり。

私は二〇〇三年秋にアメリカのblogspotというサイトを利用し始めた。

日本語は西欧語と違って特殊なので、ワードプロセッサによる変換を行う必要があり、そんな変換が巧く行かなくて、私の打った文章が「文字化け」を起こし、それが二度三度と続くので放棄した。

二〇〇四年になって、他のところもブログをやり始め、私はＮＴＴのやっていたDoblogに拠って二〇〇四年二月から本格的にブログを始めた。

どういう形態のブログにするか考えて、朝日新聞連載の大岡信の「折々のうた」、同じ大岡信が学習研究社から出した「うたの歳時記」全五巻を参照して、詩・短歌・俳句という「短詩形」の文芸を扱うのに特化して執筆している。自作も多めに採っている。

途中、二〇〇九年にNTTのホストサーバーが障害を起こし、結局廃止されたので、アメリカはラスベガスに本拠を置くFC2に移り現在に至っている。FC2はアメリカ籍ではあるが、やっているのは大阪の日本人らしい。

私のブログ執筆は文章を書くトレーニングにもなり、私は、それらを「草の領域」と名づけて保存して来て、ここからは私の歌集、詩集など数冊が誕生している。

以来、十数年にわたって書いてきた。もちろん重複や再掲載もあるが総数は数百件になるだろう。

この本では「古今和歌集」以来の伝統に即して、季節毎の「部立」を採ることにしたが、季節分類はアバウトなのでお許しいただきたい。

もとより拙いものではあるが総数一三一篇となる。

この本では多くの「俳句」を引いてあるが出典は河出書房新社刊の平井照敏編『歳時記』に拠る。

平井本は例句や出典、古典の記載も詳しく、よく出来た本だった。

平井照敏は元々はフランス文学専攻だが俳句に転向、加藤楸邨の「寒雷」編集長を務めた。

「俳句は世界一短い詩」が持論だった。

元のブログでは見やすくするためにカラー画像を入れたり、YouTubeの画や音楽が聴けたり、また関連記事の「リンク」を貼ることも出来たが、この本では不可能である。

そんなことでヴィジュアル的には無味乾燥したものになるが仕方ない。

この本を書くに当って　光本恵子『人生の伴侶』

　三井修エッセイ集『雪降る国から砂降る国へ』を参照した。

このブログはヴァーチャルなもので、私が死んだら消え失せてしまうので、何とかして「紙媒体」として残したかったので、今回何とか念願を果たせて幸運だった。

同好の人たちの閲覧をお願いしたい。

私は来年二月で満九十一歳となる。

一応、元気にはしているがいつ死ぬか分からない昨今である。

今年は溜まっていた原稿を歌集・詩集二冊にして上梓した。

やっておきたいことは、ほぼやり終えたという心境である。


私の珠玉の詩・歌・句の〈うた〉の華《はな》よ、はばたけ！

四季の〈うた〉——もくじ

新年

春

夏

新年

閑

大岡信

ハツ春ノ
空ニタチマチ湧キイデテ
羽音モタテズ狂ヒタツ
雪サナガラノ思ヒカナ

オモシロク狂ツテ舞ヘバ
身ハ幽谷ニ浮ク鶴ノ
声ハ大気ヲツン裂イテ
スガタハ空ノ青ニ染ム

閑閑タリ
ヒトリ遊ビノ
小宇宙

巌ニ星モ　エイ
咲カシテミシヨウ

この詩は学習研究社一九八五年十二月刊の「うたの歳時記―冬のうた」に載るものである。5、7という日本の伝統的な音数律に則った詩作りになっている。

日本の現代詩作家も、こういう日本古来の韻律に時には立ち返ることもあるのである。

北海道の鶴居村で舞う鶴の姿は感動的である。鶴は春の繁殖期を前にして、もう番いの間で愛を確かめる愛技ともいえる「舞い」をはじめる。涙ぐましい自然の摂理とも言えようか。

「鶴」はメデタイものの縁起物として引かれるので、新年を迎えた今の時期のものとして出しておく。

――季節の《うた》鑑賞――新年の句と歌（1）

■老いざまはとまれ生きざま年初め　安住敦

ここ数年間、有名な

去年今年貫く棒の如きもの　高浜虚子

を引いてきたが、余りにも芸が無いので、余り知られていない佳句を引いた。

安住敦は私の好きな俳人で、もう何度も句を引いてきた。この句は老いの境地にいる私にふさわしい、と思った。

ともあれ、年が改まったのであるから、気分を新たにして生きたい。

新年の念《おもい》というのは、古来さまざまに詠まれて来た。以下、初めに「短歌」を、次に「俳句」を採り上げる。

■新しいなにかがやって来そうな日ほのにおやかに朝茜空　加藤克己

ながらく歌壇長老だった人だが、先年亡くなった。

年が改まると言っても、虚子の句のように、時間は「棒」のように一本の貫いたものであるから、特別に感慨を新たにする必要などないのだが、それは、こちらの気持の持ちようで、誰しも新年という区切りをつけて気分を一新したいからである。

■お正月はここにきはまる角《つの》もちて慈姑《くわゐ》ほこつとオモダカ科なり　今野寿美

「慈姑」クワイは、お節料理の定番だが、私は久しく食べていない。
亡妻も余りお節料理には加えなかった。あの独特の、ほろっとした風味は懐かしい。

■元日や手を洗ひをる夕ごころ　芥川龍之介

彼は、もとより小説家ではあるが、俳句にも佳い句を残している。
今までに何度か引いたことがある。
元日の朝ではなく、「夕方」を詠んだところに、天邪鬼な彼の心が見えて面白い。

■元日の昼過ぎにうらさびしけれ　細見綾子

こういう気分を感じたことはないだろうか。

■元旦やふどしたたんで枕上ミ　村上鬼城

余り綺麗な句ではないが、新年になったので「ふんどし」も新しいものにして、枕元に置いて寝る、というのだ。

「枕上ミ」は「まくらかみ」と読む。昔の人の句は読むのにも苦労する。

ということは、寝るときは「ふんどし」を外してあるのだから「ふりチン」で寝ているということだが、考えてみたら、そのほうが何かと便利ではある。ご放念あれ。

以下、「新年」を詠んだ句を引いて終わる。

オリオンの楯新しき年に入る　橋本多佳子
年いよよ水のごとくに迎ふかな　大野林火

朝酒はせず年頭の雪つのらす　古沢太穂
ふとうかぶ一句を玉と年新た　福田甲子雄
年変はる他は大方変はらざる　小出秋光
あらたまの彩はこびきし緋連雀　きくちつねこ
年立つや華甲きのふと思ひしに　野見山ひふみ

（注）「華甲」とは六十歳の異称である。

未知といふ豊かな余白年あらた　松本夜詩夫
あらたまのこむらがへりでありにけり　夏井いつき
怒濤駆けよる残波岬の年始　岸本マチ子
あらたまや息災といふ宝もの　小菅礼子
願い事無き身軽さの年はじめ　田所ひろし

■老いの愛水のごとくに年新た　　飯田蛇笏

老人にも「愛」の感情とか「性」の欲求というものは、あるのである。

古来、中国でも日本でも、人々は「老い」を嫌がり、「不老不死」を求めたのだった。

今の時代は、文明国では人々は長生きになり、老人も「性」を貪るらしい。

飯田蛇笏は七七歳で亡くなっているが、いまの私は彼の没年を超えた。

彼は、老いの愛は「水のごとく」と詠むが、今の老人がどうかは読者の想像に任せたい。

■老とおもひいまだとおもひ年立てり　　及川貞

この人は女であるが、自分では「老人」と思うことに抵抗している。

■星恋のまたひととせのはじめの夜　　山口誓子

■年立つて耳順ぞ何に殉ずべき　　佐藤鬼房

■人死んでまた死んで年新たなり　　草間時彦

ここに引いたような句は、年頭にあたって「老い」について考察している。いずれも作者は若くはなく、いわゆる老人と言えるだろう。

「耳順」とは孔子の『論語』にある「六十而耳順」（六十にして耳したがう）が出典であって、年齢の六十歳のことを表す。

■八十の恋や俳句や年の花　　細見しゅこう

こうなると、「すごいね」と言う他はない。
ピカソは八〇歳にして何番目かの妻に子を産ませているから不思議ではない。

■草の戸にひとり男や花の春　　村上鬼城

この句などは私のことを言われているのかと思ってしまう。

■喜寿の賀を素直にうけて老の春　　富安風生

■おいらくのほのぼのかなし明の春　　山口青邨

■八つ口をほころばせたり老の春　　阿波野青畝

俳人たちは、自分の老いをさまざまに描いて感慨に耽っている。

最後に、きれいな、美味な、美しい句を引いて終わりたい。

■明の春はなびら餅にごぼうの香　　大石洋子

「はなびら餅」は、正式には「葩餅」と書く。

これは、御所ゆかりの菓子だとか、茶道の表千家の「菱葩餅」を菓子化したものだなどのいくつかの説がある。

この餅を貫いている「棒」は、「ごぼう」を棒状にカットして甘く柔らかく煮たもので、微かに牛蒡の香りがする。掲出句は、それを詠んでいる。

■人日《じんじつ》の日もて終りし昭和かな　稲畑汀子

■人日や江戸千代紙の紅づくし　木内彰志

冒頭に掲出した稲畑汀子の句について言うと、昭和天皇の亡くなったのは昭和六四年の一月七日だった。翌日一九八九・一・八をもって、元号は「平成」と改まったのであった。

私は、その時、ニュージーランドのオークランドからオーストラリアのシドニーへの飛行機の中に居て、そのニュースを聞いたのだった。

思えば、昭和も遠くなったものである。平成も終わり、今や「令和三年」である。

なお「元号一覧」について考えてみるのも面白いので見てみてください。


先に書いたように元日から六日まで「六日年取り」として過し、七日は年改まる日と考えられていた。

今日、七日は七種粥《ななくさ》を食べる風習が平安時代から行われ、今に続いている。

一年の無病息災を祈りつつ粥を食べる日であり、七日に門松などの正月飾りを外す地域も多い。

「人日」という呼称の由来については、五日付けで先に書いた。

「七種粥」についても、昨年までに何度も書いたので参照されたい。

さて「七草」のことである。

正式には、七日の前日に今日七日朝に食べる七種の草の材料として用意したものを賞味するのである。

昨日付けで書いたものを再録すると、天明頃の本『閭里歳時記』に「七種の菜を採りて明朝の粥にまじへ食ふこと、旧きならはしなり。城下にてはわづかに芹・菘等を用ひて、必ずしも七草を用ひず。今夕、かの菜を魚板に置き、桶の上にあげ、擂木《すりこぎ》・魚箸《まなばし》等をも載せて、菜を割りながら節あり、〈七種なづな、唐土の鳥と、日本の鳥と、渡らぬ先に〉と、はやすなり。時々にはやして暁に至る。家々にすることなり」とある。

■人日や古き映画に原節子　　木内満子

「原節子」は往年の大スターだった。キリッとした美貌が、まぶしかった。

「永遠の処女」と呼ばれた彼女だが、先年に肺炎のために九五歳で亡くなった、という。

ここでは、「人日」に因む句を引いて終わる。

何をもて人日の客もてなさん　　高浜虚子
人の日や読みつぐグリム物語　　前田普羅

人日のこころ放てば山ありぬ　長谷川双魚

人日の厨に暗き独言　角川源義

人日の夕凍み頃をふらり行く　佐藤鬼房

人日やにぎたまもまた臓のうち　野沢節子

人日の納屋にしばらく用事あり　山本洋子

人日の肝胆沈む枕か　宇多喜代子

人日や粥に小匙の塩加減　伊藤白雲

人日の空のぼりつめ観覧車　星野恒彦

人日の暮れて眼鏡を折り畳む　岩城久治

人日や日暮れて鯛のすまし汁　秋篠光広

人の日の墓に備への竹箒　熊田俠邨

人日や昭和を楯のわれも老ゆ　江ほむら

人日や海鵜は高き杭を得て　玉木郁子

人日の日を分け合ひし烏骨鶏　天野きく江

蠟梅が咲くとろとろととろとろと　青柳志解樹

蠟梅は年末から年始にかけて咲くが、花期は長いので今がポツポツ咲きはじめたというところである。

この句の「とろとろと　とろとろと」というオノマトペが秀逸である。

この句に添えた彼のコメントには「老人がローバイの花を見ながら、日向でとろとろと、うたた寝している」様という。

蠟梅は、丁度いま年末から新年の時期にかけて咲く花である。

花期は寒い時期なので満開になるには一ヶ月くらいは綺麗に見られる。

葉が残っていると、黄色の花が見え難いので葉をむしって落したりする。

蠟梅は学名をChimonanthus prawcoxというが、中国には広く分布している。

花びらが芯まで黄色一色なのが「素心蠟梅」という。花びらが「蠟」に似ているので蠟梅という。

いかにも蠟細工で出来ているという感じの花である。

花は下向きにつく。下から見上げると青空に花びらが少し透けて見える。

中国から渡来したので「唐梅」の名もあるが、梅とは別種のもの。

きわめて香りの強いもので、屋内であれば頭痛を起すのではないかと思われる。

私の家の庭の一角にも、他所から頂いた蠟梅が位置を占めているが、樹形を大きくしないように維持するのに苦心している。

放っておくと大きくなりすぎて、他の木を日蔭にしてしまうので始末に悪い。しかし花の少ない冬の景物として貴重な存在である。

以下、蠟梅を詠んだ句を引いて終わりにしたい。

蠟梅のこぼれ日障子透きとほす　菅裸馬
蠟梅のかをりやひとの家につかれ　橋本多佳子
蠟梅の咲くゆるゑ淡海いくたびも　森澄雄
蠟梅に斎庭《ゆには》は雪を敷きにけり　宮下翠舟
蠟梅やいつか色ます昼の月　有馬朗人
蠟梅の光沢といふ硬さかな　山上樹実雄
蠟梅のぬかるみ匂ふ鯖の道　吉田鴻司
蠟梅の蕾の数が花の数　倉田紘文
蠟梅に虻は上向きつつ移る　高木石子
蠟梅につめたき鳥の貌があり　岸本尚毅
蠟梅の蕾ながらも黄の目立つ　江口竹亭
蠟梅の咲く日溜りを皆好む　佐藤兎庸

蠟梅の花びら重し花透けて

安田建司

凍仏《いてぼとけ》小にしてなお地にうもれ　　鈴木六林男

嵯峨野の化野《あだしの》念仏寺の辺りは千年前には「風葬」の地であった。風葬とは、今でもチベットなどで行われる死体を野っぱらに放置して、獣や鳥に肉を食わせ、あるいは腐るに任せる葬送の方法である。

この寺は現在は浄土宗に属する寺だが、およそ千年前、空海が、ここに五智山如来寺を開創し、野ざらしになっていた遺骸を埋葬したことにはじまるという。

「あだし野」というと『徒然草』にも「あだし野の露消える時なく、鳥辺野の烟立さらでのみ住み果る習なれば、如何に物の哀もなからん世は定めなきこそいみじけれ」と書かれている、かつての葬送の地に建ち、境内に集められたおびただしい数の石仏が、葬送地としての過去を彷彿とさせる。

寺の本尊は阿弥陀如来で、湛慶の作。本堂は江戸時代に再興されたもの。

夏の八月二三〜二四日の地蔵盆のときの「千灯供養」は有名である。

この寺の地番は　京都市右京区嵯峨鳥居本化野町　という。

掲出句は、夏の千灯供養が、凄絶ではありながら、火の力によって温もりを感じるのに対して、きびしく凍てる京都の冬の名も無き石仏のみじめな姿を、よく活写しているというべきだろう。

石くれ仏ひしめく限り冬茜　文挟夫佐恵

あだし野に日の一すぢの霰かな　徳永山冬子

石仏の首から首へ虎落笛《もがりぶえ》　鷹羽狩行

冬ざれの片寄せ小さき仏たち　二橋満璃

化野のひとつづつ消ゆ冬灯　間中恵美子

鼻寒きわれに鼻なき餓死仏　秋元不死男

風葬の明るさの原ひかりは凍《し》み　榎本冬一郎

かなしみのきわまるときしさまざまの
物象顕《た》ちて寒の虹ある　　坪野哲久

雨と太陽光線とがあって虹が立つのが普通だが、哲久は「物象顕ちて寒の虹」が立つと詠っている。これは上の句に「かなしみのきわまるとき」と書いているように、作者の心が空に立たせた幻の虹かとさえ思わせる。

「きわまるときし」の「し」は強調の助詞である。

上の句と下の句とが相まって、歌に独特の孤高性と浪漫性をもたらしている。『碧巌』所載。

加藤楸邨の句に

Thou too Brutus！　今も冬虹消えやすく

というのがあるのを思いだした。冬の虹というのは、そういう消えやすい「はかない」ものである。坪野哲久の歌の「かなしみのきわまるとき」という把握の仕方と相通じるものがあるかと思う。

坪野哲久については前にも一度採り上げたことがあるが、昭和初期にプロレタリア短歌運動で活躍、昭和五年、第一歌集『九月一日』を刊行したが発禁処分を受ける。昭和四六年『碧巌』で読売文学賞受賞。石川県生まれ。昭和六三年没。哲久の歌は心象を詠いあげたものが多い。叙景だけの歌というものはない。「物象」などという「漢語」の使い方が独特である。仏教用語も多用する。以下、少し哲久の季節の歌を引いて終わりにする。

- 母のくににかへり来しかなや炎々と冬濤圧《お》して太陽没《しづ》む
- 母よ母よ息ふとぶととはきたまへ夜天は炎えて雪零《こぼ》すなり
- 天地にしまける雪かあはれかもははのほそ息絶えだえつづく
- 牡丹雪ふりいでしかば母のいのち絶えなむとして燃えつぎにけり
- 寒潮にひそめる巌《いはほ》生きをりとせぼねを彎《ま》げてわが見飽かなく
- 死にゆくは醜悪《しうを》を超えてきびしけれ百花を撒かん人の子われは
- もろもろのなげきわかつと子を生みき子の貌《かほ》いたしふる霜の花
- 冬星のとがり青める光もてひとりうたげすいのちとげしめ
- 冬なればあぐらのなかに子を入れて灰書きすなり灰の仮名書き
- 曇天の海荒るるさまをゆめにみき没細部なる曇天あはれ

はじめから八首までの歌は、ふるさと石川県に臨終の母を看取った時の歌であろうか。時あたかも冬の時期であったようで、能登の怒濤の寄せる海の景物と相まって、母に寄せる心象を盛った歌群である。

歌集『百花』『桜』『留花門』から引いた。

干鮭も空也の痩せも寒の中　　松尾芭蕉

今年は閏年なので、一月六日に二十四節気の「小寒」に入った。いわゆる「寒の入り」であり、大寒の一月二十日を経て、節分（立春の前日）までの三十日間を「寒」という。

この間を「寒の内」と言い、寒さの一番きびしい頃である。

「空也」上人は「念仏行者」の始祖と言われる人で「南無阿弥陀仏」と唱えながら京の町や、日本中の村々を歩いて「念仏」行を提唱して回ったという人である。

上人像はあちこちにあるらしいが、この像は、京都の北西の端に聳える愛宕山の尾根を東に30分ほど下る月輪寺にある。

この寺は、寺伝によると藤原京時代の大宝四年（七〇四年）に泰澄が開山した寺で、空也はここで修行したという。

像の口の前に変なものが出ているが、これは「仏」さまが数体、空也の口から出ているもので、その意味は、空也が「南無阿弥陀仏」と念仏を唱えて行をしたので、有難い仏さまが空也の口から出て来る、ということを表しているらしい。

どこの像も、みなこのようになっているという。

芭蕉の句にある空也の像が、どこのものかは判らないが、芭蕉の旅日記があるから、恐らく解明済みであろうと思われる。

諸国を行乞して歩いた空也であるから、像の上人も、ひどく痩せている。芭蕉の句は、その「痩せ」を寒の歳時として峻しく捉えて句にしている。

結城音彦氏からお聞きしたところによると、この句の制作場所について、参考になるかとお知らせいただいたので載せておく。

それによると、元禄十三年十二月、四八歳、京都での作、ということである。

また、結城氏の意見では「空也」＝「空也僧」とされており、この句には「都に旅寝して、鉢叩きのあはれなる勤めを夜毎に聞き侍りて」という前書きがあるようで、この解釈が正確なのであろう。

だから、掲出句は「空也」像を見ての作句ではないのである。

その結城音彦氏も先年、突然亡くなられてしまって寂しい限りである。

ここに結城氏の御教示を載せて、ありし日を偲ぶよすがとしたい。

「寒の入り」あるいは「小寒」「寒」を詠んだ句を引いて終わりたい。

きびきびと万物寒に入りにけり　富安風生
校正の赤きペンもつ寒の入り　山口青邨
寒の入り心あやふき折には旅　中村草田男

寒に入るわが跫音は聴くべかり　加藤楸邨
百はある鶏卵みがく寒の入り　及川孤雨
中年のどれも足早や寒に入る　宮尾苔水
小寒のひかり浸して刷毛目雲　火村卓造
一切の行蔵寒にある思ひ　高浜虚子
捨水の即ち氷る寒に在り　池内たけし
黒き牛つなげり寒の真竹原　水原秋桜子
乾坤に寒といふ語のひびき満つ　富安風生
約束の寒の土筆を煮て下さい　川端茅舎
痩せし身をまた運ばるる寒の内　石田波郷
寒の日の爛々とわれ老ゆるかな　中川宋淵

冷えまさる如月の今宵
「夜咄《よばなし》の茶事」と名づけて我ら寛ぐ　木村草弥

この歌は私の第一歌集『茶の四季』（角川書店）に載るもので、「夜咄の茶事」という十一首からなる一連のはじめの歌である。

「夜咄の茶事」というのは伝統的な茶道の行事で、作法としても結構むつかしいものだが、私たちは、歌にも「寛ぐ」と書いたように略式にして楽しんだものである。

千利休などが茶道の基礎を固めはじめた頃は、茶道は、もっと融通無碍の自由なものであった。

それが代々宗匠の手を経るに従って、それらの形式が「教条主義」に陥ってしまった。

そういう茶道界の内実を知る私たちとしては、そういう縛りから自らを解放して、もっと自由な茶道をめざしたいと考えた。

だから先人にならって「番茶道」を提唱したりした。

利休語録として有名な言葉だが、

「茶の湯とはただに湯を沸かし茶をたてて心静かにのむばかりなる」

というのが、ある。これは、まさに先に私が書いた利休の茶道の原点なのである。

この「夜咄の茶事」の一連は、私にとっても自信と愛着のあるものなので、ここに引用しておく。

夜咄の茶事　　木村草弥

冷えまさる如月の今宵「夜咄の茶事」と名づけて我ら寛ぐ
風化せる恭仁《くに》の古材は杉の戸に波をゑがけり旧《ふる》き泉川
年ごとに替る干支の香合の数多くなり歳月つもる
雑念を払ふしじまの風のむた雪虫ひとつ宙にかがやく
釜の湯のちんちんと鳴る頃あひの湯を注ぐとき茶の香り立つ
緑青のふきたる銅《あか》の水指にたたへる水はきさらぎの彩《いろ》
恭仁京の宮の辺りに敷かれゐし塼《せん》もて風炉の敷瓦とす
アユタヤのチアン王女を思はしむ鈍き光の南鐐《シャム》の建水
呉須の器の藍濃き膚《はだへ》ほてらせて葩《はなびら》餅《もち》はくれなゐの色
釉薬の白くかかりて一碗はたつぷりとに荷余りてをりぬ
手捻りの稚拙のかたちほほ笑まし茶盌の銘は「亞土」とありて

雪　　三好達治

太郎を眠らせ、太郎の屋根に雪ふりつむ。
次郎を眠らせ、次郎の屋根に雪ふりつむ。

三好達治は、私が少年の頃から好きな詩人だった。大学に居るときに文芸講演会があって、大きな法経教室で三好達治が話をした。

題名も詳しい話の内容も忘れたが、その中でポール・ヴァレリーの言葉として《散文は歩行であるが、詩はダンスである》という話が、私には数十年来、ずっと心に残っている。このことは、あちこちに書いたし、このブログでも書いたかと思うが、散文と詩の違いを極めて的確に、この言葉は言い表わしている、と思う。

参考までに書いておくと、ヴァレリーの、この言葉は彼のエッセイ「詩と抽象的思考」(一九三九年)の中で書いていることである。

そんなことで三好達治は大好きな詩人として私の「詩」生活とともに、あった。

達治は私とは、もう二世代も前の人、というより私の母と同じ歳だが、彼の詩集は私の書架に残る。

正確に言うと、昨年夏に私の書斎を整理して殆どの本を「日本現代詩歌文学館」や城陽市図書館などに寄贈したので、現在、私の手元には、ない。

晩年の「駱駝の瘤にまたがって」という枯淡の境に達した作品なども、舐めるようにして読んだ。

達治の詩は難解な詩句は何もない。俳句や短歌という日本の伝統詩にも理解があり、自分でもたくさん作っている。「詩」の中に俳句や短歌をコラージュとして含めることも、よくあった。

と、いうより、短歌とか俳句とか詩とかのジャンルの区分をしなかった。

掲出した詩は、一行目と二行目との「太郎」と「次郎」の詩句の違いだけで、字数もきっちり同じという、すっきりした詩の構成になっている。

「詩」作りの常套的な手法として「ルフラン」(リフレイン)が有効であるが、この詩の場合には、これがお手本というような見事なルフランである。


この詩を下敷きにして短歌などがいくつか作られた。

もちろん、その作者なりの必然的な表現として、ではあるが。


三好達治(一九〇〇年八月二三日〜一九六四年四月五日)は、大阪市西区西横堀町に生まれた。

父政吉・母タツの長男。家業は印刷業を営んでいたが、しだいに没落し、大阪市内で転居を繰り返した。達治は小学時代から「神経衰弱」に苦しみ、学校は欠席がちだったが、図書館に通って高山樗牛、夏目漱石、徳冨蘆花などを耽読した。大阪府立市岡中学に入学し、俳句をはじめ、「ホトトギス」を購読した。学費が続かず、中学二年で中退し、大阪陸軍地方幼年学校に入学・卒業、陸軍中央幼年学校本科に入学、大正九年陸軍士官学校に入学するも翌年、退校処分となった。このころ家業が破産、父親は失踪し、以後大学を出るまで学資は叔母の藤井氏が出してくれた。大正十一年、第三高等学校文科丙類に入学。三高時代はニーチェやツルゲーネフを耽読し、丸山薫の影響で詩作を始める。東京帝国大学文学部仏文科卒。

大学在学中に梶井基次郎らとともに同人誌『青空』に参加。その後萩原朔太郎と知り合い、詩誌『詩と詩論』創刊に携わる。シャルル・ボードレールの散文詩集『巴里の憂鬱』の全訳を手がけた後、処女詩集『測量船』を刊行。叙情的な作風で人気を博す。

十数冊の詩集の他に、詩歌の手引書として『詩を読む人のために』、随筆集『路傍の花』『月の十日』などがある。また中国文学者吉川幸次郎との共著『新唐詩選』(岩波新書青版)は半世紀を越え、絶えず重版されている。

若いころから朔太郎の妹アイに憧れ、求婚するが、彼女の両親の反対にあい、断念。

が、アイが夫佐藤惣之助に先立たれると妻智恵子(佐藤春夫の姪)と離婚し、アイを妻とし、三国で暮らす。しかし、すぐに離婚する。

これを題材にして書かれたのが萩原葉子(朔太郎の娘)による『天上の花』(現在は講談社文芸文庫)である。

一九五三年に芸術院賞(『駱駝の瘤にまたがって』)、一九六三年に読売文学賞を受賞(『定本三好達治

全詩集』筑摩書房)。翌年、心臓発作で急死。
没後ほどなく、『三好達治全集』(全十二巻、筑摩書房)の刊行が開始された。

つらら落つる朝の光のかがやきが
横ざまに薙《な》ぐ神経叢を　木村草弥

この歌は私の第二歌集『嘉木』（角川書店）に載るものである。

今日は、「つらら」を詠んだ私の歌を載せた。


この歌を作った頃、私の神経は異常にぴりぴりしていて、ナーヴァスになっていた。なんとかして、この心理状態を歌にできないものか、といろいろ考えた末に出来たのが、この歌である。

私としては「つらら」という一風あやういものと「神経叢」との取り合わせが面白いと思ったのだが、発表したときの皆の反応は、良くなかった。

もう一つ判り難いというのだった。しかし私は敢えて歌集にも収録した。

日常ばかりを詠むのが歌ではないと考えたからである。いかがであろうか。


「氷柱」と書いて「つらら」と読む。水の滴りが寒気のもとで成長して凍ったもので寒い地域での冬の風物詩と言えるだろう。

以下、「つらら」を詠んだ句を引いて終わる。

みちのくの町はいぶせき氷柱かな　山口青邨
氷柱落つ音に遅れて朝日来る　篠田悌二郎
夕焼けてなほそだつなる氷柱かな　中村汀女
いま落ちし氷柱が海に透けてをり　橋本鶏二
巌つららぽつんと折れて枢通す　岸田稚魚
大文字は好きな山なり草つらら　波多野爽波
みちのくの星入り氷柱吾に呉れよ　鷹羽狩行
人泊めて氷柱街道かがやけり　黒田杏子
日に痩せて月に太りし氷柱かな　上野泰
後の世に逢はば二本の氷柱かな　大木あまり
木曽は木の国木の樋に氷柱して　小川原嘘師
後朝や草の氷柱の賑やかに　市川葉
白鳥の嘴の垂氷のまだ落ちず　加藤未英
軒氷柱ぐるりに垂るる宿に着く　里川久美子

掲出した私の歌の前に

コーラスのおさらひをする妻の声メゾ・ソプラノに冬の陽やさし　　木村草弥

私には愛着のある歌なので敢えて書き出しておく。

春

折勝家鴨句集『ログインパスワード』
――ふらんす堂二〇一七・四・二七刊――


この句集が恵贈されてきた。

折勝家鴨さんとは、FBの「友人」として出会った。と言ってもヴァーチャルな付き合いであって、まだ会ったことはない。名前を知ったのはネット上の「週刊俳句」の「2018角川俳句賞落選展」という記事の中で見つけて、私のブログの「月次掲示板」に何度か採り上げた。

そこには「＊一次予選通過作品」の表示があったので、そこそこの実力の作家なのだということが分かった。

その命名が特異である。だから、初めから強い印象を持った。

ネット検索していると、この句集に載る「跋」の加藤静夫の文章が出てきた。

今回、現実の句集をいただく前に、この文章は目にしていたのである。

この句集は綺麗な造本である。地色に白くボカシで「鍵」が十個ほども描いてある。

装丁・和兎と書いてあるが、凝ったもので快い。

版元のふらんす堂の案内を読むと「ドイツ装」だと書いてある。

調べてみると「ドイツ装」というのは製本の初めの段階で表紙と背表紙に厚紙を糊付けする工程を指

すらしい。厚紙を貼るのはすべて手作業だということで、あと強力なプレス機で、ぎゅっと押さえつけるらしい。改めて、この本を手に取って、しげしげと眺めてみると、そのことが、よく判る。

そんな意味でも、この句集は、とても凝った製作になるものだった。

このことからも、版元からして、この女流俳人の門出に、並々ならぬ趣向を凝らしたというべきである。敢えて書いておく。


この本が出たときの版元・ふらんす堂社長の「ふらんす堂編集日記」というのを読んでもらいたい。

ここには、この俳句会「鷹」主宰・小川軽舟の「序」文から、加藤静夫の「跋」文のさわりが載る。


ここで私と「鷹俳句会」との多少の縁《えにし》について書いておきたい。

先ず「俳人・飯島晴子のこと」という私の一連の記事（カテゴリに収録）を読んでみてもらいたい。

ご存じのように飯島晴子は「鷹」藤田湘子の同行者である。そんなことで「鷹」ないしは藤田湘子のことはずっと前から意識の中にあったのである。


周辺をぐるぐる廻るのではなく、そろそろ本題に入りたい。

著者の折勝家鴨（おりかつ・あひる）さんは一九六二年生まれ、横浜市在住の俳人で、女性である。

二〇〇三年「鷹」に入会し藤田湘子に師事、二〇〇五年に小川軽舟に師事、二〇〇八年「鷹」同人、二〇一二年「鷹新葉賞」を受賞されている。

平成二七年から「事業部長」を務めている。どんなことをやるのか私には分からないが、いろんな会としての事業の設営などの「下積み」をするらしい。

平成三〇年に第十四回日本詩歌句随筆評論大賞俳句部門努力賞を受賞されている。

生年から勘定してみると、もう五十歳代ということになり若くはない。

本句集は二〇〇三年から二〇一六年年までの十三年間の作品を収録した第一句集である。序を小川軽舟主宰、跋を加藤静夫さんが寄せている。

彼女の現実の姿を彷彿させるために、この本の「跋」に書かれた加藤静夫の文から、少し引く。

「もちろん俳句が注目されたわけではなかった。吟行の際のファッションが只事ではないのである。

………

折勝家鴨は紐ワンピ（細い肩紐のワンピース）の裾をひらひらさせながら、踵の高い靴で平然と野山を闊歩するのだ。

ある時は胸元が大胆にカットされたブラウス、またある時は膝上数センチの革のミニスカート……、俳句の神様も赤面するようなファッションに、私たち鷹衆は吟行のたびに度肝を抜かれ胸を痛めたものである。」

センセイショナルな引用であったかも知れないが、私が勝手に言っているのではないので、お許しを。題名「ログインパスワード」がネット用語であるように、現代のツールを駆使する才女であるらしい。

「目次」は

第一章　市松模様
第二章　大陸
第三章　ラブホテル
第四章　多肉植物　　　となっている。

作品を見てみよう。

・働く日数えてしだれざくらかな
・山桜夜はきちんと真っ暗に
・かんたんによろこぶおたまじゃくしかな
・わたくしは女キャベツの葉をめくる

これらが小川軽舟の先ず引く作品である。そして

梅白し死者のログインパスワード

出世作という一句。これが句集の題に取られている。現代を言い表して、過不足がない。これについては後でも書く。

・桜咲く金を遣いに東京へ

この感覚、よくわかる。田舎暮らしの私には、「金を使いに」という感覚はないが、地方から来た人にある実感なのだろう。

・沈黙を待って三分ヒヤシンス

喫茶店か何かの相対の席、相手を思い口を開くのを待っているが三分が限度というのだ。この沈黙を句にできるのか、と驚く。上手い。きっと、ヒヤシンスが咲いていたのだろう。

・良き夫の基準まちまちジギタリス

ジギタリスの何であるかを知ると、少し怖い句。花は美しく観賞用に置く人もいる。

・十七歳年下の彼胡桃割る

単純に彼の若さと逞しさに称賛の声をあげたのだろう。詠み手の歳を取ったと感じ始めた感覚に共鳴する。

・日が落ちて妻となりけり冬薔薇

切り替える必要あり、職業婦人と妻。よくわかる。「日が落ちて」フルタイムで目一杯の感じが出ている。冬薔薇に両立への矜持が現れている。

・太陽を描くクレヨン昭和の日

この句によって想起されるもの、昭和の子供の持つクレヨン、大体の子はお日さまを描くとき、赤かオレンジ、ちょっと変わった子がいて、黄色・緑・黒、心理分析なんかしていたなあ。

・わたくしは女キャベツの葉をめくる

すごく共感する。「女は作られる」と言った思想家がいた。普段女と思って行動しているわけではないが、「わたくしは女」そう思う瞬間のひとつがこれだ。

・雪兎家族はガラス戸のむこう

不思議な暖かさが感じられた。ガラス戸で遮られていても、視線や灯り、この場面では、雪兎を作る子供は外にいてほしい。

・うららかや開けて嬉しきコンビーフ

この句にも大共感。独身の一人暮らしで、遅く起きたときのブランチを思い出す。コンビーフの缶は、開けるのに技と時間が必要なのだ。

・働く日数えてしだれざくらかな

なぜしだれざくらなのだろうか？　働く日を数えるのはなぜなのか。こう言うとき読み手は、自身の経験に照らし合わせるしかすべがない。桜咲く頃、家庭には状況の変動が起こる。夫の転勤、子供の進学進級。主婦が今の仕事をやめざるを得なくなる。日ごと膨らむ桜の蕾、しだれざくらの花時は遅い。仕事に来るのはあと何日？

・露の世や畑のなかのラブホテル

この光景は私のすむ町から近い奈良大阪の府県境にもある。「露の世」この言葉が、佳い。

・鳥籠を十月の風通りけり

この鳥籠に鳥はいるのだろうか？　多分、空。だから気づいた。そう思って読んだ。秋のさっぱりと透き通る涼感が感じられた。

・引越のトラックに乗る今日の月

どんな事情かは知らぬが、最後は荷物と一緒にトラックの助手席に乗るような引っ越し。俳人冥利につきるのは「今日の月」に気づいたこと。嬉しさが最後に浮き出る。

・雛の日やつんと冷たき除光液

女性独特の句。一日の終わりの爪の手入れ。

・子の恋は子供産む恋雪間草

本能に任せる恋の結末、浮き世の合間にふっと出されるニュース。

・夏近し少年院の楠大樹

建物と塀、外から見える唯一のもの、楠大樹。中でも季節感がある恐らく唯一のもの、少年達は希望を抱くのだろうか。

・象の背の夏蝶空へ飛びたてり

象にとっては、何でもないこと。存在もわかってないこと。夏蝶の行動が美しく、輝いて見えたのだ。

・生きること死ぬこと春に笑うこと

ここでは「死ぬこと」と繋げて対句表現で整えて、春の高揚感をさらに持ち上げている。

・圧倒的多数のひとり黒揚羽

目立ちたい。そういう願望もあるのかもしれない。それに否定的なスタンスを持っているのかもしれない。現実は圧倒的多数の中へ埋もれている。

梅白し死者のログインパスワード

まず滑らかな口調に誘われ、一度口ずさむと、もう忘れられなくなる。

死者のログインパスワード？　私はもう死んでしまった人が、冥界で与えられる認識符号のようなものを想像した。
ようやく辿り着き、これを与えられて落ち着く、そんな状況を、である。
他の方の解釈では、この世の残されたものの困惑を語っておられた。
多分ログインなのだからそっちだ、と思ったのだが、第一印象から離れられない。

・文学と余りご飯と虫の声

この作者の、主婦としての日常。

・てのひらのどんぐり家に帰らぬ子

夕飯の支度の時間が迫る、親が帰ろうといっても、まだという子。夕暮れの懐かしい光景である。

・古き家の古き鏡や梅真白

平成十七年、武蔵小金井での吟行句だという。加藤静夫は、この句に彼女の成長を見た、という。

・太陽に遠く女陰あり稲の花

この句は大胆で凄い。開き直った成熟した女の作品である。秀逸。

・桐は実に奇数は次の数を待つ

これは、主宰・小川軽舟の句「偶数は必ず割れて春かもめ」を踏まえたものとみて間違いなかろう。

・萩咲くや笑顔の母の近餓え《ちかがつ》

浅学にして私は、この言葉「近餓え」を知らなかった。辞書によると「飲食の後、すぐにまた食欲を催すこと。また、その人。転じて、色欲にもいう。」とある。凄い句である。

加藤静夫も、「まさかあのアヒルから、この言葉が出て来るとは思わなかった」と書いている。勉強されたのだろう。

とりとめもない書き方になった。

・ヒール高きは女の自信秋気澄む
・女から男は生まれ春夕
・本妻は太ってもよし竹煮草
・シクラメン夫の早寝に後れを取る

折勝さんは、見目麗しい女性らしい。そんな自信が、これらの句に出ている。そういう「女性」性を前面に出した、現代女性らしい句集、だと受け取った。

言い遅れたが、この句集は「新かなづかい」を採用していて若い人にも受け入れられるだろう。爽やかな読後感の中に読了したことを書いて御礼としたい。有難うございました。

（完）

千種創一歌集『砂丘律』　木村草弥

——青磁社二〇一五・一二・七刊——

この人は、一九八八年生まれの若い人だが私には未知の人だった。この歌集が出たことは承知していたが、批評会の案内が届いたのでアマゾンから取り寄せた。


一見して「変わった」編集の本である。

右側にガーゼの網目のような部分が見えるが「綴じ布」である。

それに紙質が、うす黒い色をしたザラ紙のようである。経費を節約するために紙の質を落としたのか。

いずれにしても著者の執着が色濃く出た本である。

批評会のパンフに「口語短歌の新たな地平」とあるが、こんにち、短歌に於いて「口語」使用は珍しいことではないから、私には違和感がある。

一読してみて、この作者の作品は短歌というよりも「短詩」というべき表現が多い。

「短歌」の世界では、まだまだ、作者=私という拘りや、作品に「意味」を読み取ろうとする、あるいは「意味」が辿れなければならない、という風潮が強い。

しかし今では短歌賞の作品でも「詩人」気質の人が増えてきている。佐藤弓生なども、そうである。

「詩」を読むときは、意味を辿ってはいけない。この人の歌には、このことを意識して読まないといけないものが多い。

私は、それが悪い、と言っているのではない。

現代詩を作ったり、読んだりするのに慣れた人間には、それらの作品に違和感がない、と言いたいのである。

この人は「塔」所属だが、本質的に、この結社は出自的に「リアリズム」であるから、結社の中では批評などで色々と言われていることだろうと推察される。

批評会のパンフに載る三人のコメントの中では、ミュージシャンという岸田繁の言葉が極めて的確だ。意味にこだわらずに作品を「詩」として批評していて秀逸である。なまじ歌壇という「塵」にまみれていないだけに新鮮である。

二番目のコメントに三井修が執筆していることから、作者は東京外国語大学の出身だろう。三井も、ここの出身である。

因みに私は大阪外語フランス語に居たことがある。

余談だが、同じ国立とは言っても東京外語と大阪外語では「成り立ち」が違う。前者は政府が作ったが、後者—大阪外語は民間が資金を出して設立し、後に国に「寄付」したのである。

今では大阪外語は大阪大学外国語学部として再編成されてしまった。

初代校長は中目覚という人で、この人も皆で選んだのである。

アラビア語つながりでいうと、大阪外語のアラビア語の先生で、後に大阪外語の学長もされた田中四郎という人の本『やわらかなアラブ学』（新潮選書）『駱駝のちどりあし』（新潮社）という本を面白く読んだことがあるので披露しておく。

筆が滑った。本題に戻ろう。

「あとがき」に記してあるが、この本は一九歳から二七歳までの間に作った四二一首が収められる。その中には二〇一三年の「塔新人賞」を得た「keep right」三〇首。二〇一五年の「第二六回歌壇賞」次席の「ザ・ナイト・ビフォア」三〇首などが含まれる。

この本の「項目」建てはⅠからⅥに分けられ、「項目名」は無く、項目の裏ページに「引用」やらコメントやらが書かれている。

例えば、Ⅵの裏ページには

〈砂漠を歩くと、関係がこじれてもう話せなくなった人と、
　死んだ人と、何が違うんだろって思う。〉

と書かれている。

こういう極めて「ブッキッシュ」な編集の仕方は私も好きで、私の歌集の中でも試みてみたので、嬉

しい。私好みである。

アラビア語の文章が筆記体で載っていたり、Ⅳのところには村上春樹がイスラエルで賞を得たときの受賞の言葉

〈本日、私は小説家として、
すなわち嘘を紡ぐプロとしてエルサレムへ来ました。〉

という言葉が原文の英語と一緒に載っている。

この言葉は、文学というものが「嘘を紡ぐ」という表現で言われていて、実に「示唆的」である。

作者も「あとがき」で〈ほとんどの連作において事実ではなく真実を詠おうと努めた〉と書いているのに私は感動した。

「事実ではなく真実を」というのが、これこそが文学者としてあるべき姿である。

事実に捉われ過ぎると、真実を見誤ることがあるのである。

このことは、とかく歌壇では理解されず孤立することがあるが、負けずに振舞っていただきたい。

私の好きな歌を引いてみる。

巻頭の歌

・瓦斯燈を流沙のほとりに植えていき、そうだね、そこを街と呼ぼうか

石川美南も引いているが、巻頭にこの歌を据えたというところに、作者の「覚悟」があるというべきだろう。

瓦斯燈というのは或る種の比喩というべく、地中から噴き出すガスを燃やす産油国特有の風景とも受け取れよう。

この歌など既成の短歌の概念からは、はみだした作品と言える。まさに「短詩」と私の言う所以である。

巻末の歌

・指こそは悪の根源　何度でも一本の冬ばらが摘まれて

この歌には「悪について」という前書きがついている。これも極めて比喩的な歌と前書きというべきものであり、秀逸である。

ここに引いた歌などはキチンと定型に収まっているが、作者の歌には定型に収まり切らないものも多い。

現代短歌では珍しいことではないし、非難すべきことでもない、と私は受容する。

・爽健美茶とBOSSを買って河口でふたりは蟹をみつけた

この歌は、淡い恋人との逢瀬を連想させる若い頃の作品だろう。非定型の歌のようでありながら、下句ではキチンと定型に収まっているところも面白い。


連作の中では、私はⅣの「或る秘書官の忠誠」の一連に注目した。この一連には英文で「カインとアベル」のエピソードが、さりげなく配されている。

中東での或る出来事の「喩」であろうが読む者の心の底に澱《おり》のように沈んで澱《よど》むものがある。

・アヴォカドをざつくりと削ぐ（朝の第一報の前のことである）
・実弾はできれば使ふなといふ指示は砂上の小川のやうに途絶へる
・忠誠を花に譬へちやいけないぜ　高速道路、夏盛り

作者は新カナ表記を執るが、この一連だけは歴史的かなづかいになっているのも何かの意図があってのことと推察される。

佳い一連である。

Ⅲの裏ページに岑参の漢詩が載せられている。
〈馬を走らせて西東　天に到らんと欲す
　家を辞して月の両回　円なるを知る
　今夜知らず　何れの処にか宿せん
　　平沙万里　人煙を絶つ〉

時代も場所も違うが、中東の沙原に置き換えて見事である。また作者の読書量の豊かさをも想起させる。

ペダンチックだが、こういうところも私好みである。

歌壇賞応募作という「ザ・ナイト・ビフォア」の一連は私には物足りなかった。

先に書いたⅢの中の「秋、繰り返す」の一連などの方が、ずっと、いい。

- 秋冷、という言葉を選ぶとき西南西に死海は碧い
- 羽に黒い油をつけて換気扇とまる　失意と呼べなくもない
- 靴スークとおり抜けつつ靴たちのこれから歩く砂地をおもう

二首目の歌など、俳句でいう「二物衝撃」を思わせて秀逸である。

以上、総括的なことを書いたので、後は私の好きな歌を思いつくままに列挙する。

・だれひとり悲しませずに林檎ジャムをつくりたいので理論をください
・三日月湖の描かれている古地図をちぎり肺魚の餌にしている
・わたしたち秋の火だからあい　(語尾を波はかき消す夜の湖岸に
・梨は芯から凍りゆく　夜になればラジオで誰かの訃報をきいた
・煙草いりますか、先輩、まだカロリーメイト食って生きてるんすか
・口移しで夏を伝えた　いっぱいな灰皿、置きっぱなしの和英
・イヤホンをちぎるように外す、朝焼ける庁舎の屋根の旗をみあげて
・見事　むしろ　花束のたえない、お出で、たえない町だ　花束
・声が凍えているな、秋、何度でもマグダラのマリア愛してしまう
・Marlboro の薫りごと君を抱いている、草原、というには狭い部屋
・どうしてもオリンピックに興味がなくBBCの声を落とした
・かといってナショナリズムを離れれば杉の木立はやや肌寒い

辞令と魚

・にっぽんを発つというのに心臓が仙人掌みたい、メキシコみたい
・昼過ぎの通りは沙と光であって猫一匹とすれ違うかな
・会いたさは来る、飲むための水そそぐとき魚の影にような淡さに
・夜の窓をあけて驚く、砂まじる風が柳とこすれる音に
・虐殺を件で数えるさみしさにあんなに月は欠けていたっけ
・深く息を、吸うたび肺の乾いてく砂漠は何の裁きだろうか

keep right

・北へ国境を越えればシリアだが実感はなくジャム塗りたくる
・召集の通知を裂いて逃げてきたハマドに夏の火を貸してやる
・映像がわるいおかげで虐殺の現場のそれが緋鯉にみえる
・君の村、壊滅らしいとiPhoneを渡して水煙草に炭を足す
・川というものをわたらない生活　ハンガーはあるけど掛けるかい
・アンマンの秋を驚く視野の隅、ぎんやんまだったろう、今の
・来た。砂色の5JD札ねじ込んでハマドは部屋からいなくなる
・僕もそのひとりであって東洋系が風の遠くでライター灯す
・中国人ではないと告げる、告げるとき蔑してないと言いきれますか

・骨だった。駱駝の、だろうか。頂で楽器のように乾いていたな
・沙に埋れつつも鈍さをひかってる線路は伸びる旧帝都《イスタンブール》へ
・予備役が召集されたとテロップの赤、画面の下方を染める
・戦況も敵もルールも知らされずゲームは進む　水が飲みたい
・
　よいか汝ら、報復死刑制度の中にこそ生命がある。（クルアーン牡牛章　第179章より）
・サイダー瓶、埃に曇る。絶対にゆけない春の柵の向こうで
・そもそもが奪って生きる僕たちは夜に笑顔で牛などを焼く
・iPhoneに蛍のような灯をともしあなたは絹のシャツを拾った
・告げている、砂漠で限りなく淡い虹みたことを、ドア閉めながら
・さよならが一つの季節であるならば、きっと／いいや、捨てる半券
　スペインのアンダルシアにはかつてアラブ人がいて、
　アル＝アンダルスという地名だった。
・仙人掌を蔦のさみどりのぼりゆくスペイン、夏の、スペイン、夏野
・この雨の奥にも海はあるだろう　きっとあなたは寝坊などして

とりとめもない抽出になってしまった。歌の数が多いので、見逃した歌も多いだろうからお許しいただきたい。まだまだ若いし、才能がはじけ満ちる歌集を前にして、あなたの作品がこれからも大きく

開花することを祈って筆を置きたい。

三井修氏とは、私の第四歌集『嬬恋』の合同出版記念会で批評いただいて以来の仲で、第五歌集『昭和』を読む会を東京で開いてもらったりして大層お世話になった恩のある人である。

三井氏の歌集『海図』が出たとき、私は彼を現代のマルコポーロになぞらえたことがある。

千種創一氏も前途洋々たる未来を期待される逸材である。

私は批評会には出られないが、ご盛会をお祈りするばかりである。佳い歌集を読ませていただいた快い昂ぶりに浸っていることをお伝えしたい。

著者からのメールを引いておく。

〈各章扉の言葉に絡めて歌集を批評頂いたのは、木村様が初めての方ですので、とても嬉しく存じます。

また、私の文学意識まで正確に汲み取ってくださり、実に作家冥利に尽きます。

恐縮ながら一点だけ申し上げれば、実はこの名前は本名です。よく言われますが、地名はチクサで私はチグサです。〉

私としても、とても嬉しい。好漢ご自愛され益々のご健筆を期待する。以上、蛇足ながら付記する。

二月四日朝　記。

少年は星座の本に夢みてゐる
オリオンの名をひとつ覚えて　木村草弥

この歌は私の第二歌集『嘉木』（角川書店）に載るものである。

「オリオン座」は冬の星座である。

イカロス神話によると、オリオンは海の神ポセイドンとミノス王の娘エウリュアレの間に生まれたとされる。

海の神の息子であったから、海の上をまるで陸のように歩くことができたという。

巨人オリオンは美男子で、狩の腕にも優れ、そして月の女神アルテミスの恋人でもあった。

それは、いろいろのことがあった後、クレタ島に渡って月と狩の女神アルテミスに出会い、二人は愛し合うようになるが、アルテミスの兄・アポロンが野蛮なオリオンから引き離そうと画策し、ある日、海で泳ぐオリオンの頭に金色の光を吹きつけた。

そしてアルテミスに「いかにお前が弓の名手でも、あれほど遠くの獲物は一矢では射止められまい」とそそのかした。

その挑発的な言葉に乗せられてアルテミスは、その海上の獲物を一矢で射抜いてしまった。

打ち上げられたオリオンの死体を見て、アルテミスは悲しんで、夜空を照らすことも忘れてしまった。アルテミスに同情した大神ゼウスは、オリオンを天に上げ、星座にした。

月は公転運動で見かけの位置を毎日変える。一ケ月に一度はオリオン座のすぐ北を通る。月の女神アルテミスは今では一ケ月に一回だけオリオンとのデートを楽しんでいるのである。

私は天文少年でもなかったので、星座にまつわる神話の方が面白かった。西洋占星術だが、星座表は古代バビロニアに発し、ギリシアに到達して「西洋占星術」として確立されるようになった。

「俳句」の世界では、私の持っている程度の歳時記には「オリオン座」などは、まだ「季語」としては少ししか載っていないが、それを引いて終わる。

石鹸は滑りオリオン座は天に　　正木ゆう子
オリオンの真下に熱き稿起こす　　小沢実
オリオンを頭にして百の馬　潔癖　　星永文夫
またオリオンにのぞかれている冬夜　　住宅顕信

芝点《しばたて》の茶事の華やぎ思ひをり
梅さき初むる如月の丘　　木村草弥

この歌は私の第一歌集『茶の四季』（角川書店）に載るもの。

野外で茶をたてる時に使う「野点《のだて》セット」というもので、この携帯用のものの中に茶をたてる最低必要なものが入っている。

「芝点」と称して芝に毛氈を敷いて茶会をやる時には、もう少し道具類を用意するのが普通である。寒い風の吹く季節をやり過ごして、うららかな春になると、家の中ではなく、野外に出て「野点《のだて》」をやりたくなる。芝生の上でやるのが「芝点」である。

「芝点」では「旅箪笥」などを使って茶を点てるのが普通である。

その由来について、次のような記事が出ているので貼り付けておく。


旅箪笥は桐木地・ケンドン扉・鉄金具の鍵付きの小棚で、小田原出陣の折、陣中にて茶を点てる為に、利休居士により創案されたものだという。道具を中にしまって背中にしょって出掛けたのでしょうか。旅箪笥を使って「芝点て」の稽古です。準備は地板に水差しを、2枚ある棚板の下方に棗と茶碗を飾り、上方の棚の左端の切り込みに柄杓を掛け、柄杓の柄の元に蓋置を飾り、ケンドン扉を閉めます。

建水だけを持ち手前座に入り、扉を開け（この開け方もなめらかに静かに行います）道具を取り出しお茶を点てるのですが、棚板の1枚を抜き出し、その上に棗・茶筅を置く「芝点て」は、花見時の野点の光景が目に浮かぶ様な気がします。その雰囲気を楽しむ為か旅箪笥はよく釣り釜とあわせられるそうです。特に季節を選ぶ棚ではないと言われますが、その風情から早春〜春に用いられることが多いそうです。風炉との取り合わせはないそうです。

この記事にあるように、本来は野外で点てるのを、後世になると、「芝点」と称して家の中でお点前をするようになったものであり、ここまで来ると、「先ず茶道の作法ありき」という気がして嫌だ。
私が「芝点」というのは文字通りの芝生の上での野点である。
私の歌は、梅が咲き初めた如月の丘に居て、もうしばらくすると芝点の時期がやって来る、楽しみだなあ、という感慨である。

以下、掲出の歌につづく一連の歌を下に引いて、ご覧に入れる。

野　点　　　　木村草弥

芝点の茶事の華やぎ思ひをり梅さき初むる如月の丘

毛氈に揃ふ双膝肉づきて目に眩しかり春の野点は

野遊びの緋の毛氈にかいま見し脛《はぎ》の白さよ無明《むみやう》のうつつ

香に立ちて黒楽の碗に満ちてゐる蒼き茶の彩《いろ》わが腑を洗へ

人生はすなわち遍路　しみじみと
杖を握りて山を越えゆく　　玉井清弘

玉井さんは著名な歌人で昭和十五年生まれ。国学院大学文学部卒。

私の第一歌集『茶の四季』（角川書店）の書評を角川「短歌」誌上でいただいたのが、お付き合いのはじまりである。

玉井　清弘（たまい　きよひろ）は、歌誌「音」選者・編集運営委員会代表。香川県高松市在住。

掲出歌は、二〇〇九年に上梓された『時計回りの遊行』―歌人のゆく四国遍路（本阿弥書店刊）に載るものである。

この本は、平成一七年一月から十八年十二月にかけて「四国新聞」に週一回連載されたものである。

先生は正式の「歩き遍路」を始められ、二度目の遍路も終えられたようである。

この本の「帯」にも書かれているが、そもそも四国遍路というものは「何のために歩くのか？」という疑問を投げかけられる人も多いだろう。

この本が、それに応えるものであるとは言えないが、全八八項目に及ぶエッセイの中には、さまざまな動機を抱いて四国遍路にやってきた人々の哀歓が描かれる。

この中の（三八）に「なにのために歩くのか」という項目がある。少し引いておく。

〈室戸岬を回りこんだ時、苦しい道中に去来したのが芭蕉の『奥の細道』。芭蕉は何のために、何を考えながら歩いたのだろうか。芭蕉の時代の東北の地は、宿などが整備されていたわけではなく、宿を探す苦労も書き止めている。多くはその土地の俳諧の仲間を頼っての旅だったようだが、—門人曾良を連れての旅、文学の深化のためとはいえ、病弱の身には命懸けのものだった。ずぶ濡れで歩きながら芭蕉が私の頭を去来していた。

途中から引き返そうという思いはもう湧かなかったが、しかし幾度も「なにのために歩くのか」という問いは自分の脳裏から離れなかった。一週間か、十日ほどの区切り。切り上げて戻って来ると翌日には次回の計画を練り始めていた。土佐の道場は寺と寺との間隔が開いていて、自己との対話の時間がたっぷりと確保できる。

なにのために歩くのかと問いて答えなし　笑うのみにてまた歩き出す

各自さまざまな悩みを抱えて四国を巡拝している遍路が多いだろうが、出会うどの顔もどこかきりっとしていた。どの顔もどの顔も悩みから解放されたすがすがしい日焼けした顔で挨拶を交わしてくれた。

一歩ずつ何に近づく　無にちかくなりゆく心に草木の触れて〉

玉井さんは、このように書いているが、しいて結論めいたことは言っていない。

それが本当のところであろう。

「自分を見つめ直す」というのが、四国遍路の一つの到達点ではないかと私は思う。

私も略式だが遍路の真似ごとをしたが、私の場合は、長年、妻の病気と伴走してきて、特に妻の死期を看取ったものとして「鎮魂」ということが、主たる目的と言えるだろうか。

また玉井さんは、この本の中で
〈遍路の旅では、相手に遍路に出た動機を聞くのはマナー違反だとされている。

人生途上抱えきれない悩みに人は遭遇する。そのような時、思いつく一つが四国遍路なのではないだろうか。これを思いつき実行できる人は幸福かも知れない。時間と金と体力を必要とする。歩いてとなればなおさらである。〉

と書いている。

石《いは》ばしる垂水の上のさ蕨の
萌え出づる春になりにけるかも　　志貴皇子

歌いぶりは率直、歌意も単純明快である。垂水＝滝と言っても小さなものだろうか。その滝の傍らに生えているわらびが、芽を出す春になった、という喜びを述べている。立春から多少日を経たころの景色だろう、爽やかに、心のはずむ春の到来が、快い調べになっている。

この歌は「万葉集」巻八、春の雑歌の巻頭にある有名な歌だが、実景に即して、感動や情感を写し取るように描写する「万葉集」の表現方法は力づよい。これ以上の余計な雑言は不要だろう。

わらび、ぜんまいの類は山野草摘みの代表的なもので、早春の風景と切り離せない。地下茎から春に芽が出て、こぶしを丸めたような形をしている。この頃の若芽が食べ頃である。「さわらび」の「さ」は「早い」という意味の「接頭語」である。わらび、ぜんまいの類は早春の今ごろに新芽が萌え出てくる。
昔の本には旧暦の一月の頃に出ると書かれているから、今の陽暦に直すと二月頃ということになる。

みちのくのわらび真青に箸に沁む　　島みえ

という句にもある通り、山里の季節のものとして珍重される。
「ぜんまい」（薇、狗背と書かれる）も同じ羊歯類の植物である。
以下、「わらび」「さわらび」「蕨狩」を詠んだ句を引いて終わる。

負ふた子に蕨をりては持せける　　暁台
天城嶺の雨気に巻きあふ蕨かな　　渡辺水巴
早蕨は愛《かな》しむゆゑに手折らざる　　富安風生
道ばたに早蕨売るや御室道　　高野素十
早蕨の青き一と皿幸とせん　　成田千空
早蕨や地下錯綜の上に立ち　　和田悟朗
良寛の天といふ字や蕨出づ　　宇佐美魚目
落ちかけて日のとどまりし蕨かな　　藤田湘子
早蕨や若狭を出でぬ仏たち　　上田五千石
丘にきて風のうごかす蕨摘む　　秋元不死男

ぜんまいののの字ばかりの寂光土　川端茅舎
ぜんまいの渦巻きて森ねむくなる　野見山朱鳥

ルノアルの女に毛糸編ませたし　阿波野青畝

「毛糸編む」というのが冬の季語である。

この頃では、昔のように毛糸を編む人を余り見かけなくなったが、「ニット手芸」は相変わらず盛んで、亡妻の学友であった人は、今やニットサロンを経営し、ＮＨＫの趣味講座の先生をするなど大活躍している。この頃では男のニットの先生も出て来たりしている。

この句は、ルノアールの絵に出てくる豊満な女の人に毛糸を編ませてみたい、という、いかにも男の人らしい句である。


この句については亡妻との間の会話について、私には哀しい思い出がある。

もう二十年も前の今ごろ、食事も録に摂れずの最悪期から食欲も出て、体力も戻りかけた時期に、私がこの句を見つけて、病院に行って妻に見せたら、これが大変気に入ったらしく、いろんな人に、この句を披露していた姿を思い出す。

妻の死後、家の中を整理していたら、妻の仕事部屋にしていた二階の南向きの陽のよくあたる部屋に、未使用の毛糸玉がたくさん出てきた。私の娘たちも仕事に忙しくて、毛糸編みなどはしないし、捨てるのも忍びないので、そのままにしてある。

こういう遺品というのは、見るのも辛いものである。

昔は私たち兄妹の着るセーターは、みな母の手編みだった。着込んだセーターは解いて皺を伸ばし、また編み直して新しいセーターに仕立てたものだった。

亡妻も編み機を使って私のセーターも手作りだった。

この頃では、そういう手芸を一切しない人と、ニット手芸の趣味に生きる人との両極端に分かれてしまった。ひと頃はニット編み機が流行って、その教室というものもあった。

私の妹なんかは手早くて、人からも頼まれて結構収入になったらしい。ニット編みの機械の先生をしたりしていたものだ。

明治三〇年に

　　襟巻を編むべき黒の毛糸かな　　　　高浜虚子

の句があり、これは「毛糸編む」という季語のもっとも早い用例だと言われている。

以下、毛糸編む、毛糸玉の句を少し引きたい。


　　こころ吾とあらず毛糸の編目を読む　　　　山口誓子

毛糸編む気力なし「原爆展見た」とのみ　中村草田男

毛糸編はじまり妻の黙はじまる　加藤楸邨

毛糸編み来世も夫にかく編まん　山口波津女

毛糸玉幸さながらに巻きふとり　能村登四郎

毛糸編む冬夜の汽笛吾れに鳴り　細見綾子

母の五指もの言ふごとく毛糸編む　今井美枝子

毛糸玉頬に押しあて吾子欲しや　岡本眸

白指も編棒のうち毛糸編み　鷹羽狩行

一二輪まことに紅濃き梅の花
かなしきかなや若き死者のこゑ　木村草弥

いよいよ梅の花が咲きはじめる季節になった。

「梅」の花の時期になると、私には忘れられない亡姉・登志子の忌日が巡ってくる。

この歌は私の第四歌集『嬬恋』（角川書店）に載るもの。

この歌は私の亡長姉・登志子を詠んだもので『嬬恋』をはじめ、第一歌集『茶の四季』（角川書店）にも、姉のことを詠った歌がある。

先に、それらの歌を引用しておく。

紅梅を見つつ独りの酒に酔ふけふは姉の忌と思ふたまゆら　木村草弥
紅梅が美しく咲けばよみがへる血喀《は》きしときの姉の悲鳴が
めつむれば紅梅匂ひをしたたらす月に絹暈かかる夜明り
一二輪まことに紅濃き梅の花かなしきかなや若き死者のこゑ
梅の香に抱かれて死なむと言ひし姉いまだ寒さの厳しかりしを

うら若き処女《をとめ》のままに姉逝きて忌日の二月十九日かなし
満開の梅の下にてわれ死なむと言ひし姉逝き五十年過ぐ

姉・登志子とは私は十歳の年齢の開きがある。上の歌に詠んだように姉が結核で「喀血」したとき、私は同じ二階の部屋に寝ていたのである。

長兄・木村庄助が結核に感染して帰郷して来て以来、わが家は次々と結核に罹った。

　長兄が昭和十八年五月に死んで、姉は、その翌年十九年二月十九日に死んだ。

　姉は喀血したとき、私にすぐに階下に降りるように悲痛な声をあげた。私は中学一年生であった。そのような体験は私の少年期の記憶として鮮明に残ることになった。

これらのことは何度もあちこちに書いたので、ここでは詳しくは書かない。

ただ肉親として姉弟としての関係のほかに、上に書いたようなことがあるので私には忘れがたい悲痛な思い出として残っているのである。

念のために書いておくが、死んだのは庄助が先だが、私たち兄姉では、姉・登志子が一番上である。

五首目と七首目の歌については、もうあちこちに何度も書いたことだが、西行の有名な歌があり、それは「桜」を詠ったものだが、私の村は鎌倉時代以来、「梅」の名所でもあるので、姉は、明らかに西行の「――花のもとにてわれ死なむ――」の願望を踏まえた上で、「梅」に置き換えて言った心境だったのである。

引用した終わりの歌では五十年となっているが、この歌を作ったときが五十年だったわけで、今では、もう七十年を過ぎてしまった。まさに、嗚呼というほかない歳月の速さである。

今日は登志子の祥月命日にあたるので、ここに記事を記して、姉に捧げるものである。

梅の花は桜と並んで代表的な春の花だが、当地・青谷は鎌倉時代から梅林で有名なところであり、私たちには、ゆかりのある花なのである。

その所以については、上に書いた通りである。

梅は香気が高く、気品のある清楚な花であり、桜のようにわっと咲いて、わっと散ることもなく、まだ寒さの残る気候の中で、長く咲きつづけるから、私などは、どちらかというと、梅の方が好きだ。

古くから日本人には親しまれ、「万葉集」では、花と言えば梅のことであった。

詩に痩せて二月渚をゆくはわたし　三橋鷹女

掲出した三橋鷹女の句は、季語として二月という言葉はあるけれども、極めて観念的な句で、そこがまた、類句を超えていると思って出してみた。

「詩に痩せて」というところなど、今の私のことを言っているのではないか、とドキリとした。

うすじろくのべたる小田の二月雪　松村蒼石
竹林の月の奥より二月来る　飯田龍太
雪原の靄に日が溶け二月尽　相馬遷子
枯れ伏せるもののひかりの二月かな　遠藤悠紀
山彦にも毀れるひかり二月の樹　速水直子
二月果つ虚空に鳩の銀の渦　塚原岬

「二月」という季語を使った句を挙げてみた。

「如月」というのは陰暦の二月のことであるから、陽暦では二月末から三月に入るだろう。

「衣更着」の字を宛てるのは、寒さが戻って衣を更に着るからで、「きぬさらぎ」を誤って「きさらぎ」と使ったのだという。

したがって、この言葉は「余寒」のあることを念頭に置いて使うべきだという。

きさらぎのふりつむ雪をまのあたり　久保田万太郎
如月や十字の墓も倶会一処《くゑいつしよ》　川端茅舎
きさらぎの水のほとりを時流れ　野見山朱鳥
きさらぎやうしほのごとき街の音　青木建
きさらぎは薄闇を去る眼のごとし　飯田龍太

二十四節気あるいは季語の上では「立春」以後は「春」である。

だから、立春以後、まだ残る寒さを「余寒」という。「冴え返る」という季語も、そういう時に使う。

「春寒」という季語と違うのは、力点が残る寒さの方にあるのである。

鎌倉を驚かしたる余寒あり　高浜虚子
鯉こくや夜はまだ寒千曲川　森澄雄
余寒晴卵を割つて濁りな　青柳菁々

二月の終わりを「二月尽」という。この「尽」というのは毎月の終わりの日に使える。もうすぐ三月だという季節感が盛られている季語である。

ちらちらと空を梅ちり二月尽　　原石鼎

白い手紙がとどいて明日は春となる
うすいがらすも磨いて待たう　斎藤史

今日は二月二六日である。昭和十一年の、この日に、いわゆる二・二六事件が起った。掲出の歌は昭和十五年刊行の第一歌集『魚歌』に載るものだが、初々しい感覚の春の歌である。この『魚歌』の中に「二月廿六日、事あり、友ら、父、その事に関はる」の前書きで、次のような歌がある。

春を断る白い弾道に飛び乗つて手など振つたがつひにかへらぬ
濁流だ濁流だと叫び流れゆく末は泥土か夜明けか知らぬ

これらの歌については後に

「意識してカモフラージュしたところがあるんです。そうしなきぁ発表できない情勢の中、苦しみを吐きたい。しかしリアリズムで書けば通るはずはありません。あの手法しかなかったのです」(「ひた

くれなゐの生」樋口覚との対談）

という本人の談話がある。詩で多用する「暗喩」という手法である。

長くなるので、皆さんなりに読み解いて頂きたい。

この事件は陸軍の青年将校たち皇道派が、降りしきる豪雪の中、天皇親政を求めて決起して、歩兵第一、第三、近衛歩兵第三の各連隊の部下一四〇〇名を率い、内大臣斎藤実、蔵相高橋是清、教育総監渡部錠太郎を殺し、侍従長鈴木貫太郎に重傷を負わせた事件である。

昭和天皇が激怒し、徹底的な鎮圧を命じたため、彼らは「反徒」となり、首謀者は碌な弁護もなく、逮捕から僅か三か月で結審して、首謀者は死刑となった。

事件そのものについては、色々の著書があるので、ここで詳しくは書かない。

ただ斎藤史の父・斎藤劉予備少将も、心情的に彼らを支持したとして「禁固五年」の判決をうけた。

その上、死刑となった栗原安秀中尉や坂井直中尉は、史とは同年輩で、旭川師団長として劉が赴任していた頃から兄妹のように親しくしていた間柄であり、そんな諸々の関係が、斎藤親子のめぐりには存在したのである。

したがって、史には昭和天皇に対する「恨み」のような感情があり、昭和天皇生存中は、史の心は解けることはなかった。

歌集『渉りかゆかむ』に

ある日より現神《あらひとがみ》は人間となりたまひ年号長く続ける昭和

という歌があるが、これは戦争中は「あらひとがみ」とされていた天皇が、敗戦後マックアーサーとの会見などを経て、詔書を出して、これを否定し、いわゆる人間宣言をされたこと、などへの痛烈な皮肉とも言えよう。

昭和天皇没後、平成の代になって一月の「歌会始」に召人として招かれ、ようやく心の箍が取れたのか、出席したが、

「おかしな男です」といふほかはなし天皇は和《にこ》やかに父の名を言ひませり

という歌が残っている。宮中の歌会始の会場で天皇から声をかけられた時の情景である。

因みに、父・斎藤瀏も若い頃からの歌人で結社「短歌人」に拠って活躍した人である。史は戦後、短歌結社「原型」を起して多くの歌人を育てた。

斎藤史の歌は晩年には自在な境地に達し、たとえば

ぐじやぐじやのおじやなんどを朝餉とし何で残生が美しからう

携帯電話持たず終らむ死んでからまで便利に呼び出されてたまるか

のような歌がある。

『斎藤文歌集・記憶の茂み』（和英対訳）選歌・英訳　ジェイムズ・カーカップ　玉城周（二〇〇二・一・二五・三輪書店刊）という本があり、斎藤文の珠玉の七〇〇首の歌が収録されている。

この本の中に、今回掲出した、この〈白い手紙がとどいて明日は春となるうすいがらすも磨いて待たう〉があり、その英訳として次のように載っている。

With arrival of
the white letter, tomorrow
will surely turn to
spring — so I wait, and meanwhile
polish my windows' frail glass.

この英訳が技術的に、どの程度のものか知らないが、日本の大学で長らく教鞭をとり日本語の生理に通暁し、詩人としてまた多くの翻訳を手がけてきたジェイムズ・カーカップと、その良き協力者である玉城周の努力の賜物である。

この本のはじめの部分で「五行三一音節という短歌の形式には特にこだわることにした」と書かれている。

この部分は、斎藤文の良き理解者であり、インタヴュアーでもあった樋口覚が翻訳している。拙速ではなく長年にわたって準備されてきたものと言うべく相当のレベルの域に達しているだろう。

この本は最近になって私も知って取り寄せたものであり、急遽ここに披露することにした。

菜の花や月は東に日は西に　与謝蕪村

日本は春夏秋冬の四季が、はっきり分かれていて、季節の推移が日本人の心に大きく投影している、と思う。

ここに採りあげた蕪村の句は、よく知られた句である。

菜の花の季節は、ちょうど今ころと言えるだろう。

日本列島は南北に長いから、九州では、もう過ぎたかも知れないし、北国では、まだ雪も深い。

ここに書く感覚は、あくまでも京都に住む私の感覚とお許し願いたい。


「菜の花や」と季語と切れ字を冒頭に置いて、見渡す限りの一面の菜の花の姿を読者に想像させる。

そして「月は東に日は西に」である。

ちょうど夕暮れどきで、西に落ち行く日と、東に上る月が、同時に見られる、という場面設定である。

こういうのは、いつも見られるわけではない。

調べてみたわけではないが、興味のある方は、日没と月の出の時刻を調べて頂くと有難い。おそらく、この季節の中で二、三日もあれば、よい方であろう。

現代の我々は、物質文明に毒されて、自然を、ゆっくり見つめるということがない。田舎に住む私としても、微妙な季節の移り変わりを、自然の風物や風のそよぎに身を任せて感じるという機会が少ない。

どうしても、頭の中で何事も処理し勝ちである。

この句を読むと、春の夕暮れの、のんどりとした田舎の景を目の辺りに、するようではないか。

蕪村は摂津国東成郡毛馬村（現・大阪市）の生れだが、毛馬の閘門と言われる堰のある辺りの生れである。

絵にも才能を持っていて、いわゆる俳画の面でも優れた作品を残している。

故郷の毛馬の辺りを詠った「春風馬堤曲」という連作もあるが、この題名自体が、そのことを、よく物語っている。

蕪村とて裕福な生活をしていたわけではなく、常に「旦那」という「贔屓筋」が必要だった。

私の住むところから数キロ行った宇治田原にも、商家の旦那衆がいたらしく、蕪村筆の作品があるらしい。

蕪村の年譜を覗いてみると、一七八三年（天明三年）八月風雨のなかを「太祇十三回忌追善俳諧」に出席し、晩秋、宇治奥田原の門人毛条に招かれてキノコ狩りにゆき、初冬から病に倒れた。

しら梅に明る夜ばかりとなりにけり　　与謝蕪村

が最後の句と言われている。

池西言水という俳人に、

菜の花や淀も桂も忘れ水

という句があるが、「淀」というのは宇治川沿いの京都の南はずれ。現在、京都競馬場のあるところ。「桂」というのは、どなたもご存知だろう。

京都の西郊外を流れて来た桂川と木津川と宇治川が三川合流して淀川となるが、その合流寸前の地が淀である。

豊臣秀吉の側室「淀君」の居城・淀城があったところである。

菜の花の黄のひろごるにまかせけり　　久保田万太郎

という句も、菜の花の咲く田園の様子を、よく観察して佳い句になっている。

私は久保田万太郎の句が好きである。

京都、滋賀の名産に「菜の花漬」というのがあり、菜の花を蕾のうちに摘み取り、浅い塩漬けにしたもの。

黄色の花の色と緑の葉や茎の配色が鮮やかで、見た目にも食欲をそそる。

季語では5音になるので「花菜漬」と詠まれることが多い。


人の世をやさしと思ふ花菜漬　　　後藤比奈夫

という句もある。この漬物など、日本人の細やかな感性の賜物であろう。

水滴のひとつひとつが笑っている顔だ　住宅顕信

住宅顕信（すみたくけんしん）という自由律俳人の句である。

この句は彼の死後、一九九三年に岡山市内を流れる旭川のほとりに建てられた「句碑」に彫られたものである。

この句碑が建てられたとき、遺児である住宅春樹は僅か8歳――小学校二年生が健気にも挨拶した。

昭和三六年（一九六一年）三月二一日〜昭和六二年（一九八七年）二月七日は、日本の俳人。

本名・春美。

岡山市に生まれる。岡山市立石井中学校卒業後、昭和五一年、岡山市内の下田学園調理師学校に入学、同時に就職し、昼は勤務し夜は通学という生活に入る。四歳年上の女性と知り合い、同棲を始める。

この頃より詩、宗教書、哲学書に親しみ始める。昭和五三年、下田学園卒業。

昭和五五年、父親の勤務先である岡山市役所に臨時職員で採用され清掃の仕事に従事。仏教に傾倒し、昭和五七年より中央仏教学院の通信教育を受講。翌年、教育課程修了。七月西本願寺にて得度。浄土真宗本願寺派の僧侶となり、法名を釈顕信と名告る。十月同棲相手と結婚。両親の援助により自宅の一部を改造して仏間をつくり、浄土教の根本経典「無量寿経」に因み無量寿庵と名付ける。

昭和五九年二月急性骨髄性白血病を発病し岡山市民病院に入院。六月長男誕生。不治の病の夫に対し妻の実家が希望し離婚する。長男は顕信が引き取り病室にて育てる。十月自由律俳句雑誌「層雲」の誌友となり、層雲社事務室の池田実吉に師事する。この頃より自由律俳句に傾倒し句作に励むようになる。特に尾崎放哉に心酔。

昭和六〇年には句集『試作帳』を自費出版。層雲に権威主義的な疑念を感じ、層雲の元編集者藤本一幸がこの年より主宰する自由律俳句誌「海市」に参加する。翌昭和六一年「海市」編集同人となる。病状が悪化し、この年十二月からは代筆によらなければ投書できなくなる。

昭和六二年二月七日、永眠。享年二五歳。俳人としての創作期間はわずか三年で、生涯に残した俳句は二八一句だった。

昭和六三年、句友であった岡山大学教授・池畑秀一らの尽力により弥生書房より句集『未完成』出版。冒頭に書いた「句碑」の序幕の際に挨拶した遺児・住宅春樹が、この本に次のように書いている。

おわりに――父のように熱く生きたい　　住宅春樹

父、住宅春美が亡くなったのは私が三歳になる前でした。

「お父さんのことは覚えていますか？」と、新聞記者の方などから尋ねられますが、父と過ごしたころのことは、ほとんど憶えていません。

父との思い出は、一九九三年に父の句碑が建てられてからできてきたように思います。小学二年生のときでしたが、除幕式では祖父母ではなく私が挨拶をしました。

二〇〇二年には、中央公論新社から句集も二冊刊行され、さらに精神科医の香山リカ先生も本を書いてくださいました。そのほか、岡山市内にある吉備路文学館で「住宅顕信展」が七月から三か月間開催され、七月七日には「住宅顕信フォーラム」も行われました。

フォーラムには池畑秀一先生、香山先生、父のファンだとおっしゃってくださるプロレスラーの新崎人生さんらが参加してくださいました。テレビでしか見たことのない有名な方々が、父の生き方、作品について熱心に語ってくださる。改めて父の凄さを実感しました。

父は私にいくつかの句を遺してくれました。

その中で特に、《バイバイは幼いボクの掌の裏表》が好きです。私は病室から帰るとき、いつも父に「バイバイ」と手を振りました。それだけははっきり憶えていて、この句を読むと、とても懐かしい気持ちになります。

《夜が淋しくて誰かが笑いはじめた》。本書のサブタイトルに入れられたこの句も好きです。

父がどんな思いで私を病室で育て、句を詠み、治療を受けたのだろうか。父はなぜ得度して、俳句の道を選んだのだろうか。言葉ではうまく表現できませんが、父が発病した年齢に自分が近づいてきて、最近、父の気持ちがなんとなくわかってきました。

自分がこれだと信じたことに一生懸命打ち込んだ父。私はこの春から情報系の大学に進む予定ですが、父のように熱く生きたいと思っています。いつか父にあったとき、「ぼくはこんな生き方をしたんだよ」と胸を張れるように。

最後になりましたが、父を支え、応援してくださった池畑先生をはじめ、多くの皆様に御礼申し上げます。

二〇〇三年一月十五日

このように書いた息子の住宅春樹だが、今は「川崎医療福祉大学」を出て、「ニチイ学館」に所属するようである。

Facebookを利用しているようで、そこには、経歴について、こう書かれている。

〈現在、岡山で診療情報管理士の仕事をしております。〉

以下、これらの本から私の目に留まった句を引く。

降りはじめた雨が夜の心音
雨に仕事をとられて街が朝寝している
朝はブラインドの影にしばられていた
月明り、青い咳する

秋が来たことをまず聴診器の冷たさ
またオリオンにのぞかれている冬夜
点滴と白い月とがぶらさがっている夜
水たまりの我顔またいで歩く
カガミの中のむくんだ顔をなでてみる
何もないポケットに手がある
だんだん寒くなる夜の黒い電話機
看護婦らの声光りあう朝の回診
頭剃ってもらうあたたかな陽がある
水音、冬が来ている
冬の定石窓にオリオンが置かれた
赤ん坊の寝顔へそっと戸をしめる
両手に星をつかみたい子のバンザイ
バイバイは幼いボクの掌の裏表
かあちゃんが言えて母のない子よ
抱きあげてやれない子の高さに坐る
夢にさえ付添いの妹のエプロン

初夏を大きくバッタがとんだ
合掌するその手が蚊をうつ
薬を生涯の友として今朝の薬
とんぼ、薄い羽の夏を病んでいる
気の抜けたサイダーが僕の人生
ずふぬれて犬ころ
若さとはこんなに淋しい春なのか
報恩の風の中に念仏
夕陽の影が背を丸めたランドセル
真夏の山がけずりとられた
一つの墓を光らせ墓山夕やけ
朝露をふんで秋風の墓がならぶ

水あふれゐて啓蟄の最上川　　森澄雄

今日は「啓蟄《けいちつ》」である。「啓蟄」は二四節気の一つである。

「啓」は開くの意味。「啓蒙」という言葉があるが、これは蒙を開くの意味からきた熟語である。

「蟄」は巣ごもり、のこと。土中に冬眠していた虫が、この頃になると、冬眠から醒め、地上に姿を現しはじめる。

啓蟄を更に具体的に言った言葉に「地虫穴を出づ」「蛇穴を出づ」「蜥蜴穴を出づ」「蟻穴を出づ」などの表現がある。

この頃鳴る雷を「虫出しの雷」というが、そういうと昨晩というか未明に雷鳴とともに激しい雨が降った。

今ごろは、冬から春への季節の変わり目で、こういう気象現象が起りがちなのであろう。

いずれにせよ、地下の虫も動き出してきたか、という一種の感慨とともに、使われる言葉であり、季節感を、よく表現していると言えるだろう。

森澄雄は大正八年（一九一九年）兵庫県姫路市生まれ。昭和十五年「寒雷」創刊と同時に加藤楸邨に師事。

彼は、戦後俳壇の社会性論議の域外にあって自分の生活に執し、清新な句境を拓く。のち古典、中国詩、宗教書に親しみ、時間、空間の広がりの中に思索的な作品世界を構築した、と言われる。

晩年は体調を損ねられたが、読売新聞の俳壇選者などを努めて、二〇一〇年に亡くなられた。

森澄雄の作品を少し抜きだしてみよう。

チェホフを読むやしぐるる河明り　　森澄雄
家に時計なければ雪はとめどなし
明るくてまだ冷たくて流し雛
雪夜にてことばより肌やはらかし
雪国に子を生んでこの深まなざし
田を植ゑて空も近江の水ぐもり
春の野を持上《もた》げて伯耆大山を
水入れて近江も田螺《たにし》鳴くころぞ
火にのせて草のにほひす初諸子

他の作家の啓蟄の句を少し挙げて結びにする。

啓蟄の土洞然と開き　阿波野青畝
啓蟄や庭とも畠ともつかず　安住敦
啓蟄の大地月下となりしかな　大野林火
啓蟄や解《ほぐ》すものなく縫ふものなく　石川桂郎
啓蟄を啣へて雀飛びにけり　川端茅舎

一番あとの川端の句の啓蟄は、出てきた「虫」のことを指しているのである。

太宰治研究者の浅田高明氏が亡くなった　木村草弥

浅田高明氏が二〇二〇・二・七に亡くなった、と出版社・文理閣の社主から知らせがあった。
私が浅田高明氏について書いたのは、次のもので二〇一九・一・二六のものが最後である。
念のために、再録しておくので読んでみてください。

——新・読書ノート——

浅田高明『私の太宰治論』　木村草弥

——文理閣二〇一九・一・三〇刊——

浅田高明氏から標記の本が贈られてきた。
この本は『探求太宰治「パンドラの匣」のルーツ・木村庄助日誌』一九九六年　に次ぐ、太宰治研究としては五冊目のものである。

私と浅田氏との「なれそめ」は、浅田氏が私たちの長兄・木村庄助と太宰治との研究のために、当地にある昔の「傷痍軍人・京都療養所」—今の国立南京都病院に勤めていた某医師と同道して私宅を訪問されたことに始まる。

太宰治と木村庄助との関係は太宰治全集などで公知のことなので、ここでは繰り返さない。

太宰治関連の資料は、次兄・木村重信の方にあるので、そのことを伝えて兄宅に行ってもらったのだが、浅田氏が書かれた本の写真などに「間違い」があるのを指摘して、訂正してもらった、事ぐらいしか、私は関与していない。

後に兄・重信が「木村庄助日誌」—『パンドラの匣』の底本を復刻出版したときの解説を書いてもらったのも浅田氏である。

太宰治の研究者は何人も居るが、『パンドラの匣』に特化して実地に研究したのは浅田氏だけである。

この本の「あとがきに代えて」の中で
〈在野研究の第一人者「太宰文学研究会」会長・長篠康一郎氏、木村庄助ご実弟で原始美術研究家の大阪大学名誉教授・木村重信氏、太宰治文学研究の泰斗・神戸女学院大学名誉教授・山内祥史氏の三先生には、今までに種々、格別のご指導教示を賜りましたが、惜しくも近年相次いでご他界されました。〉

と書かれている。

その浅田氏も心臓と腎臓に病を持たれて療養中で、病院のベッドサイトにＰＣを持ち込んで、この本の執筆と校正などをやられたそうである。

この本に収められた原稿は、あちこちに書かれたものを、まとめられたもののようである。まさに浅田氏の研究の集大成と言えるだろう。厚さ五センチにも及ぶ大部の本である。

「木村庄助日誌」―『パンドラの匣』の底本　を兄・重信が出した際には、私も校正の一端を担ったことがあるので、思い出ふかいものがある。

浅田氏は私と同じ一九三〇年生まれ、本年「卒寿」となられる。病を癒やされ、お元気になられることをお祈りする。

中身に立ち入ることもなく恥じ入るばかりだが、ここに紹介して御礼に替えたい。有難うございました。


（追記二・五）

浅田氏からメールが来た。旧メールは廃止されたので、新しいメル・アドである。

病床で「動く頭と指だけで書きました。遺書のつもりで書きました。疲れました。」と書いてある。

何とも、壮絶なメールである。私の二通の手紙を見てくださったのである。

三月十一日の悲劇を忘れないために

木村草弥

今日は東日本大震災が起こって、地震と大津波が襲来した日である。

地震の被害もさることながら、大津波によって大被害が起こり、あまつさえ「福島原発」が大爆発し、核燃料が溶けるメルトダウンを起こした悲劇は今に続いている。

この「メルトダウン」については、チェルノブイリ発電所での事故と同様であるが、日本では原発事故当初から、「影響は少ない」という「ウソ」の報道が政府などからなされている。

爆発した原子炉の片付けが進んできた昨今になって、メルトダウンの状況が予想以上に深刻であることが判ってきた。

チェルノブイリでは解けた燃料を取り出すのが不可能なので、建物全体をコンクリートで覆って、いわゆる「死の棺」として数十年経ったのだが、経年劣化でコンクリートが崩壊しだしたので、それを更に再び覆う工事が着手されようとしている。

溶けた原料の塊は「象の足」と呼ばれているが、フクシマの場合も、その象の足と同様の状態であるらしい。

放射線が強くてロボットのカメラも壊れて実情を写すことすら出来ない、ということである。

これらの真実に鑑みて、この悲劇を忘れないために、これに関連する過去記事を再掲載しておくので読んでみてください。

――新・読書ノート――

いつ爆《は》ぜむ青白き光を深く秘め
原子炉六基の白亜列《つら》なる　佐藤祐禎

――佐藤祐禎歌集『青白き光』二〇〇四年初版・短歌新聞社。二〇一一年再版・文庫版いりの舎――

大熊町に在住され福島の原発を以前から告発し続けていた、歌集『青白き光』の佐藤祐禎《さとうゆうてい》さんは二〇一三年三月十二日に亡くなられた。八三歳であった。

初版の「あとがき」で

〈七十五歳にして初めての歌集である〉と書いているように、遅くからの歌の出発であった。

「アララギ」から始まり、アララギ分裂後は宮地伸一の「新アララギ」に拠られた。序文も宮地氏が書いている。

「あとがき」にも書かれているが「先師」とあるように「未来短歌会」の近藤芳美の弟子を標榜されていて、桜井登世子さんと親しかったようである。

角川書店「短歌」六月号に、桜井さんが追悼文を書いておられる。

生前の佐藤さんのことは私は知らない。

原発の大事故のあと、事故前、それも十年ほども前に原発の事故を予測したような歌を発表されていると知って衝撃を受けた。

その歌集が『青白き光』である。

彼が短歌の道に入ったのは五十二歳のときで、遅い出発だった。

この歌集には昭和五六年から平成十四年までの歌五一一首が収録されている。

もちろん原発関連の歌ばかりではなく、羈旅の歌もあり、海外旅行の歌などもある。

ここでは、それらの歌には目をつぶり、原発関連の歌に集中する勝手を許されよ。


　いつ爆ぜむ青白き光を深く秘め原子炉六基の白亜列なる　　佐藤祐禎

この歌は、この歌集の最後に置かれたものだが、題名も、この歌から採られているが、まるで「予言」のような歌ではないか。

彼・佐藤祐禎は再版に際して、別のところで、次のようなことを書いているので引いておく。 ←

『青白き光』を読んでくださる皆様へ

佐藤祐禎

私共の町は、新聞テレビで、充分世にまた世界にフクシマの名で知れ渡ってしまいましたが、福島県のチベットと蔑まれて来ました海岸の一寒村でした。

完全なる農村でして、一戸あたりの面積は比較的多かったのですが、殆ど米作りの純農村故に収入が少なく、農閑期には多くの農民が出稼ぎに出て、生活費を得た状態でした。

そこへ天から降って来たような感じで、原子力発電所が来ると知らされたのです。

この寒村に日本最大の大企業が来れば、一気に個人の収入も増え、当然町も豊かになるだろうと、多くの人は両手を挙げて賛成しました。

わずかに郡の教員組合などは反対したようですが、怒濤のような歓迎ムードの中では、表に出ることはありませんでした。

常識的に言って、これほどの大事業を興すには多くの問題が山積みするはずでしたが、ここでは全く問題は起きなかったのです。

先ず、用地ですが、ここには宇都宮航空隊の分教場があったのです。

敗戦となり、飛行場が撤収された跡には、面積九二万坪つまり三〇〇ヘクタールの荒れ地が残っていました。

それが地元民の知らない内に、三分の二が、堤財閥の名義になっていました。

どのような経緯があったのかは未だわからないのですが、当時の衆議院の議長は西武財閥の祖、堤康次郎であったことを考えると、自ずから分かる気が致します。

あとの三分の一の殆どは、隣の双葉町七人の名義になっていました。

これらの土地は、全くの痩地で、生産性が殆どありませんでしたので、かつては、軍のために無償で提供した夫沢の地区の人らは顧みることもありませんでした。

当時、東京電力の社長・木川田は、福島県出身であり、建設省に絶大なる影響力を持っていた衆議院議員、天野は、ここ大熊町の隣の双葉町の出身だったのです。

そういう立場ですから、同県人として地元の為にと、木川田は考えたのだろうと思います。

そこに、天野は、俺の故郷には、うってつけの土地があると言いました。

立地条件として、第一に、相当広い土地。

第二に、一キロ以内に人家が全くないこと。

第三には、海水が充分確保できること。

第四に、土地取得に障害がないこと。

これらの条件が全て解決できるところが双葉郡大熊町夫沢地区だったのです。

東電の意志が県に伝えられ、双葉郡そして我が大熊町に伝えられ、トントン拍子にことが運んだようです。

そんな訳で土地の価格が、驚くなかれ、一反歩「三〇〇坪」当時で五万円。地上の樹木「矮小木」五万円。併せて十万円だったのです。白河以北、一山百文といわれた東北でしたから、単に売買するとしたら一反歩五千円か、1万円くらいにしか思っていませんでしたから、地権者は喜んで手放しました。びっくりしたのは東電だったようで後で聞きましたら、買収予算の四分の一で済んだとのことでした。後に大きな増設問題が出ました七号炉、八号炉の建設予定地となった厖大な土地は、その余った予算で買った

ということです。

いよいよ工事が始まり、全てのものが大きく変わってゆきました。

数千人という作業員が入り、二十キロ離れた山から岩石を切り出して、工事現場に骨材を運ぶトラックが延々と続きます。労賃も飛躍的に上がりました。

今までは、小さい土木会社の手間賃が七〇〇〜八〇〇円だったのが、数倍に跳ね上がったのです。

農家の人たちは早々と農事を済ませて、我がちに作業員として働き始めたのです。

年間の収入は飛躍的に増加したものですから、原発さまさまになって行きました。

それまでは収入が少なかったものですから、家を建てる時も村中総出で手伝い合い、屋根葺きなども「ゆい」という形で労力を出し合っていましたが、一日数千円の労賃が入るということで、助け合いなどすっかりなくなってしまったのです。

「町は富めども　こころ貧しき」とも私は歌いました。

人口一万弱の町に、三十軒以上の飲み屋、バーがあったといいます。下戸の私などは一回か二回くらいしか行かなかったはずで、その実態などはよく分かりませんが大凡の見当はつきます。

原発に関する優遇税はどんどん入りますし、原発に従事する人達の所得税は多くなりますし、何か箱物とか運動場とか施設を造る度に、原発からは協力費として多額の寄付金がありました。

いつの間にか県一の貧乏村が分配所得県一になってしまいました。

ここだけではありません。

となりの富岡町には、百十一万キロの原子炉が四基出来ましたし、そのとなりの楢葉町と広野町には、百万キロの火力発電所が四つ出来ました。

原発十基と火力四基から生み出される電力は、全て首都圏に送られ、地元ではすべて東北電力の電気を使ってまいりました。

東京の人達に、ここをよく理解してもらいたいと切に願うものです。

私の反原発の芽生えは、一号炉建設の頃、地区の仲間たちが皆そうであったように、どんな物だろうと好奇心を持って少しのあいだ働いた時です。

ある時、東芝の社員の方がこう言ったのを今でも覚えています。

「地元の皆さんは、こんな危険なものをよく認めましたね」という言葉でした。

その時は、変なことをいう人だなと思いましたが、だんだんと思い当たるようになったのです。

最初に気づいたのは、小さいけれども工事の杜撰さでした。

誤魔化しが方々にあったのです。

小さい傷も大きな災害にひろがることがあります。

それらは末端の下請け会社の利を生むためには、仕方がないというのが、この世界の常識だったらしいのですが、ただの工事ではないのです。

核という全く正体の分からない魔物を扱う施設としては、どんなに小さい傷でも大きな命取りになるはずです。

次第に疑念を持ち始めた私は、物理の本を本気になって読み始めました。

そして、それを短歌に詠みました。


この孫に未来のあれな抱きつつ窓より原発の夜の明り見す　佐藤祐禎

（後略）


この文章を読むと、かの地に福島原発が、大した反発もなく建設し得たのかの疑問が氷解する。

上の文章の中のアンダーラインの部分は、私が引いたものである。

「資本の論理」と言われるが、まさに巨大財閥と巨大企業による「犯罪」とも言える行為である。

こんなことは、事前も事後も、日本のマスコミは一行も書かなかった。

さて、本論の佐藤さんの歌である。

多くの歌は引けないので、はじめに掲出した歌を含む巻末の平成十四年の歌の一連を引いておく。

平成十四年　　　東電の組織的隠蔽

三十六本の配管の罅《ひび》も運転には支障あらずと臆面もなし
原発の商業主義も極まるか傷痕秘してつづくる稼働
さし出されしマイクに原発の不信いふかつて見せざりし地元の人の
破損また部品交換不要と言ひたるをいま原発のかくも脆弱
原発などもはや要らぬとまで言へりマイクに向かひし地元の婦人
原発の港の水の底深く巨大魚・奇形魚・魔魚らひそまむ
「傷隠し」はすでにルール化してゐしと聞くのみにして言葉も出でず
ひび割れを無修理に再開申請と言ふかかる傲慢の底にあるもの

ひび割れを隠しつづくる果ての惨思ひ見ざるや飼はるる社員
埋蔵量ウランは七十年分あるを十一兆かけるかプルサーマルに
法令違反と知りつつ告発に踏み切れぬ保安院は同族と認識あらた
面やつれ訪問つづくる原発の社員に言へりあはれと思へど
組織的隠蔽工作といふ文字が紙面に踊る怖れしめつつ
原発推進の国に一歩も引くことなき知事よ県民はひたすら推さむ
いつ爆《は》ぜむ青白き光を深く秘め原子炉六基の白亜列《つら》なる

極めて不十分な鑑賞だが、この辺で終わりにする。ぜひ取り寄せて読んでもらいたい。

この歌集の「初版」は短歌新聞社から刊行されたが、そのときに担当されたのが「玉城入野」氏であった。ちょうど、その頃、彼は短歌新聞社で編集者だった。

その後、短歌新聞社は社長の石黒氏の高齢のために解散されたので、初版本は絶版となった。

フクシマ原発事故の後、佐藤さんの「予言」のような歌を覚えていて、ぜひ再版をと働きかけて再版に至り、よく売れて、私が買ったものは第三刷である。

因みに、この玉城入野氏は、高名な玉城徹の息子さんであり、きょうだいに「塔」所属の歌人として有名な花山多佳子が居る。

鮭ぶち切って菫ただようわが夕餉　赤尾兜子

今日三月十七日は俳人・赤尾兜子《あかおとうし》の忌日である。

彼は大正十四年姫路市生まれ。京大文学部卒。毎日新聞に勤めた。俳句は大阪外語のときに始めた。

「太陽系」「薔薇」「俳句評論」などにかかわった。

昭和35年「渦」を創刊、主宰。昭和三六年、現代俳句協会賞を受賞するが、選考をめぐり、協会の分裂をひきおこし「俳人協会」が発足することになった。

新興俳句系の俳人だったが、のち伝統俳句への回帰に進んだ。昭和五六年歿。

以下はネット上に載る「zenmz」という人のサイトに載るものである。全文を引用する。

これを読めば、彼の「鬱」に陥っていたということなども、よく氷解して理解出来るのである。

【6082】　赤尾兜子を偲ぶ
★　去る者は日々に疎し、と言いますが、鬼籍に逝った親友はいつまでも我が心の中にあって、生きています。いつも3月になると、その人を想い起こすのは赤尾俊郎さん。その人の名を知る人は、もう少なくなりましたが、和歌、俳句等、短詩型文学に親しまれている方なら直ぐおわかりになる「兜

子」（とうし）の俳号を持つ俳人でした。

★　エッ？　あなたが俳人と交遊を？？？　驚かないで下さい。赤尾さんと私は、毎日新聞記者時代の先輩・後輩の関係にあり、赤尾さんが五年先輩。晩年は共に新聞記者の第一線から離れ、大阪本社出版局で、赤尾さんは編集課長、「サンデー毎日」の大阪在勤次長職にあり、私は「点字毎日」編集長をし、文字通りに共に机を並べて仕事をしました。親交はその時に始まりました。

★　当時、大阪・千里ニュータウンにあった我が家にもしょっちゅう遊びに来て、我が家族共々、お付き合いさせていただきました。達筆の人で、最初に夕食を共にした時、色紙に書いてくださったのがこの一句です。

多分、兜子句集二〇〇〇句の中にも含まれているだろうと思います。

　　鮭ぶち切って菫ただようわが夕餉

★　当時、マイホーム主義を揶揄する風潮がありました。ある日、訪れて来た赤尾さんに、私は「マイホーム至上主義」をぶちまくりました。それを受けての一句。私たち家族にとってのみ特別の深みを味わえる句だと思って宝にしています。

★　ここでちょと、赤尾兜子の紹介をしておきます。今から半世紀以上も前、終戦直後の京大学生時代に伝統を打ち破る斬新な俳句を次々と発表して〝前衛俳句〟の新ジャンルを築いた鬼才です。

　代表作　音楽漂う岸侵してゆく蛇の飢

が打ち出す強烈なイメージでその作風をご想像下さい。

★ 大阪外語専門学校（旧制）時代の同級生に司馬遼太郎さん、陳舜臣さんなど著名作家がおり、赤尾兜子さんと合わせて「外語三鬼才」は大阪文壇の三重鎮として並び称せられていました。京大卒業と同時に毎日新聞記者になりましたが、前衛俳句運動は自ら創刊した俳句誌「渦」の結社を中心に展開されました。

★ 赤尾さんは大柄の人で、その外貌はいわゆる「厳《いか》つい」顔。ちょっと近寄りがたい雰囲気をいつも漂わせていました。妥協嫌いのまっしぐら。気むずかしい人と言われていました。が、私とは妙に気が合って親密なお付き合いをさせていただきました。

★ 多分、全くの門外漢であったことが良かったのでしょう。いつか一度、結社を覗かせてもらいましたが、門下生を前にその風格は絶対的な権威を思わせるものがありました。「あんなん、シンドイでしょう」と言うと、「それや、どうにもならん」と笑っていました。

★ しかし、つきあってみると、外見とは大違い。実は、繊細で細やかな心配りの人で、その立ち居振る舞いは実に雅やかでした。気品あるその雅やかな風格は、やはり彼の出自にあったように想います。隠れた才能……お茶のお点前などビックリしたことがあります。

★ 生家は兵庫県網干の旧家、何代か続いた材木問屋です。八人兄弟の次男。長兄の龍治氏は、著名な郷土史研究家で、『盤珪禅師全集』を刊行して姫路市文化功労賞を受け、次いで『徳道上人』を刊行して兵庫県文化功労賞を受けておられます。（因みに兜子も兄に続いて後に兵庫県文化功労賞を受けています）

★　親交が深まるにつれ、私は、自分が編集長をしている週刊新聞「点字毎日」の俳句欄〝点毎俳壇〟の選者をお願いしました。盲人俳句を育てていただけないか？　恐る恐るお願いしたら即座に引き受けて下さいました。「極限から生を見つめる。スゴイ作品がいっぱいある」　初めての月の選評で、今も、心に残る選者・兜子の総評です。

★　そういう次第で、定年で新聞社を去った後も、毎月、〝点毎俳壇〟の選句をしていただくために新聞社に迎えていました。そんなある日、赤尾さんはいつにない真剣な表情で私を凝視しました。「オレ、芭蕉を超えられん」　咄嗟に私は理解しました。それまでの会話で赤尾さんは大きな苦悩を抱え込んでいる様子を察知していました。

★　一言で言ってしまえば、それは彼の短詩型文学の行き詰まりだった、と想います。素人の私には分からない世界ですが、前衛俳句運動で俳壇を震撼させた鬼才も晩年には、伝統俳句への回帰を指摘されるようになっていました。他人には窺い知ることの出来ない大きな葛藤が兜子の内で始まっていたのです。

★　折りも折り、兵庫県文化功労賞を受賞しました。当然、マスコミは長兄・龍治氏に続く「兄弟ダブル受賞」を称えました。傍目には大きな慶事、網干の名門一族にとっても喜ぶべき朗報のはずですが、ご本人にとっては逆だったようです。

★　自らもその作風が伝統回帰を目指していることの意味を問い続け、悶々とそのナゾを密かに問いつめていた兜子にとっては大きなプレッシャーになりました。「これから芭蕉に挑戦や。えらいこっちゃ」当時、喜びに訪れた私に赤尾さんはニコリともせず、そう語ったものでした。

★ それをずっと引っ張ってきていたのですね。「芭蕉を超えられん」とは、あまりに生真面目すぎます。そこで……「あんな、赤尾さん、芭蕉、芭蕉、言うけど、ボクなんか、俗人に言わせてもらえば乞食としか想えへんで。芭蕉超える、言うけど、赤尾さん、乞食にならんと……乞食の次元の話とチャウ？」

★ 眉を顰めて私の前にいた赤尾さんは、突然、「ワッハッハー」大声で笑い始めました。「乞食か。そうやな、乞食。コジキや」本当にこの時、私たちは、悪ガキに戻ってのはしゃぎぶりでした。赤尾さんは、来たときとは全く異なる明るい顔で帰って行きました。

★ それから間もなく。昭和五六年三月十七日のこと。「赤尾さんが交通事故で亡くなられました」人事部から急ぎの連絡がありました。とりもなおさず阪急岡本の自宅に駆けつけました。

★ 奥様のお話では、「今朝、起きがけにタバコを買うと言うて出て行ったが踏切で電車にはねられて即死だった」とか。ただ集まった多くの人々は、「ひどい鬱状態だったからね……」と、咄嗟に自殺と見たようでした。

★ 当時、兜子は重度の鬱状態にあったのはたしかです。でも……私は、今なお、赤尾さんは自殺という積極的な自己否定に出るはずはなかった、それはきっと、鬱による事故だった、と信じています。赤尾家は急坂の中程にあります。下を走る阪急電車。だらだら坂を下る途中に踏切があります。物思いに深けていた赤尾さんが迷い込んだとしか想いようがありません。

★　何故、そう断定するか。赤尾さんが残した一つの句があります。

父として生きたし風花舞う日にも

赤尾さんにはたった一人の男の子がいました。その頃、高校に入ったばかり。「息子もこれで片付いた」と私にその喜びを語りました。その子を想う歌です。赤尾兜子の記録を見ると、多くの解説はその偉大な功績を顕彰した後、昭和五六年五六歳で自殺、としています。だがこんな歌を残して自殺する人がいるでしょうか？

★　兜子の現代俳句誌「渦」は妻の恵以さんが引き継ぎ、神戸に兜子館カルチャーサロンを運営して居られる、と仄聞します。是非、一度、訪れたいと思います。ご子息も四〇歳代になっておられるはず。出来れば、共々、亡友追善の語らいの機会を得たい、と願っています。

その「渦」誌だが、奥さんの恵以さんが亡くなったのか二〇一七年に廃刊になったようである。一時代が終わったという感慨である。

以下は、彼の代表作の句だが、ここには、伝統俳句に回帰した時期の句は、余り引かれていない。

こおろぎに黒い汁ためるばかりの細民

ささくれだつ消しゴムの夜で死にゆく鳥

たのむ洋傘に無数の泡溜め笑う盲人
ちびた鐘のまわり跳ねては骨となる魚
ねむれねば頭中に数ふ冬の滝
まなこ澄む男ひとりやいわし雲
ゆめ二つ全く違ふ蕗のたう
ガソリンくさき屋上で眠る病身の鷗
マッチ擦る短い橋を蟹の怒り
唖《おし》ボタン殖える石の家ぬくい犬の受胎
愛する時獣皮のような苔の埴輪
悪地もなやむなまこのごとき火の鉄片
暗い河から渦巻く蛇と軽い墓
烏賊の甲羅鉛のごと澄む女眼の岸
嬰児泣く雪中の鉄橋白く塗られ
屋上照らす電光の雪記者も睡り
音楽漂う岸侵しゆく蛇の飢
蛾がむしりあう駅の空椅子かたまる夜
海の空罐細り細りて疎《まば》らな葦

柿の木はみがかれすぎて山の国
乾ききる鳩舎寝顔の燃ゆるころ
巻舌よりパン光りおつ医大の傍
機関車の底まで月明か　馬盥
帰り花鶴折るうちに折り殺す
記者の朝ちぎれ靴噴く一刷《はけ》の血
記者ら突込む鉄傘朝の林檎満ち
空地で刺さる媚薬壜掘る墓掘人夫
空鬱々さくらは白く走るかな
広場に裂けた木　塩のまわりに塩軋み
硬く黒い島へわめく群集核《たね》を吐き
子の鼻血プールに交じり水となる
少女の足が研ぐ鯨のような繊維街
赤茶けたハムへ叫ぶ老人が寒い極点
葬の渦とはぐれた神父死鼠の発光
多毛の廃兵遠くで激しくつまづく驢馬
苔くさい雨に唇泳ぐ挽肉器

大雷雨鬱王と合ふあさの夢
朝発つ牝牛に異音流れる霰の丘
鉄階にいる蜘蛛智恵をかがやかす
独裁のけむりまきつく腰帯の発端黴び
破船に植えた血胤のいちぢく継ぐ
俳句思へば泪わき出づ朝の李花
白い唾で濯ぐ石斧の養老院
白い体操の折目正しく弱るキリン
白い牝牛の數藁を擦る薄明の門
薄皮の蝸牛白い営みを濯ぐ老婆
髪の毛ほどのスリ消え赤い蛭《ひる》かたまる
番人へ菌絶える溝のなかからの声
麻薬街の内部撫で了る鼠の孤児
未知の発音尖る陸橋の白い茸《たけ》
密漁地区抜け出た船長に鏡の広間
眠れぬ馬に釘打つ老いた霧の密室
名なき背に混みあう空家の青い石

夜は溜る鳩声惨劇するする刷られ
油でくびれた石白く笑いだす鉄道員
揺れる象のような海聾女の新聞ちぢむ
煉瓦の肉厚き月明疲れる記者
埃から埠頭吸い馬の眼馬の眼を怒る
煌々と渇き渚・渚をずりゆく艾《もぐさ》
膠）のごとく雪呑み乾く髪の老人
鴉の咳ごとに嬰児の首洗う

妻消す灯わが点《とも》す灯のこもごもに
いつしか春となりて来にけり

木村草弥

この歌は私の第二歌集『嘉木』（角川書店）に載るものである。

この歌については若干の思い出がある。

近藤英男先生と一緒に同道して出雲の「空外記念館」を訪ねたりしたことがあるが、先生は脚がお悪いので、往復の飛行機や乗物、ホテルなど、その面倒などを私がみたことがあり、そのお礼にと何か「書」を先生が言われたので、いただけるなら前衛的な書ではなく、伝統的な「かな書」の水茎麗しいものを所望しておいたところ、先生の旧知の後輩の奈良教育大学書道科の吉川美恵子教授の書をお手配くださった。先年、定年で退官された。

吉川先生は日展書道部の現役作家として数々の賞に輝く逸材であられる。また読売書法展などでも活躍される。

その時に吉川先生が書いて下さった私の歌が、掲出したものである。

二つ書いていただいた、もう一つは

かがなべて生あるものに死は一度　白桃の彫り深きゆふぐれ

というものである。この歌については先に、このBLOGで採り上げたことがある。

「灯《あかり》」と言っても、その種類はさまざまである。

掲出の歌を作った頃は、妻が病気になりはじめた頃ではないか、と思う。この歌の続きに

丹精の甲斐もあらずて大根の花を咲かせて妻病んでをり

の歌が並んでいるからである。

わが家では一番遅くに寝るのが妻であり、「妻消す灯」である。

朝ないしは夕方に私が灯を点すこともある。

それが「わが点す灯」ということである。誰が消すか、誰が点すか、ということは逆でもいいのだ。

そういう順序にこだわってもらっては困る。

そういう日々の何気ない繰り返しがわが家の日常であった。

妻も私も元気であった頃は、そんなことは考えもしなかったが、妻が病気がちになって、こういう日常の何気ない光景が、貴重なことに思えるようになったのである。

この「書」二つは奈良の有名な店で表装してもらい掛け軸にし、吉川先生には「箱書」をお願いした。

妻亡き今となっては、この歌と掛け軸は、深い思い出とともに、この時期になると床の間に掲げて、妻を偲ぶのである。

奈良東大寺二月堂の「お水取り」が終わると関西では春らしくなるという。

その修二会は三月一日から十四日間行なわれるのであった。

この言葉通りに、とは行かずに最近は厳しい寒さのぶり返しであるが、そのうちに暖かい日も来る。

今年は「寒」に入ってから寒かったので、地虫が穴から出てくる「啓蟄」さながらに、戸外に出るのが愉しくなってきてほしいものである。

その「お水取り」も、いよいよ十四日で終わる。いよいよ本格的な「春」の到来である。

花冷や簞笥の底の男帯　鈴木真砂女

今日三月十四日は俳人・鈴木真砂女の忌日である。

彼女の長女で新劇俳優である本山可久子の本『今生のいまが倖せ――母、鈴木真砂女』(二〇〇五年講談社刊) というのをネット書店で買った。

銀座にあった彼女の小料理屋「卯波」は彼女の孫・宗男 (可久子の長男) が経営していた。この店も再開発とかで立ち退いたが、二〇一〇年に「新・卯波」が開店したらしい。

彼女の経歴については、可久子の「本」をはじめWeb上でも詳しく載っているので読んでもらいたいが、ここで簡単に載せておこう。

鈴木真砂女は明治三九年十一月二四日に千葉県鴨川市の老舗旅館・吉田屋に生れる。夫の出奔や再婚、自身の愛の出奔など波乱に富んだ人生を送ったあと、昭和32年銀座の路地奥に小料理屋「卯波」を開く。

句作は昭和十年からはじめたという。

その間、久保田万太郎に師事するなど文学者に愛され、石田波郷の定席が決まっていたなどの話。

昭和三八年久保田万太郎の急逝のあとは「春燈」の後継者・安住敦に師事。

句集は七冊出しているが、第四句集『夕蛍』で俳人協会賞を受賞。

第六句集『都鳥』で読売文学賞を受賞。

第七句集『紫木蓮』で蛇笏賞を受賞する。

平成十五年三月十四日死去。享年九六歳。


可久子の本には瀬戸内寂聴が帯文を書いているが、彼女自身も愛の遍歴で家庭を捨てた人であるから、面白い。

この本は、真砂女の生涯を簡潔に、かつ娘として知る「本当の」話を描いていて情趣ふかい。

羅《うすもの》や細腰にして不逞なり　（卯浪）
罪障のふかき寒紅濃かりけり　（生簀籠）
あはれ野火の草あるかぎり狂ひけり　（夏帯）
柚味噌練つて忽然と来る死なるべし　（居待月）
恋を得て蛍は草に沈みけり　（都鳥）
戒名は真砂女でよろし紫木蓮

恋のこと語りつくして明易き　（紫木蓮）

丙午うまれとはいえ恋の女は気性も激しい。二度結婚して二度離婚。五一歳で不倫の恋を貫くため、鴨川の実家、「吉田屋旅館」の女将の座を捨て、女手一つで銀座に小料理屋「卯波」を開店するなどという離れ業をやってのける。以後の四〇年、「卯波」は立ち位置となり、句は「卯波」となった。「老いてますます華やいだ」生涯現役の俳人、腰痛のため療養生活を強いられてなお4年余り、96歳の春、強靭な生命力を持ち続けたさすがの真砂女も平成十五年三月十四日夕刻、東京・江戸川区の老人保健施設で老衰のため逝く。

あるときは船より高き卯浪かな
芽木の空浮雲一つゆるしけり

亡くなる二〇年前、喜寿の年に建立した真砂女の墓。句碑ともいえる矩形の石塊に閉じこめられたのは、美しい思い出ばかりであろうはずもない。

彼女の眠る冨士霊園には、彼女と親しかった中村苑子、秋元不死男、三谷昭、高柳重信などの俳人が葬られているという。

本山可久子の関係では杉村春子などの墓も建っているという。

掌にぬくめやがて捨てたる木の実かな
裏切るか裏切らるるか鵙高音
亀鳴くや夢に通へと枕打ち
風鈴や目覚めてけふのくらしあり
ふぶく音を海鳴りとききねむらんか
かくれ喪にあやめは花を落しけり
老いまじや夏足袋指に食い込ませ
限りあるいのちよわれよ降る雪よ
住みつけば路地こそしたし夜の秋
とほのくは愛のみならず夕蛍
鴨引くや人生うしろふりむくな
忌七たび七たび踏みぬ桜蘂
水もさびし空もさびしと通し鴨
隠しごと親子にもあり桜餅
死なうかと囁かれしは蛍の夜
怖いもの知らずに生きて冷汁

今生のいまが倖せ衣被
生国も育ちも上総冬鴉
ふるさとは遂に他国か波の華
かのことは夢まぼろしか秋の蝶
捨てきれぬものにふるさと曼珠沙華
人を泣かせ己も泣いて曼珠沙華
如月や身を切る風に身を切らせ
ふるさとの冬の渚が夢に出て
白南風や漕ぎ馴れてきし車椅子

なで肩のたをやかならむ真をとめが
パットの肩をそびやかし過ぐ

木村草弥

この歌は私の第二歌集『嘉木』(角川書店)に載るものである。

この歌を作ったのは、もう二十数年前になるので、いま女の人の服の肩がパットを入れた「いかり肩」の流行になっているのか、どうか知らない。

当時は「いかり肩」が全盛期だったので、「私は、なで肩の女らしい方が好きなのになぁ」という気持で作ったものである。

「アカプルコの海」という昔のエルヴィス・プレスリーの一九六三年の映画のマギー役のエルサ・カルデナスは典型的な「なで肩」の美人と言える。

対照するために、同じ映画の、マルガリータ役のウルスラ・アンドレスの典型的な「いかり肩」である。因みに、外国人に圧倒的に人気があったのは、後者のアンドレスだという。

日本の女の人には「なで肩」の人が多いと言われている。

外国人の場合は、どうなのだろうか。

私は、そういう日本人の女の人の「なで肩」が好きである。

なで肩の線が、何ともなく、艶めかしくて、見ていても、いい気分になる。

それを、わざわざパットを入れて「いかり肩」にどうしてするの、というのが、この歌の趣旨である。

この頃では余り「ウーマンリブ」というような言葉を聞かないが、ひところは盛んに主張されたことがある。そのことの良し悪しを、私は言っているのではない。

なで肩が好きという、あくまでも私の個人的な感想に過ぎない。

女性の社会進出は年々ますます盛んで、女性がそれぞれの分野で重要なポストを占めるようになってきた。

そんな時代になっても、女の人には「ユニセックス」のような状態にはなってほしくない、と私は思うのである。

社会の重要なポストを占めながら、なお「女性」としての魅力を失ってほしくはない、のである。

女としての魅力を「売り物」にする人もあるだろうが、それでも、いいのではないか。

なで肩の歌というのではないが、女の後姿その他の歌を引いて終わる。

　後肩いまだ睡れり暁はまさにかなしく吾が妻なりけり　　千代国一
　泣くおまえ抱けば髪に降る雪のこんこんとわが腕に眠れ　　佐佐木幸綱

たちまちに君の姿を霧とざし或る楽章をわれは思ひき　近藤芳美
とことはにあはれあはれは尽すとも心にかなふものか命は　和泉式部

この記事の初出は二〇〇六・二・二一のもので、当時、この記事をご覧になったFRANK LLOYD WRIGHTさんが、下記のコメントを寄せられた。


〈なで肩は中国で言えば、華南とか上海とか海沿いの地域はなで肩ですね。

つまり、海から離れた北京とかはいかり肩が多い。満州も内陸部はそうですね。

日本・韓国は、島国・半島国家ですから言わずとしたなで肩。海沿いです。

東南アジアはおしなべてなで肩。海に関係するからですかね？

インドなんて、北インドはいかり肩で、南インドはなで肩。ドラビタ系はなで肩が多い。

スリランカは、同じ家族でいかり肩、なで肩がとびとびに。

インドからの移住と現住のドラビタとの血の現れでしょうか？〉

私には新しい知識だが、面白いので、ご紹介しておく。

水取りや氷の僧の沓《くつ》の音

松尾芭蕉

この句には「二月堂に籠りて」の前書きがある。

奈良東大寺二月堂では、三月一日から十四日まで修二会《しゆにえ》の行法が行われる。二月二一日から練行衆と言われる僧は精進潔斎をおこない、三月十一日の夜から堂に参籠し、授戒、籠松明、お水取りなどの諸行を修し、達陀《だつたん》の法で行が終わり、十五日の東大寺涅槃講を迎える。二月堂の開祖・実忠和尚が始めたと言われる。修二会とは、二月に修するという意味で、旧暦の二月一日から十四日間にわたって行われたもので、今の暦では、上に書いたように三月に行われる。「お水取り」は、そのうちの一つで、三月十三日の午前二時頃から行われる。

二月堂で一年間仏事に用いる聖水を、堂の近くの閼伽井《あかい》で汲み、本堂に運んで五個の壺に納め、須弥壇の下に置くもので、この「あかい」の水は若狭国から地下でつながっていると伝えられる。この水で牛王《ごおう》の霊符を作り参詣の人々に分けるのである。

以上がお水取りの行法だが、これを拝観に人々が集まるのは、雅楽の響きの中、法螺貝を吹き鳴らし、杉の枯葉を篝火に焚き、僧が大松明を振りかざして回廊を駆け昇るのだが、クライマックスとなるのは三月十二日午後八時頃に籠松明十二本を次々に連ねて廻廊から揺りこぼす（関係者は「尻松明」と称するらしい）という壮観な行事である。この大松明の振りこぼした「燃え残り」を拾って、家に持ち帰ると、ご利益があるというので、人々は競って拾うのである。写真は、その時の大松明の燃えさかる様子だが、どうして、お堂に火が移らないか、と不思議である。

関西では「水取りや瀬々のぬるみも此日より」の句にある通り、お水取りが終わらないと暖かくならないと言われ、事実、季節の推移は、そのようになるから不思議である。こういう感覚は、関東や西国の人には理解できないことかも知れない。

掲出した芭蕉の句だが、しんしんと冷える深夜、凍てついた氷さながらの僧の、森厳な修法の姿を端的に示す氷ついた沓音が響く。「氷」は「僧」にも「沓音」にもかかると見るべきだろう。貞享元年から二年にかけての記念すべき関西への旅の体験である。出典は『野ざらし紀行』。

修二会を詠った句を挙げて結びにする。

廻廊の高さ修二会の火を降らし　　岩根冬青
修二会の赤き雪かな火の粉かな　　吉川陽子

籠りの僧煙のごとしや走り行　堀喬人
女身われ修二会の火の粉いただくや　斎藤芳枝
修二会の奈良に夜来る水のごと　角川源義
修二会僧女人のわれの前通る　橋本多佳子
巨き闇降りて修二会にわれ沈む　藤田湘子
走る走る修二会わが恋ふ御僧も　大石悦子
法螺貝のあるときむせぶ修二会かな　黒田杏子
修二会果つ大楠の根を雨洗ひ　針呆介
雨音も修二会も鹿の寝《い》の中に　志摩知子
倶に寡婦修二会の火の粉喜々と浴び　我妻草豊
参籠の修二会に食ぶ茶粥かな　大橋敦子
ささささと火を掃く箒お水取り　山田弘子
火と走る僧も火となるお水取り　銀林晴生
お水取り青衣女人のまかり出る　磯野充伯

春潮のあらぶるきけば丘こゆる
蝶のつばさもまだつよからず　　坪野哲久

この歌は敗戦翌年の春の歌。

かよわい蝶の翼と、荒らぶる春潮との対比の中には、単に自然界の描写にとどまらず、当時のきびしい時代相の、おのずからなる心象風景も含まれるように思われる。

「丘こゆる」という簡潔な描写が、この歌では、よく生きている。重圧に耐えつつ、挑む生まれたばかりの小さな生命が、この飛びゆくものの描写の中に、可憐に、しかも雄々しく表現し尽されている。

能登生まれの作者は孤高詰屈の調べを持っているが、その中にも孤愁がにじみ、浪漫的な郷愁が流露するところに、独特の魅力がある。

知らない読者のために、坪野哲久の経歴を少し書いてみよう。

「アララギ」から出発し、「ポトナム」などで戦前活躍した人だが、昭和初年、新興歌人連盟に参加、プロレタリア短歌運動で活躍したが、第一歌集『九月一日』が発禁処分を受ける。

獄中生活など苦難を体験。夫人は、その頃知り合った山田あき、である。この夫人も名のある歌人。こういう経歴の持ち主と知れば、さまざまな「くびき」から解放された作者の心象が、掲出した歌には、十全に表出されている、と知ることが出来よう。

坪野哲久の歌を少し引用してみよう。老年期の作品である。

憂ふれば春の夜ぐもの流らふるたどたどとしてわれきらめかず
春さむきかぜ一陣の花びらがわが頬をうち凝然と佇つ
春のみづくぼめて落ちし遺響ありおもく静かに水は往きにき
たんぽぽのはびこる青に犬は跳びきりきりと排糞の輪をかきはじむ
にんげんのわれを朋とし犬の愛きわまるときにわが腓《こむら》嚙む
百姓の子に生れたるいちぶんを徹すねがいぞ論理にあらず
ほら聞けよぶんぶん山から風がきて裏の蕪がただ太るぞえ
残り生が一年刻みとなりしこと妻とわらえりあとさきいずれ
死ぬるときああ爺ったんと呼びくれよわれの堕地獄いさぎよからん
つまどいの猫のさわぎも生きもののうつくしさにて春ならんとす
無名者の無念を継ぎて詠うこと詩のまことにて人なれば負う

老人のぼくだけですね雨のなか生ごみという物を運ぶは

生きる途中土筆を摘んでゐる途中　　鳥居真理子

この句は「土筆を摘んでゐる途中」の描写の中に「生きる途中」という心象を盛って秀逸である。

私の第四歌集『嬬恋』（角川書店）に載るものに、こんな歌がある。


夜の卓に土筆《つくし》の吐ける胞子とび我死なば土葬となせとは言へず　　木村草弥

川の堤防の土手などに「つくし」が頭を出す時期になってきた。

採ってきた「つくし」をテーブルの上などに置いておくと、未熟なものでは駄目だが、生長した茎が入っていると、私の歌にあるように「胞子」が白く下に溜まってばら撒かれることがある。

この頃では季節の野草としてスーパーなどで「つくし」が売られるような時代になってきたが、本来は春の野にでて「摘草」を楽しむものであろう。

「つくし」は「スギナ」の若い芽（正しくは胞子茎）で、学名をEquisetum arvenseという。

スギナは嫌われものの野草で深い根を持ち、畑などに侵入すると始末に負えないものである。

食料として「つくし」を見ると、子供には、苦くて、旨くなくて、なじめない野草だった。大人の、それも男の大人の酒の肴というところであろうか。

昔の人は、土の中から、あたかも「筆」先のような形で出てくるので、これを「土筆」（つくし）と呼んだのである。


私の歌は「国原」という長い一連の中のもので、この歌の前に

土筆生ふ畝火山雄々し果せざる男の夢は蘇我物部の
あり無しの時の過ぎゆく老い人にも村の掟ぞ　土筆闌《た》けゆく

という歌が載っている。

こうして一首あるいは二首を抜き出すと判りにくいかも知れない。一連の歌の中で、或る雰囲気を出そうとしたものだからである。

掲出した歌も上の句と下の句とが、ちょうど俳句の場合の「二物衝撃」のような歌作りになっていて、この両者に直接的なつながりはなく、それを一首の中に融合させようとしたものである。

敗戦後しばらくまでは、私の地方では、伝統的に「土葬」だった。

私なども町内の手伝いとして何度も、土葬のために墓の穴掘りに出たものである。すでに埋葬された

人の人骨などが出てくることもあった。

キリスト教では基本的に土葬であり、土葬が野蛮とか遅れているとかいうことは出来ない。風習の問題である。

「火葬」は仏教に特異な遺体の処理法であると知るべきである。今では、当地も、すっかり火葬一色になってしまった。

墓が石碑で固めた墓地になってしまったので、私だけ「土葬」にしてくれ、といっても出来ない相談である。

一番目の歌について少し解説しておくと「蘇我物部《そがもののべ》」というのは、蘇我氏、物部氏とも滅びた氏族である。ご存じのように蘇我氏は渡来人系であり、物部氏は日本古来の氏族であったが蘇我氏などとの抗争で滅ぼされた。だから私の歌では、それを「果せざる男の夢」と表現してみたのである。

墓地にはスギナが、よく「はびこる」ものである。

私の歌の一連は、そういう墓地とスギナとの結びつきからの連想も歌作りに影響している、とも言えようか。

「つくし」を詠んだ句は大変多いので、少し引いておく。


土筆野やよろこぶ母に摘みあます　　長谷川かな女

病子規の摘みたかりけむ土筆摘む　相生垣瓜人
つくづくし筆一本の遅筆の父　中村草田男
土筆見て巡査かんがへ引返す　加藤楸邨
まま事の飯もおさいも土筆かな　星野立子
土をでしばかりの土筆鍋に煮る　百合山羽公
土筆折る音たまりける体かな　飯島晴子
生を祝ぐ脚長うしてつくしんぼ　村越化石
土筆の袴とりつつ話すほどのこと　大橋敦子
惜命や夜のつくしの胞子吐く　神蔵器
一行土筆を置けば隠れけり　小檜山繁子
土筆など摘むや本来無一物　矢島渚男
週刊新潮けふ発売の土筆かな　中原道夫
着ると暑く脱ぐと寒くてつくしんぼ　池田澄子
「はい」と言ふ「土筆摘んでるの」と聞くと　小沢実
生き死にの話に及び土筆和え　増田斗志
末黒野の中の無傷のつくづくし　村上喜代子
摘み溜めて母の遠さよつくづくし　田部谷紫

土筆たのし巨木のやうに児は描く

国分章司

妻抱かな春昼の砂利踏みて帰る

中村草田男

この句は第二句集『火の鳥』（昭和十四年刊）に載るもので、まだ作者が若い頃の作品だが、一種の「鬼気迫る」雰囲気の句であり、

私は、この句に出会ってから忘れ得ない作品である。

出張か何かで、しばらく家を空けていたのであろうか、初句に「妻抱かな」という強烈な欲情の表出があって、中7が「春昼」である。

春の昼日中に妻を抱きたい、という直情的な表現には驚かされる。

「砂利踏みて」という表現が、また秀逸である。砂利というのは、ご存じの通り、ざくざくという音を発する。

妻抱かな、という欲情が、砂利のざくざくという音によって一種の「後ろめたさ」みたいなものを感じさせて文字通り「鬼気迫る」感じを読者に与えるのである。

この句には、後日談がある。

この句に触発された加藤楸邨が、私なら、こう作ると改作したのが、〈妻抱かな春昼の闇飛びて帰る〉という句である。

この句は、さすがに楸邨も気がとがめたのか、自選句などの中には入っていない。

私は、この改作を「寒雷」の誌上で二〇歳になるかならない頃に読んで記憶しているのである。その頃、私は楸邨が好きだったので、楸邨の改作句の方が、より鬼気迫るものがある、と思い込んでいたが、今では草田男の原句の方も悪くない、と思うようになった。

楸邨は、欲情を抱いて「妻抱かな」と帰ってゆくのだから、その「春昼」を「闇」として把握して改作した訳であり、それはそれで見事な「鬼気」の表現だと思う。

ここらで中村草田男の句を抜き出してみたい。

ひた急ぐ犬に会ひけり木の芽道
田を植ゑるしづかな音へ出でにけり
玫瑰や今も沖には未来あり
蜻蛉行くうしろ姿の大きさよ
降る雪や明治は遠くなりにけり
吾妻かの三日月ほどの吾子胎《やど》すか
燭の灯を煙草火としつチエホフ忌
万緑の中や吾子の歯生え初むる
虹に謝す妻よりほかに女知らず

毒消し飲むやわが詩多産の夏来る
勇気こそ地の塩なれや梅真白
父母未生以前とは祖国寒満月
伸びる肉ちぢまる肉や稼ぐ裸
葡萄食ふ一語一語の如くにて
浮浪児昼寝す「なんでもいいやい知らねいやい」
生れて十日生命が赤し風がまぶし
雪中梅一切忘じ一切見ゆ
子のための又夫《つま》のための乳房すずし
雲かけて萌えよと巨人歩み去る　　高浜虚子告別
勿忘草日本の恋は黙つて死ぬ
山紅葉女声《めごゑ》は鎌の光るごと
芸は永久《とは》に罪深きもの蟻地獄

「万緑」という季語は草田男が中国の古詩からヒントを得て創作したものとして有名だが、虚子は、それを死ぬまで認めなかった、と言われているのも、両者の確執として有名な話である。

群《むらが》れる蝌蚪《くわと》の卵に春日さす
生れたければ生れてみよ　宮柊二

宮柊二《みやしゅうじ》は北原白秋の弟子であり、若い一時期、邸に住み込んで書生の仕事をしていた。晩年のその頃、北原は短歌雑誌「多磨」を発行していて、その弟子には、その後独立した多くの有力な歌人がいる。

宮も昭和二八年に短歌結社「コスモス」を創刊し、有力な結社の主宰者として短歌界に君臨した。


この句は昭和二八年刊の歌集『日本挽歌』に載るもの。

季節的には、もうそろそろ蛙の卵も孵化する頃だと思うが、私のところのような田舎でも、なかなか蛙の卵を見つけるのは困難である。

それには理由がある。この辺の農家は兼業農家が多く、米を穫った後の裏作をしないので、田圃は水を張らないままで冬を過ごすので、蛙が卵を産む水がない。

蝌蚪とは「おたまじゃくし」のこと。

この歌の下の句の「生れたければ生れてみよ」という表現が独特である。

こういう発想をする人は多くはない。宮の主宰者としての気概が表れているとも言える。

私が短歌をやるようになるきっかけは、コスモス同人の安立スハルさんの縁であるが、入ってすぐ、宮が「コスモス」創刊の時に高らかに謳いあげた「歌で生の証明をしたいと思います」という宣言文に感激したことを思い出す。

私が入会したのは平成になってからで、もう主宰者・宮氏は亡くなっておられた。

宮は戦争中は召集されて中国の山西省の前線に下士官として配属されていて、戦後『山西省』という歌集を出して、戦時を詠った歌を「現在形」で作って注目された。昭和六一年没。

以下に歌を引用するが、その中には戦時の歌も多く含まれる。

美童天草四郎はいくさ敗れ死ぬきはもなほ美しかりしか
接吻《くちづけ》をかなしく了へしものづかれ八つ手団花《たまばな》に息吐きにけり
つき放れし貨車が夕光《ゆふかげ》に走りつつ寂しきまでにとどまらずけり
たたかひの最中静もる時ありて庭鳥啼けりおそろしく寂し
おそらくは知らるるなけむ一兵の生きの有様をまつぶさに遂げむ
おんどるのあたたかきうへに一夜寝て又のぼるべし西東の山
鞍傷に朝の青蠅《さばへ》を集《たか》らせて砲架の馬の口の青液《しる》

ねむりをる体の上を夜の獣穢れてとほれり通らしめつつ
軍衣袴も銃《つつ》も剣も差上げて暁渉る河の名を知らず
ひきよせて寄り添ふごとく刺ししかば声も立てなくくづをれて伏す
耳を切りしヴァン・ゴッホを思ひ孤独を思ひ戦争と個人をおもひて眠らず
一本の蠟燭燃しつつ妻も吾も暗き泉を聴くごとくゐる
疲れたるわれに囁く言葉にはリルケ詠へり「影も夥しくひそむ鞭」
英雄で吾ら無きゆゑ暗くとも苦しとも堪へて今日に従ふ
藤棚の茂りの下の小室にわれの孤りを許す世界あり
音またく無くなりし夜を山鳩は何故寂しげに啼き出すのか
老びとの増ゆといふなる人口におのれ混りて罪の如しも
人生は十のうちなる九つが嘆きと言ひつ老いし陸游
頭《づ》を垂れて孤独に部屋にひとりゐるあの年寄りは宮柊二なり
中国に兵なりし日の五ケ年をしみじみ思ふ戦争は悪だ

長年のうちに短くなりし分われらは食みしやこの擂粉木《すりこぎ》を

安立スハル

昨日、宮柊二を採り上げたついでに、私の先師・安立スハルを選んだ。先生の名前は、スハルという特異なものだが、本名である。お父上が日本画家であられたので、こういう命名になったらしい。京都のお生まれだが、中年以降は岡山市に住いされた。若い頃から結核で、結婚はされず独身。二〇〇六年に亡くなられた。私は若い時から短詩形に親しんで、現代詩の方にいたのだが、たまたま新聞歌壇に投稿したものが、採用され、短歌の道に入るようになった。読売新聞（大阪）の夕刊の歌壇の選者を安立さんがしておられ、親しく選評に接するようになった。その縁で「コスモス」にも入会したものである。

昨日の宮の歌と、今日の安立さんの歌を比べてみると、「生れたければ生れてみよ」と「われらは食みしやこの擂粉木を」という発想に、私は師弟としての似通ったものを認めざるを得ない。一般の歌詠いの発想とは、一肌違った自在な詠いぶり、とも言えようか。

安立さんは、私に「歌というのは、こういう風に詠まなければならない、というようなことは、何もないのです」と、よく仰言った。私も勝手な人間なので、その言葉は身に沁みた。

そんな安立さんと、「コスモス」からの出発であったが、何しろ自作の歌が一首か二首しか載らない。コスモスは大きな結社で掲載するスペースが限られているのだ。そんなことで、もっと歌を多く載せてくれる結社を求めて私は「未来」誌に移ることになる。

安立さんとは、師として以後も礼を尽して来たが、晩年はひどいヘルペスを病まれて結社とも音信を絶たれて私の方へも音沙汰もなかったが、先に書いたようにお亡くなりになった。

以下、少し歌を引いて終わりにしたい。

- 一つ鉢に培へば咲く朝顔のはつきり白しわが座右の夏
- 金にては幸福は齎されぬといふならばその金をここに差し出し給へ
- 自動扉と思ひてしづかに待つ我を押しのけし人が手もて開きつ
- 家一つ建つと見るまにはや住める人がさえざえと秋の灯洩らす
- 瓶にして今朝咲きいづる白梅の一りんの花一語のごとし
- 青梅に蜜をそそぎて封じおく一事をもつてわが夏はじまる
- くちなはにくちなはいちご村の子に苗代苺赤らむ夏ぞ

・若さとは飢か四時間面《おもて》あげず列車に読みて降りゆきし人

・見たかりし山葵の花に見入りけりわが波羅葦僧《はらいそ》もここらあたりか

・島に生き島に死にたる人の墓遠目に花圃のごとく明るむ

・もの書くと重荷を提ぐと未だ吾にくひしばる歯のありてくひしばる

・今しがた小鳥の巣より拾ひ上げし卵のやうな一語なりしよ

・一皿の料理に添へて水といふもつとも親しき飲みものを置く

・本といふ「期待」を買ひて歩みゆく街上はけふ涼しき風吹く

・有様《ありやう》は単純がよしきつぱりと九時に眠りて四時に目覚むる

・悲しみのかたわれとしもよろこびのひそかにありぬ朝の鵙鳴く

・大切なことと大切でないことをよりわけて生きん残年短し

・踏まれながら花咲かせたり大葉子もやることをやつてゐるではないか

チューリップはらりと散りし一片にゴッホの削ぎし耳を想ひつ

木村草弥

この歌は私の第六歌集『無冠の馬』（KADOKAWA　二〇一五・四・二五刊）に載るものである。原文は角川書店「短歌」誌平成二四年六月号に発表したものが初出となっている。雑誌に発表したものは十二首だが、歌集に載せる際に二首を習作帖から抜いて付け加えている。その部分を、ここに引いておく。

ゴッホの耳　　　木村草弥

白鳥の帰る頃かもこぶし咲き白き刹那を野づらに咲《わら》ふ
一斉に翔びたつ白さにこぶし咲き岬より青い夜が来てゐる
三椏《みつまた》の花はつかなる黄に会ふは紙漉きの村に春くればゆゑ
沈丁の香の強ければ雨ならむ過去は過去なり今を生きなむ
誰に逢はむ思ひにあらず近寄ればミモザの花の黄が初々し
生憎の雨といふまじ山吹の花の散り敷く狭庭また佳し

白もくれん手燭のごとく延べし枝《え》の空に鼓動のあるがに揺るる
松の芯が匂ふおよそ花らしくない匂ひ　さうだ樹脂《やに》の匂ひだ
ひと冬の眠りから覚めたか剪定した葡萄の樹液したたり止まぬ
天上天下唯我独尊お釈迦様に甘茶をかける花祭　ひとすぢに生きたい
チューリップはらりと散りし一片にゴッホの削ぎし耳を想ひつ
〈チューリップの花には侏儒が棲む〉　といふ人あり花にうかぶ宙《そら》あり
ブルーベリージャムを塗りゆく朝の卓ワン・バイ・ワンとエンヤの楽響《な》る
千年《ミレニアム》きざみに数ふる西洋か　日本は百年に戦さ五度《いつつたび》

ねがはくは花のもとにて春死なむ
その如月の望月のころ

西行法師

もし願いが叶うならば爛漫たる桜の花のもとで死にたいものだ、まさにその二月十五日の満月の頃に。

古来、日本の歌や句では「花」というと「桜」の花を指す決まりになっている。

「如月の望月の頃」は旧暦で二月十五日、満月のことであるが、今の太陽暦では三月末にあたる。

西行の熱愛した桜の花盛りの時期だが、その日は、また釈迦入滅の日でもある。仏道に入った者として、最も望ましい死の日だった訳である。

この歌は、自分の歌の中から秀歌七二首を自選して三十六番の歌合《うたあはせ》の形に組み、藤原俊成に判を求めた「御裳濯河歌合《みもすそがわうたあわせ》」に含まれている。時に、西行七十歳。

三年後の建久元年二月十六日、彼は驚くべきことに、願った通りの時に死んだ。七三歳だった。

西行が入滅したのは、河内の弘川寺（現在の大阪府南河内郡河南町弘川）である。

先に書いたように釈迦涅槃の日に、しかも熱愛していた桜の満開の望月の時、という頃に命を終えたということが、世人の深い感動を誘ったのである。

因みに、芭蕉をはじめ、西行の足跡を慕って諸国を行脚した歌人や俳人はかなりの数にのぼるが、西行終焉の地・弘川寺を突き止めたのは、享保十七年（一七三二年）、藤原俊成の『長秋詠草』の記事によって発見した歌僧・似雲であると言われている。

いま弘川寺を訪ねると、似雲が再興したと伝える「西行堂」が本堂背後の丘にあり、その脇に川田順の筆になる

年たけてまた越ゆべしと思ひきや命なりけりさやの中山　西行（山家集）

の歌の石碑が立つ。

そして木下闇の広場には佐佐木信綱の書で

仏には桜の花を奉れわが後の世を人とぶらはば　西行（山家集）

の大きな歌碑が立っている。


弘川寺は天智天皇の四年、役行者によって開創され、天武、嵯峨、後鳥羽、三天皇の勅願寺で、本尊は薬師如来。西行終焉の地としてその名を知られる。

西行堂は、江戸中期、西行を慕って広島よりこの地を求めた歌僧似雲によって建立された。

晩年の西行はこのあたりで起居し歌を詠み暮らしたのだろうか。

私事で恐縮だが、私の姉・登志子は昭和十九年二月に結核で死んだが、死期を悟ってからは、しきりに花の下で死にたい、と言った。

その花とは、私たちの村は梅の花の名所であったから、「梅」の花を指しているのだが、彼女の意識の中には、花の種類こそ違え、西行の、この歌があったのは確かなことであった。

そして姉は、その願いの通り、梅の花咲く季節に死んだ。

石川美南歌集『体内飛行』　木村草弥

――短歌研究社二〇二〇・三・二〇刊――


敬慕する石川美南さんから標記の本をご恵贈いただいた。

石川さんの第五歌集ということになる。

この本には何も書かれていないが、東京外国語大学のご出身である。

前歌集『架空線』ほかについては前にブログに書いた。

ずっと若いが、同じ東京外語出身の千種創一の歌集『砂丘律』には、石川さんの「評」が裏表紙に載っている。

この本については『砂丘律』評を参照されたい。

この本に収録されたのは「短歌研究」誌二〇一七年一月号から三か月おきに二〇一八年十一月まで八回にわたり連載された一連「体内飛行」が元になっている。

これに同じ「短歌研究」二〇一九年一月号、四月号に発表された一連「一九八〇－二〇一九」他を付加して二八〇首からなっている。

こういうのは「ふらんす堂」などが十年ほど前から企画、実行しているもので、著名歌人、俳人を競わせて評判になっているものである。

石川さんも今を嘱望される作家で、こういう企画を持ち込まれるというのは喜ばしいことである。

この本には書かれていないが、石川さんは一九八〇年のお生まれであり、晩婚そして四十歳前後での出産ということでである。

本の題名にも、そのまま採られて、文字通り、この本一冊は妊娠、出産の記録の歌ということになる。

前の本と同様に、極めてブッキッシュな編集で「引用」「前書き」なども一杯で私の好きな本である。

基本的に、自分の体、生活に立脚したリアリズムの歌作りである。

難しい比喩表現などは無い。


少し本に立ち入って見てみよう。

発表の一連毎に表題がつけられている。

1. メドゥーサ異聞
2. 分別と多感
3. 胃袋姫
4. 北西とウエスト
5. エイリアン、ツー

6. 飛ぶ夢
7. トリ
8. 予言

少し歌を引いてみる。

・メドゥーサの心にばかり気が行ってペルセウス座流星群の星見ず　メドゥーサ
・目を覗けばたちまち石になるといふメドゥーサ、真夜中のおさげ髪
・翼ある馬を産みたる悲しみのメドゥーサ、襟に血が付いてゐる
・浅い雪　あなたと食事するたびにわたしの胸の感触が変はる
・逡巡の巡の音湿り、今週はあなたが風邪を引いて会へない
・夕暮れの薬缶覗けば大切な暮らしの中にあなたが暮らす
・眠りへと落ちゆく間際ひたすらに髪撫でてゐる　これは誰の手　分別と多感

こうして彼女の「大切な」人が、彼女の中で育ってゆくのである。

・豆の袋に豆の粒みな動かざるゆふべもの食む音かすかにて　小原奈実

・『穀物』同人一人にひとつ担当の穀物ありて廣野翔一はコーン
・「燕麦よ」「烏麦よ」と言ひ合つて奈実さん芽生さん小鳥めく

同人誌・刊の光景である。この章には前書きや言葉書きが入る。いずれも的確。

・試着室に純白の渦作られてその中心に飛び込めと言ふ
・引き波のごときレースを引いて立つ沖へ体を傾けながら
・本棚に『狂気について』読みかけのまま二冊ある　この人と住む
・二人して数へませうね暮れ方の蚊帳に放てば臭ふ蛍を
・勘違ひだらうか全部　判押して南東向きの部屋を借りる
・生活は新しい星新しい重力新しい肺呼吸
・柔らかなミッションとして人間の肌の一部に触れて寝ること
・慣れてしまふ予感怖くて皮膚といふ皮膚掻きむしりながら入籍

彼の愛に包まれながら、だんだんと一緒に暮らす現実に慣らされて行くのである。

6.「飛ぶ夢」は、前書き、引用が多い。というより、すべてに引用が付く。

燕燕は梢から飛び立ち、人々の頭上を回りながら滑空している。

ひとしきり冷たい雫が落ちてきた。彼女が流した涙のようだ。　莫言「嫁が飛んだ――！」

・医師とわたしのあひだボックスのティシュー置かれて、ひとたび借りぬ
　放心した自分の横顔に、富士の反射がちかりと来る　　前田夕暮『水源地帯』

・をとひと同じ讃美歌、曇つては晴れゆく視界、はい、誓ひます
　濃淡さまざまの黄色に彩られた地球は、我が吊籠の周囲において徐ろにその円周を縮めつつあった。　稲垣足穂「吊籠に夢む」

・我が顔を心配さうに見下ろせる心配な心配なあなたよ
愛する祖母が、同じ頃に亡くなり葬儀があったのである。祖母を焼く儀式には出ずに婚礼支度をしていた。

・顔こする五本のゆびを見つめつつうかうか弾むわたしの声よ
・わたしとは違ふ速さに弾みゐる右心房右心室左心房左心室
・宿主の夏バテなんぞ物ともせずお腹の人は寝て起きて蹴る
・椅子までの八歩を歩む　立つたまま履けなくなつたパンツを持ちて
・つやつやの腹部ちらりと確かめて「ビリケンさんに似てきた」と言ふ
・陸亀のやうに歩めり「横顔」がいつも流れてゐた地下街を
・目を細め生まれておいで　こちら側は汚くて眩しい世界だよ
・薄明に目をひらきあふときのため枕辺に置く秋の眼鏡を

ここまでが「体内飛行」の歌である。

そして「一九八〇－二〇一九」は石川さんの一代記の一年に一首づつの、誕生から現在までの連作である。

一九八〇　誕生

・廊に響く祖母の万歳三唱をわたしは聞かず眠りゐしのみ

一九九〇　小学四年一学期の保護者面談で

•「美南ちゃんだけは女の武器を使はず戦つてゐて偉いと思ふ」

一九九七　『短歌朝日』に投稿を始める

•岡井隆の顔写真　（その下にわたしが上げた小さな花火）

二〇〇四　黒瀬珂瀾兄の結婚式に出席

•新郎の法衣はピンク　檀家さんが「いい男ね」とじわじわ騒ぐ

二〇一五　シンガポールで短歌朗読

•真夜中の樹を見に行かう　この街ではストッキングを誰も履かない

二〇一八　「短歌研究」の作品連載始まる

•「会ふたびに薄着になる」と弾む声　五月、はためく蓮を見てゐた

二〇一八　出産

•うちの子の名前が決まるより早く周子さんがうちの子を歌に詠む

二〇一九　子どもの名前は透

•トーと声に出せば溢るる灯・湯・陶・問ふ・島・糖等、滔々と

結婚、我が子誕生、と、お慶びの連続する、作者にとっては「記念碑」的な一巻である。お見事な歌いぶりで、何とも嬉しい気分になる本である。歌作りと共に私生活でも充実した「生」を生きていただきたい。

九十歳の老爺からのお祝いのメッセージである。

ご恵贈有難うございました。

（完）

これを読まれた石川さんからメールが来て、

〈あとがきにも少し書いていますが、連載のタイトルを「体内飛行」にすると決めた時点では、妊娠・出産はおろか、結婚も決まっていなかったのです。あとから現実がタイトルに追い付いてしまって、びっくりしています。〉

と書かれている。

「あとがき」には〈第七回で「体内飛行」というタイトルに思いがけず実生活が追いついたときには、奇妙な問いさえ頭に浮かんだ〉と書かれているが、このタイムラグの不思議さに、気が付かなかったのは私の間抜けだった。

ここに付記して、この符合に敬意を表して置こう。

（四・八記）

うすべにのゆく手に咲ける夕ざくら
父なる我の淡きものがたり　　木村草弥

この歌は私の第四歌集『嬬恋』（角川書店）に載るもの。

私の歌は「夕ざくら」という具象に仮託して、父として生きて来た歳月を振り返って、家族の中で、どんな位置を占めてきたのだろうか、極めて「淡いものがたり」にとどまっていたのではないか、という寂寥感を詠ったものである。

家族の中で、父親という存在は、家族の生活を担って生きて来た割には、母親に比べて極めて「淡い」存在であるように私には、感じられる。

それは男としての性生活でのありように大きく関係すると思う。

私の第一歌集『茶の四季』（角川書店）に載せた歌

後の世に残し得つるはこれのみか我が放精し生《な》せる三人娘　　木村草弥

のように、男性として子作りに参画したのは、精液の一雫のみであり、十ヶ月間も腹に子を抱いて、かつ分娩の苦痛をした末に産み落とす母親、との「産みの記憶」がケタ違いにスケールが違うから。

その故に、私は「父なる我の淡きものがたり」という自覚に至るのである。
世の男性諸氏、いかがであろうか。

今しも「桜」のシーズンであるから、以下、桜を詠んだ句を引いておく。

夕桜家ある人はとくかへる　小林一茶
ゆふ空の暗澹たるにさくら咲き　山口誓子
生涯を恋にかけたる桜かな　鈴木真砂女
ひらく書の第一課さくら濃かりけり　能村登四郎
会ひ別れあと幾そたび桜かな　六本和子
遠桜いのちの距離とおぼえけり　林　翔
乱世にあらずや桜白過ぎる　沢木欣一
じつによく泣く赤ん坊さくら五分　金子兜太
桜咲くを病みて見ざりき散るときも　草間時彦
さきみちてさくらあをざめゐたるかな　野沢節子
命終の色朝ざくら夕ざくら　小出秋光
さくらさくらもらふとすればのどぼとけ　黛まどか

みどりごのてのひらさくらじめりかな　野中亮介
朝ざくら家族の数の卵割り　片山由美子
夕桜ふつくらと橋かかりけり　大嶽青児
婆と孫に筵一枚田のさくら　竹鼻瑠璃男
人に生まれ桜に生まれ星遠し　三輪初子

花衣ぬぐやまつはる紐いろいろ　杉田久女

この句は女性ならでは、の句である。昔の人は、皆、和服を着ていたから、特に女の人は着物を着るには、いろいろの紐が必要だった。

そこから、この句には一種のエロスが香り立つのである。

昨日付けで載せた中村汀女が、彼女に憧れて俳句を始めた、と書かれているので、ここに載せる気になった。

杉田久女は鹿児島生れ。東京の高女を出てから、小倉中学校教師・杉田宇内と結婚。

「ホトトギス」で頭角を現すが、昭和十一年「ホトトギス」を除籍される。その経緯などは判らない。

久女の句で、私の好きなものを抜き出してみよう。

春の夜のまどゐの中にゐて寂し
東風吹くや耳現はるるうなゐ髪
燕来る軒の深さに棲みなれし
バイブルをよむ寂しさよ花の雨

照り降りにさして色なし古日傘
足袋つぐやノラともならず教師妻
右左に子をはさみ寝る布団かな
ぬかづけばわれも善女や仏生会
ちなみぬふ陶淵明の菊枕
虚子留守の鎌倉に来て春惜しむ
種浸す大盥にも花散らす
ほろ苦き恋の味なり蕗の薹
道をしへ一筋道の迷ひなく

私は彼女については無知だが経歴などは省略する。

杉田　久女（すぎた　ひさじょ、一八九〇年（明治二三年）五月三〇日〜一九四六年（昭和二一年）一月二一日）。
本名は杉田　久（すぎた　ひさ）。
一九〇九年中学教師で画家の杉田宇内と結婚し、夫の任地である福岡県小倉市（現・北九州市）に移る。一九一一年長女・昌子（後に俳人・石昌子となる）誕生。

はねず色のうつろひやすき花にして
点鬼簿に降る真昼なりけり

木村草弥

この歌は私の第二歌集『嘉木』（角川書店）に載るものである。

この歌については、短歌時評として前衛短歌作家として著名な塚本邦雄氏が読売新聞平成十一年六月二八日夕刊に、この歌を引用して、次のように批評していただいた。


〈いずれも心・詞伯仲した好著であり、これだけ熟読すると現代短歌の、ある断面が眼前に出現し、はたと考えこみ、また二十一世紀に望みを託したくなる。〉


そういう意味でも私にとって「記念碑」的な、思い出ふかい歌である。

「はねず色」というのは、日本古来の色見本として掲げられている色で「うすべに色」のことである。

また「点鬼簿《てんきぼ》」というのは、仏壇に納められている先祖さまの戒名や祥月命日を書いてある「過去帖」の別名である。

人間は死ぬと「鬼籍」に入る、などというように、死んだら「鬼」になるのである。だから別名を「点鬼簿」という。

詩歌では、こういう風に「過去帖」という日常的な表現を、わざと避けて、「点鬼簿」という非日常的な表現を採るのである。

詩歌というのは、日常を非日常化したものである。

この歌も、花の盛りを詠んだ華やかなものではなく、「死」の匂いに満ちた哀感の歌と言えるだろう。

私は、いつも「死」の隣にいるのである。

二首採り上げてもらって、もう一首の歌は

　　茶師なれば見る機《をり》もなき鴨祭むらさき匂ふ牛車《ぎつしや》ゆくさま

これは五月の京都の葵祭を詠んだもので、丁度その頃は新茶製造の最盛期で「茶師」である私としては見物どころではない境地を表現したものである。

そういう意味で、この二つの歌は私にとっては「記念碑」なものなのである。

敢えて一節を採って書いておく。

げんげ田にまろべば空にしぶき降る
架かれる虹を渡るは馬齢　木村草弥

この歌は私の第二歌集『嘉木』（角川書店）に載るもので、沓冠《くつかぶり》という昔からの歌遊びの形式による連作「秘めごとめく吾」の巻頭の歌。

〈沓冠《くつかぶり》〉という遊び歌について　木村草弥

——木村草弥の作品〈秘めごとめく吾〉の場合——

或る人との交信の中で「沓冠」という、中世から和歌の世界でやられてきた「遊び歌」について触れたところ、どういう仕組みかという質問があった。
そこで私の作品を例にあげて説明してみたい。
これは「秘めごとめく吾《わ》」という題名の沓冠十五首であるが、雑誌『未来』誌一九九六年九月号に、特集・異風への挑戦③で「課題・沓冠」が編集部から指名で課されてきたものに応じて発表したものである。

「くつかぶり」は漢字で書くと「沓」と「冠」とになる。
「冠」とは一首の歌の頭の音《おん》を①〜⑮へ。
「沓」は歌の末尾の音を⑮〜①へと辿ると

「現代短歌に未来はあるか
そんなことは誰にもわからない」となる。この文をよく覚えておいてほしい。

これが「くつかぶり」という歌の遊びであるが、十五首の歌の頭と末尾が、事前に決っているので、それに基づいて歌を作り、連ねて行かなければならない、という難しさがある。

この、沓冠に宛てる「文」は作者の自由に決めてよい。
なお沓冠には二種類あり、私は一首の頭と末尾に沓冠をあてはめたが、もう一種類は、各歌の5、7、5、7、7の各フレーズの区切りに、沓冠に選んだ字（音＝おん）を当てはめてゆく、というもの。

では、実際に、私の作品を見てみよう。なお歌の頭に便宜的に①〜⑮の数字を付けておいた。実際の作品にはついていない。

秘めごとめく吾《わ》——沓冠十五首　　木村草弥

①げんげ田にまろべば空にしぶき降る　架かれる虹を渡るは馬齢

②ん、といふ五十音図のおしまひの大変な音《おん》が出て来ちやつたな

③だいぢやうぶ、忘八といふ大仰な題名つけた人がゐるから

④生きものはみな先ず朝を祝福せむ、徹夜してまで作るな短歌

⑤たまさかの独り居の夜のつれづれに十指を洗ふ秘めごとめく吾《わ》

⑥ん、ならね　人の世の運などといふ不確かなるに縋りてをるも

⑦革ジャンに素乳房を秘めハーレーに跨る少女、血を怖れずに

⑧にちげつを重ねて揃ふ茶のみどり摘むゆびさきは陽光《ひかり》に刺され

⑨みどりなす陽ざしに透ける茶摘女の肌うるはしき茶ばたけの段《きだ》

⑩ライラックそのむらさきの髪ふさの舞姫ソフィゆめに顕《た》てるは

⑪いなづまのびりりと裂きし樹の闇を殻もゆらさず蝸牛ゆく音

⑫花火果てて元のうつろな河となり晩夏の水を眺むるをとこ

⑬アポトーシス自然死なるにあくがれて華甲も六とせ越えし吾かな

⑭るいるいと海松《みる》の朽ち藻に身をまかせ記憶の森にトラウマ尋《と》めん

⑮愛《かな》しさは遠浅なして満ちくるをもくれんの花は昼もだすとぞ

お判り頂けただろうか。見ていただければ判るように、かなりの習練と、当意即妙な自由さ、が必要である。

私などは、かなり遊びの要素の多い人間で、こういう遊びは大好きであり、もう二十数年も前のことだが、これを制作中は、嬉々として楽しく作品作りに当った。

実際の制作期間は二日ほどである。

先ず、当てはめる「冠」と「沓」になる「文」を作り、それを歌の頭と、歌の末尾に配置してから、歌の制作にかかる。

作ったあとには、大きな達成感があるのである。

並べる歌の数は十五とは限らない。十でもよいし、三十でも、よい。

ただし、三十となると、かなり難しさが増すだろう。どんな数にするかは、課題を出す編集者の裁量である。

散文詩・アダージェット　木村草弥

—吾が爪の変形しゆく夕まぐれ『マーラー五番アダージョ』黄の部屋に盈つ　山口紀子—

ルキーノ・ヴィスコンティの映画『ヴェニスに死す』というのがあった。
その主題曲として
マーラーのシンフォニー五番、第四楽章アダージェットが挿入され、
多くの人の耳に馴染み深い、忘れられない音楽となった。
ヴェニスを舞台に展開する屈折した同性愛のエロスとは無縁であることは言うまでもないが、
この曲はマーラーがアルマ・シントラーに贈った愛の曲である。

マーラーは一九〇一年十一月に知り合い、一ヵ月後に婚約し、四ヵ月後に結婚した。
マーラーと親しかったオランダの指揮者メンゲルベルクは自分のスコアの第四楽章のアダージェット
部分に、こんなメモを書き残している。

このアダージェットはグスタフ・マーラーがアルマに宛てた愛の告白である！

彼は手紙の代りにこの自筆譜を彼女に贈り、言葉を一切添えなかった。
だが彼女はそれを理解し、「来てください！！！」と返事を書いた。
これは二人が私に話してくれたことである！　W・M

また、スコアの左端には、冒頭のヴァイオリンによる旋律にぴったり当てはまる七行の詩が書き込まれている。

どれほど君を愛しているか
私の太陽よ
言葉では言い尽くせない
ただ君に憧れ
君を愛しているとだけ
訴えることしかできない
君は我が至福の喜び！

シンフォニックなラヴレターと呼べるアダージェットは「言葉なき歌曲」だが、言葉がついているに等しいと言える。

前登志夫の弟子に石坂幸子という歌人が居て、山口紀子と二人で「たらえふ通信」というハガキによる歌語りを交換していた。石坂幸子がC型肝炎で逝って「たらえふ通信」と歌友・山口紀子が残された。

残されて生きる心にほんのりと芙蓉のような明るさありて　　山口紀子

その残された山口紀子と木村草弥は、一年弱「えふえむ通信」なるハガキ通信をしていた。山口紀子は第三子出産後、厳しい腎臓障害に陥り、週三回の透析を必要とする生活に苦しんでいた。

吾が爪の変形しゆく夕まぐれ『マーラー五番アダージョ』黄の部屋に盈つ

という冒頭の歌は、「爪の変形しゆく」と詠って悲痛である。「えふえむ通信」は、そんな紀子の体調を慮って、つい遠慮する私に紀子が苛立ち、いつしか通信に齟齬を来たすようになって解消した。あれから、もう十数年が経つが紀子はどうしているだろうか。

マーラー死後その妻アルマ波乱なす華やかな恋あまたしたりき　木村草弥

この詩は私の第二詩集『愛の寓意』（角川書店二〇一〇年刊）に載るものである。

うらうらに照れる春日《はるひ》にひばりあがり
心かなしもひとりし思へば　　大伴家持

雲雀《ひばり》は春の鳥である。一年中いる留鳥ではあるが春以外のシーズンには目立たない。スズメ科ヒバリ属という鳥で保護色になっているので草叢や地面に居ると見分けにくい。頭には短い羽冠がある。

繁殖期の子育ての時期には囀りがいかにも春らしく、中空で歌い、一直線に地に下りる。これを落ちるという。麦畑や河原の草に巣を作るが、巣から離れたところに下り、草かげを歩いて巣に至るので、巣を見つけるのは難しい。

ひばりは空にあがる時はヘリコプタの上昇のように一直線に真上に羽をはばたいて昇る。子育ての時期には敵の存在を確認すべく上空から監視するのではないか。いわゆる「ホバリング」が出来る鳥なのである。

この後、文字通り羽ばたきをやめて一直線に「落ちる」。

ひばりは虫や昆虫などを餌にしている。掲出した写真も虫をくわえている。

秋などに休耕田の草刈をしていると、虫が飛び出すのを知っていて、いろいろの鳥が寄ってくるが、ヒバリも寄ってくるものである。

ヨーロッパの詩などにもヒバリは、よく詠われ、イギリスの詩人パーシー・シェリーの有名な名詩"To a skylark"がある。

日本の詩歌にも古来よく詠われ、掲出の大伴家持の歌も有名なものである。

「うらうらに」という出だしのオノマトペも以後多くの歌人に使われているものである。

以下、歳時記に載るヒバリの句を引いて終わりたい。

雲雀より空にやすらふ峠哉　松尾芭蕉
うつくしや雲雀の鳴きし迹の空　小林一茶
くもることわすれし空のひばりかな　久保田万太郎
わが背丈以上は空や初雲雀　中村草田男
なく雲雀松風立ちて落ちにけむ　水原秋桜子
雲雀発つ世に残光のあるかぎり　山口誓子
かへりみる空のひかりは夕雲雀　百合山羽公
初ひばり胸の奥処といふ言葉　細見綾子
虚空にて生くる目ひらき揚雲雀　野沢節子
ひばり野やあはせる袖に日が落つる　橋本多佳子

雨の日は雨の雲雀のあがるなり　安住敦
雨の中雲雀ぶるぶる昇天す　西東三鬼
腸《はらわた》の先づ古び行く揚雲雀　永田耕衣
いみじくも見ゆる雲雀よ小手のうち　皆吉爽雨
雲雀野や赤子に骨のありどころ　飯田龍太
ふるさとは墓あるばかり雲雀きく　高柳重信
雲雀落ち天に金粉残りけり　平井照敏
ひばりよひばりワイングラスを毀してよ　豊口陽子
揚雲雀空のまん中ここよここよ　正木ゆう子
ひばりひばり明日は焼かるる野と思へ　櫂未知子
揚雲雀空に音符を撒き散らす　石井いさお

夏

暗闇を泳ぐ生きものだったから
まなこをなくしたのねペニスは　佐藤弓生

佐藤弓生《さとうゆみお》（女性、一九六四年生れ）は、詩人、歌人、翻訳家。石川県生まれ。関西学院大学社会学部卒業。夫は作家・評論家の高原英理。井辻朱美の影響により作歌を始め、一九九八年より歌誌「かばん」所属。二〇〇一年、「眼鏡屋は夕ぐれのため」で第四七回角川短歌賞受賞。幻想的な作風。

著書
詩集『新集・月的現象』沖積舎　1991
第一歌集『世界が海におおわれるまで』沖積舎　2001
詩集『アクリリックサマー』沖積舎　2001
第二歌集『眼鏡屋は夕ぐれのため』角川書店　2006（二一世紀歌人シリーズ）
第三歌集『薄い街』沖積舎　2010
第四歌集『モーヴ色のあめふる』書肆侃侃房　2015（現代歌人シリーズ4）
『短歌タイムカプセル』東直子、千葉聡共編著　書肆侃侃房　2018

翻訳
英国風の殺人　シリル・ヘアー　世界探偵小説全集　国書刊行会　１９９５
地下室の殺人　アントニイ・バークリー　国書刊行会　１９９８（世界探偵小説全集）

佐藤弓生の作品を私は余り知らない。アンソロジー『角川現代短歌集成』から少し引く。

・生まれる子生れない子とひしめいて保温ポットの中のきらきら
・わたしかなしかったらしい冷蔵庫の棚に眼鏡を冷やしおくとは
・かんたんなものでありたい　朽ちるとき首がかたんとはずれるような
・まっくらな野をゆくママでありました首に稲妻ひとすじつけて
・みずうみの舟とその影ひらかれた莢のかたちに晩夏をはこぶ
・往診の鞄おおきくひらかれて見れば宇宙のすはだは青い
・うさぎ入りガラスケースに手をかざし生がまだよく混ざっていない
・胸に庭もつ人とゆくきんぽうげきらきらひらく天文台を
・人工衛星《サテライト》群れつどわせてほたるなすほのかな胸であった地球は
・ほろほろと燃える船から人が落ち人が落ちあこれは映画だ
・百の部屋百の机のひきだしに息ひそめおり聖書の言葉

・コーヒーの湯気を狼煙に星びとの西荻窪は荻窪の西

不完全な引用で申訳けないが、この人は基本的に「詩人」だなと思う。既成の「歌人」という分類では分けられないと思う。

掲出した歌も、恐らくは連作だろうと思うのだが、この歌の前後に並ぶ歌が判れば、もう少し判るだろう。

後から引いた十二首の歌は作者の自選だから自分でも好きな作品なのだろう。掲出歌と、この十二首の歌とで連作として読んでも面白い。

からころも／着つつなれにし／妻しあれば
はるばる来ぬる／旅をしぞおもふ
在原業平

先ず掲出した歌のことを書く。

この歌は当代一の色男であった在原業平が三河――今の愛知県の「八橋」というカキツバタの名所で詠ったもので有名なもの。今は八橋ゆかりの「無量寿寺」の中で継承されている。

原文には「／」のようなものは無いが、この歌の成り立ちを説明するために、敢えて区切りを入れてみた。

この歌には趣向がこらされていて、5、7、5、7、7の各フレーズの頭に「かきつばた」の字を置いて作ったもので「冠」作りという歌遊びになっている。

「折り句」と言われることもある。

「からころも」というのは「着る」にかかる「枕詞」であるが、この「からころも」という言葉自体にも「衣」としての意味がある。

衣を身にまとうように馴れ親しんできた妻だが、思えばはるばると旅をつづけてきたものだなあ、いとしい妻が思われてならぬ、という意味である。

カキツバタとアヤメの見分け方は、先ずカキツバタは葉の幅が3センチほどあるのにアヤメは幅が1センチほどしかない、ということ。

またカキツバタは四月末から五月中旬、下旬にかけて咲くが、アヤメは露天では6月にならないと咲かない。というところであろうか。

菖蒲というと五月五日の端午の節句に合せて花菖蒲を飾るが、これはビニールハウスで保温して促成栽培したものであり、私の住む地域で盛んに栽培されている。


この頃では西洋品種の「アイリス」という花が一般に栽培されるようになった。紫色が一段と濃い花である。

他にもジャーマンアイリスとか何とか、とりどりの色と柄の品種がある。

カキツバタは、明後日五月十三日の「誕生花」であり、花言葉は「幸運」「雄弁」である。

はじめに書いた三河の八橋は杜若の名所で、今でも四月下旬から五月下旬まで、カキツバタにまつわるイベントが開催されている。

なお愛知県の県花はカキツバタになっている。

カキツバタの花の姿が飛燕の紫を思わせるので燕子花とも書く。杜若を詠んだ句を引いて終わる。

赤犬の欠伸の先やかきつばた　小林一茶
杜若切ればしたたる水や空　高浜虚子
よりそひて静かなるかなかきつばた　高浜虚子
垣そとを川波ゆけり杜若　水原秋桜子
燕子花咲くや桂の宮寂びて　水原秋桜子
降り出して明るくなりぬ杜若　山口青邨
杜若けふふる雨に蕾見ゆ　山口青邨
地図になき沼に霧湧く杜若　児玉小秋
妻の脛妖しき日ありかきつばた　佐藤いさむ
ベレー帽おしゃれ被りに杜若　遠藤梧逸
声とほく水のくもれる杜若　桂信子

亨けつぎて濃く蘇るモンゴル系
　ゐさらひの辺に青くとどめて

木村草弥

この歌は私の第四歌集『嬬恋』（角川書店）に載るものである。

よく知られていることだが、いわゆる「モンゴリアン」という人種のお尻には尾骶骨の上の方に、特有の「蒙古斑」という青い「あざ」の模様が幼少期には見られる。大きくなると、それは薄れて見えなくなる。

ハンガリー人なども源流はモンゴリアンと言われているが、その後白人との混血も進んでいるのだが、今でも「蒙古斑」は見られるのだろうか。

現在の南北アメリカ大陸に渡ったネイティヴ・アメリカンは、ずっと昔にベーリング海峡を渡って辿り着いたモンゴリアンだと言われているが、そう言われているからには、この「蒙古斑」が彼らにも認められるということなのだろうか。

念のために申し添えると「ゐさらひ」というのは「尻」のことを指す「やまとことば」古語である。お尻というところを「いさらい」と言えば、何となく非日常化して来るではないか。

これは「おむつ」というところを「むつき」と言い換えるのと同様のことである。いわば「雅語」化するのである。

これらは詩歌の世界においては常套的な手段である。

ずっと昔に、うちの事務所にいた子育て中の事務員さんと雑談していて、話がたまたま「蒙古斑」のことになったところ、その人は真顔になって「うちの子には、そんなアザはない」と反論して来たことがある。

われわれ日本人はモンゴリアンといって必ず「蒙古斑」があるのだと説明したことである。もちろん人によってアザの濃淡はあるから気づかなくても不思議ではない。

この辺で、終わりにする。

がんぼの五体揃ひてゐし朝　平山邦子

「ががんぼ」は極めて弱い虫で、ちょっと触れるだけで、すぐ足がもげてしまう。この句は、そういう様子を巧く句にまとめている。

私の歌にも、こんなものがある。

　ががんぼを栞となせる農日記閉ざして妻は菜園に出づ　木村草弥

この歌は私の第一歌集『茶の四季』（角川書店）に載るものである。

ガガンボというのは「蚊とんぼ」という場合もあるが、蚊の姥《うば》からなまったもので、「かがんぼ」が正しいとも言われている。

蚊を大きくしたような虫で、細くて長い足を持ち、その足もすぐにもげる。人には害は与えない。

この歌に詠っているのは、まだ妻が元気で菜園に出ていた頃の作品で、農日記と称する手帳をつけていて、たまたま、そのページにガガンボが止まったまま閉じたので、栞のようにガガンボが挟まれている、という情景である。

妻は都会育ちの人で農作業に関しては全くの素人であるが、農村育ちの私の母などから教えられて、農作業を覚えていった。

素人だから、何ごともメモしておく習慣がつき、ひところは狭いながら菜園を作っていた。

同じ歌集に

母よりも姑《はは》と暮らすが長しと言ひ妻は庭べの山椒をもぐ

という歌が載っている。

このようにして農作業に従事してゆくうちに、ものを「育てる」「収穫する」という喜びを体験して、だんだん農作業が面白くなってきて、ナスやキュウリ、トマトなどを育ててきたのである。

いっぱし農作業に精通しているかのように、私に手伝いの指示を出したりするようになった。

農作業についての妻を詠ったものは、まだたくさんあるので、またの機会に書きたい。

それらのことも妻が死んだ今となっては、懐かしい思い出である。

花や植物の名前などは、私は妻に教えられたものが多いのである。

ガガンボを詠んだ句を引いて終わる。

ががんぼの脚の一つが悲しけれ　高浜虚子

ががんぼのかなしかなしと夜の障子　本田あふひ

蚊とんぼの必死に交む一夜きり　山口誓子

ががんぼのタップダンスの足折れて　京極杞陽

ががんぼに熱の手をのべ埒もなし　石橋秀野

ががんぼの悲しき踊り始まりぬ　伊藤いうし

ががんぼにいつもぶつかる壁ありけり　安住敦

ががんぼの音のなかなる信濃かな　飯田龍太

蚊の姥の竹生島から来りしか　星野麦丘人

ががんぼの一肢かんがへ壁叩く　矢野渚男

ががんぼの脚を乱して外の闇へ　星野恒彦

ががんぼを恐るる夜あり婚約す　正木ゆう子

ががんぼの溺るるごとく飛びにけり　棚山波郎

万緑の中や吾子《わこ》の歯生えそむる

中村草田男

「万緑《ばんりょく》」は夏の見渡すかぎりの緑を言う。元来は季語ではなかった。

草田男は、中国の古詩、王安石の詩の一節〈万緑叢中紅一点〉から「万緑」の語を得て、これを季語として用い、現代俳句の中に定着させた点で、記念碑的な作品である。

一面の緑の中で、生え初めた我子の赤ん坊の歯の白さが健気に自己を主張している。

生まれ出るもの、育ちゆくものへの讃歌が「万緑」の語に託されている。

満目の緑と小さな白い歯、この対比が鮮やかで、俳句的に生きたので、たちまち俳句界に共感を呼ぶ季語となった。

しかし、季語として流行することは、また安易な決まり文句に堕する危険をも含んでいて、この万緑の句も例外ではない。

昭和十四年刊『火の鳥』に載る。

ちなみに、高浜虚子は死ぬまで、この万緑を季語としては認めなかった、というのも有名な話である。

葉桜の中の無数の空さわぐ　　篠原梵

初夏、花の去った後の葉桜が、風にゆれつつ透かして見せる様々な形の空の断片を「無数の空」と表現した。

それを「さわぐ」という動態でとらえたところに、この句の発見がある。

草田男の句に添えて、この句を載せたいという気になった。

誰でもが見る、ありふれた光景を的確な言葉で新鮮にとらえ直すという、詩作の基本的な作業を行なって成功した句である。

篠原は明治四三年愛媛県生まれ。昭和五〇年没。「中央公論」編集長を経て、役員を務めた。

昭和六年臼田亜浪に師事して以来、斬新な感覚を持って句誌「石楠」に新風を起こした。俳句の論客としても活躍。


ここで「万緑」「新緑」の句を少し引く。

万緑やわが掌に釘の痕もなし　　山口誓子
万緑やおどろきやすき仔鹿ゐて　　橋本多佳子
万緑や血の色奔る家兎の耳　　河合凱夫

万緑に蒼ざめてをる鏡かな　上野泰
万緑や死は一弾を以て足る　上田五千石
動くもの皆緑なり風わたる　五百木瓢亭
恐ろしき緑の中に入りて染まらん　星野立子
水筒の茶がのど通る深みどり　辻田克巳
まぶたみどりに乳吸ふ力満ち眠る　沖田佐久子
新緑やうつくしかりしひとの老い　日野草城
新緑に紛れず杉の林立す　山口波津子
新緑の山径をゆく死の報せ　飯田龍太

しぼり出すみどりつめたき新茶かな

鈴鹿野風呂

新茶の季節である。

もっとも私は引退した身であるから今の茶況などについては疎いが一般的なことを書いてみよう。

茶業にたずさわるものにとって、今が茶の仕入れ時期として一番いそがしく、かつ、その年の豊作、不作、製品の出来栄え、などを勘案し、仕入れ金額に頭を悩ます時である。

「利は元にあり」というのが商売の鉄則であり、品質の悪い茶や高値掴みをすると、その一年、利益どころか、損をすることになる。

茶の審査というのは、茶の葉っぱを熱湯で滲出して、真っ白い磁器の審査茶碗と称する器で行う。

いま適当な「審査茶碗」の写真がないのでお許しを乞う。

審査に使う一件あたりの茶の量も厳密に計る。

これはイギリスなどでの「紅茶」の審査でも同じ方法を採る。

現在の緑茶の審査方法も、あるいは、このイギリス式の紅茶審査法を近代になって見習ったものかも知れない。

熱湯と言っても、文字通り沸騰した湯を使う。こうしないと欠点のある茶を見分けることが出来ない。

このようにして、毎日、多くの茶を審査するので、全部飲み込むわけではないが、胃を悪くしてアロエの葉の摺り汁などの厄介になることもある。

掲出の句は「みどりつめたき」と言っているのは、新茶の青い色を表現したもので、今どき夏に流行る「水出し」のことを言ったものではない。

この「みどりつめたき」という表現が作者の発見であって、これで、この句が生きた。

鈴鹿野風呂は京都の俳人で、この人の息のかかった俳人は、この辺りには多い。

鈴鹿野風呂《すずかのぶろ》は明治二十年四月五日、京都市左京区田中大路八に生まれる。本名登。生家は吉田神社の神官を継承している家柄。幼い頃に母親を亡くしたため、京都を離れ中学は斐太中学に学ぶ。後京都一中に戻り卒業、鹿児島の七高、京都大学の国文科に入学。大正五年、京都大学国文科を卒業後、鹿児島の川内中学校に勤務。後に京都の武道専門学校、西山専門学校で教鞭をとる。戦後は京都文科専門学校長を勤めた。

俳句は中学時代に小説に興味を持ち「ホトトギス」を購入。大学時代に古今集を卒論とし、また俳諧を藤井乙男（紫影）に学んだ事より句作。鹿児島の川内中学校に勤務時代、同僚の佐藤放也と「ホトトギス」に投句。高浜虚子に師事し、大正九年「散紅葉かさりこそりと枝を伝ふ」で初入選。当時、無味乾燥的な瑣末主義に陥っていたホトトギスの中にあって、叙情的で清新な野風呂の作風は、当時若くして名を成していた日野草城と並んで「草城・野風呂」時代と謳われた。

武道専門学校教授時代に日野草城、五十嵐播水らと「京大三高俳句会」を発足。

大正九年月、日野草城、岩田紫雲郎、田中王城らとともに、俳誌「京鹿子」を創刊した。

「京鹿子」は「京大三高俳句会」を母体とし、後に山口誓子、五十嵐播水らも加わって、関西ホトトギスの中心をなしていく。

後に「京鹿子」に対し池内たけしが提唱し、水原秋桜子、高野素十、山口誓子、富安風生、山口青邨らの東大出身者を中心とした「東大俳句会」が発足し、この二つの流れが、ホトトギスの二大系統となっていく。

やがて「京鹿子」は草城、播水が京都を離れたことより、野風呂の主宰となり関西の「ホトトギス」の中軸となって発展していく。

野風呂は多作で知られ「連射放」と呼ばれた。それによってやがて平淡な事実諷詠の句が野風呂の特徴となる。

昭和四六年三月十日没。

内裏雛冠を正しまゐらする
ついと来てついとかかりぬ小鳥網
水洟や一念写す古俳諧

鯨割く尼も遊女も見てゐたり
秋海棠嵐のあとの花盛り

いま手元に鈴鹿野風呂の作品が他に見当たらないので、歳時記に載る新茶の句をひいておく。

生きて居るしるしに新茶おくるとか　高浜虚子
雷おこしなつかし新茶澄みてあり　土方花酔
夜も更けて新茶ありしをおもひいづ　水原秋桜子
新茶汲むや終りの雫汲みわけて　杉田久女
新茶淹れ父はおはしきその遠さ　加藤楸邨
天竜の切りたつ岸の新茶どき　皆吉爽雨
無事にまさるよろこびはなき新茶かな　川上梨屋
筒ふれば古茶さんさんと応へけり　赤松蕙子
新茶汲む母と一生を異にして　野沢節子
新茶濃し山河のみどりあざやかに　橋本鶏二

重たげなピアスの光る老いの耳〈人を食った話〉を聴きゐる　木村草弥

この歌は私の第四歌集『嬬恋』（角川書店）に載るものである。

この歌の前には

一つ得て二つ失ふわが脳聞《なづき》き耳たてても零すばかりぞ　木村草弥

というのが載っているので、一体として鑑賞してもらいたい。

この歌については私が兄事する米満英男氏が同人誌「かむとき」誌上に批評文を書いていただいた中で触れて下さった。

敢えて、ここに書き抜いてみよう。


〈何とも言えぬユーモア、あるいは洒脱な語り口からくる、本音に近い発想の楽しさを湛えている作品を抜き出してみよう。……車内で見た〈老婦人〉であろう。

隣の老人の語る〈人を食った話〉、つまり人を馬鹿にした話をじっと聴いている。そしてその話をまた

作者自身も、思わず聴いてしまう。〉

というのである。場面設定については読者によって違っていて、よいのである。

米満氏の批評は、私がユーモアないしは皮肉を込めて描きたかったことを、ほぼ書いていただいたと思う。

この歌で私が表現したかったのは〈人を食った話〉というのが眼目である。

その米満氏も亡くなって寂しくなった。ご冥福をお祈りしたい。


ピアスその他の装飾品を身にまとうのは古代の風習であった。

今でも未開な種族では、こういう装飾品をどっさりと身につける習俗が残っているが、文明世界でも、この頃は装飾品が大はやりである。

耳ピアスどころか、ボディピアスとか称して臍のところにピアスはするわ、鼻にするわ、脚にはアンクレットというペンダント様のものを付けるなど、ジャラジャラと身にまとっている。

私の歌にも描写している通り、この頃では老人も耳ピアスなどは普通になってきた。

最初には違和感のあったものが、このように一般的になると、そういう気がしないのも「慣れ」であろうか。

イシュタルの門の獅子たち何おもふ
異国の地にぞその藍の濃き

木村草弥

この歌は私の第五歌集『昭和』（角川書店）に載るものである。
ご存じの方は目を瞑ってもらって、ここで「ペルガモン」「イシュタル門」のことでWikipediaの記事を引いておく。

ペルガモン博物館（Pergamonmuseum）は、ドイツのベルリンにある博物館の1つである。博物館島にあり、館名の由来にもなっている「ペルガモンの大祭壇」を始めとするギリシャ、ローマ、中近東のヘレニズム美術品、イスラム美術品などを展示する。

博物館島は、ベルリン市内を流れるシュプレー川の中洲であり、かつての東ベルリンに位置する。中洲の北半分にペルガモン博物館のほか、ボーデ博物館（Bodemuseum）、旧国立美術館（Alte Nationalgalerie）、旧博物館（Alte Museum）、新博物館（Neue Museum）の計五館の国立博物館が集中している。この地は十九世紀半ば、プロイセン王フリードリヒ・ヴィルヘルム三世によって「芸術と科学のための地域」に定められたものである。

ペルガモン博物館の建設計画は二十世紀初頭の一九〇七年頃から計画されていた。「博物館島」には、一九〇四年、カイザー・ヴィルヘルム博物館（ボーデ博物館の前身）が既に開館していたが、「ペルガモンの大祭壇」を始めとする巨大な展示品を収納するため、新しい博物館の建設が計画された。建築設計は当初アルフレート・メッセルが担当したが、一九〇九年のメッセルの没後はルートヴィヒ・ホフマンが引き継いだ。建築工事は一九一〇年に始まり、第一次世界大戦を挟んで一九三〇年にようやく完成した。

その後、第二次世界大戦の度重なるベルリン空襲でペルガモン博物館を始めとする博物館群は甚大な被害を受けた上、ベルリン動物園近くのツォー高射砲塔に疎開されていたペルガモンの大祭壇は赤軍が戦利品としてレーニングラードに運び去った。美術品が東ドイツに返還され、博物館が再開するのはようやく一九五九年のことであった。

ギリシャ神殿のような外観をもった本館は「コ」の字形の平面をもち、内部は古代（ギリシャ・ローマ）博物館、中近東博物館、イスラム博物館に分かれている。

東西ベルリンの統一に伴い、ベルリン市内の博物館・美術館の収蔵品は大規模な移動・再編が行われている。知九九八年にはティーアガルテン公園近くの文化センターに「絵画館」（Gemäldegalerie）が開館、それまでボーデ博物館とダーレム美術館にあった十八世紀までの絵画がここに集められた。博物館島も二〇〇四年現在、大規模なリニューアル工事中で、一部の博物館は長期休館しており、完成は二〇一〇年の予定である。

主な収蔵品

ヘレニズム期の「ゼウスの大祭壇」、エーゲ海の古代都市ミレトゥスにあった「ミレトゥスの市場門」、バビロニアの「イシュタール門」などが代表的収蔵品である。

ペルガモンの「ゼウスの大祭壇」（紀元前一八〇年〜一六〇年頃）－紀元前二世紀、小アジアのペルガモン（現・トルコのベルガマ）で建造された大祭壇が博物館内に再構築されている。全長１００メートル以上に及ぶ浮き彫りはギリシャ神話の神々と巨人族との戦い（ギガントマキア）を表したもので、ヘレニズム期の彫刻の代表的なものである。一八六四年、カール・フーマンらが発見し、ドイツに持ち帰ったものである。

バビロニアの「イシュタール門」（紀元前五六〇年頃）バビロニアの古都バビロンの中央北入口の門を飾っていた装飾が博物館内に再構築されている。青い地の彩釉煉瓦でおおわれた壁面には牡牛やシリシュ（獣の体に鳥のような足、蛇のような首をもった、創造上の動物）を表している。

ここに引いたように、今のイラクの地にあったイシュタル門その他を、同地を調査したドイツのチームが持ち帰ったものである。

歌集に載る私の歌の一連は、ベルリンの壁崩壊の翌年一九九〇年にベルリンを訪ねたときに作ったものである。

ペルガモン華麗なる門そのままに掠め来たりてベルリンに据う　　木村草弥

博物館島・ムゼウムスィンゼル

シュプレー川の青みどろ浮く川の面に緑青の屋根うつす聖堂

シュロス・ブリュッケゆかしき名残す此の辺り旧王宮の在りしと言へり

しかし、ベルリンの博物館の展示は立派で、尊厳を傷つけるところは何もない、と言っておく。ベルリンに行ったら必見のところである。

鶴首の瓶のやうなる女うたふ〈インパラディスム〉清《すが》しき声音《こはね》　木村草弥

*「楽園にて」の意。フォーレ「レクイエム」より

この歌は私の第五歌集『昭和』（角川書店）に載るものである。

この歌を作った直接の場面は京都市コンサートホールでのフォーレの「レクイエム」を聴いたときである。この場面では、私の三女が臨時に編成された合唱団に入って、この「レクイエム」を歌った。三女は器楽の演奏家だが、気晴らしのために誘われて合唱団に参加したのであった。

もう二十数年も前のことで、私たち夫婦と子供たち一族で行ったが、本格的なコンサートで、幕合間にはホワイエでワインを呑んだりした。

フォーレの「レクイエム」は全部で七曲あり、「イン・パラディスム」は第七曲である。

最後の曲は、棺が運び出されるときに歌われる交唱です。第六曲では一人称の祈りになりましたが、こんどは二人称で「あなた」と死者に語りかけます（ここまで、二人称の対象は神でした）。魂が楽園へと向かう音楽は、木洩れ日がきらめくようなオルガンのアルペジオで始まります。天を目指すごとく跳躍するソプラノの旋律は、導音が徹底して避けられているのが特徴です（譜例15）。伴奏

の和音も、トニカとサブドミナントの揺れ動きで、ドミナントは出てきません。その分、「そしてあなたを案内しますように」で初めて出る変化音（D♯）は印象的です。伴奏も導音を半音下げて借用和音上の属七で戯れるため、ふわふわと漂う感じ。そして「エルサレム」を何度も繰り返しながらト長調、ホ長調と転調を重ねて、イ長調をドミナントにニ長調に戻ってきます。和音の陰影が変わるたびに、光が異なる方向から差すかのようです。

ハープが加わって最初の形を模倣した後、「そしてラザロとともに」からは頻繁な転調で嬰ハ短調までたどり着きますが、頂点の「永遠の」で大きく舵を切って元の調に戻ります。最後は安定したニ長調のハーモニーで「永遠に保ちますように」が歌われ、作品の冒頭と同じrequiemの言葉で静かに幕を閉じます（この言葉で始まるから「レクイエム」と呼ばれるわけですが、最後も同じrequiemで終えるのは、おそらくフォーレが初めてです）。

虹消えて了へば還る人妻に　三橋鷹女

この句は、いかにも才女だった三橋鷹女らしく、「虹」に何か望みを抱いていたのだろうか。その虹が消えて、なあんだ、つまんないの、というような彼女の溜息がこぼれてきそうな句である。消えて了へば、人妻に還る、という把握の仕方も情熱的だった彼女らしい句。
ここで虹の句を歳時記から少し引く。

虹立ちて忽ち君の在る如し　高浜虚子
虹のもと童ゆき逢へりその真顔　加藤楸邨
虹といふ聖なる硝子透きゐたり　山口誓子
虹なにかしきりにこぼす海の上　鷹羽狩行
野の虹と春田の虹と空に合ふ　水原秋桜子
天に跳ぶ金銀の鯉虹の下　山口青邨
いづくにも虹のかけらを拾ひ得ず　山口誓子
をさなごのひとさしゆびにかかる虹　日野草城
目をあげゆきさびしくなりて虹をくだる　加藤楸邨

虹を見し子の顔虹の跡もなし　　石田波郷
虹が出るああ鼻先に軍艦　　秋元不死男
虹二重神も恋愛したまへり　　津田清子
海に何もなければ虹は悲壮にて　　佐野まもる
別れ途や片虹さらに薄れゆく　　石川桂郎
赤松も今濃き虹の中に入る　　中村汀女

「虹」は、ギリシア神話では、女神イリスが天地を渡る橋とされるが、美しく幻想的であるゆえに、文学、詩歌で多くの描写の素材とされて来た。

終わりに私の第二歌集『嘉木』（角川書店）に載せた「秘めごとめく吾」と題する〈沓冠〉15首のはじめの歌を下記する。

げんげ田にまろべば空にしぶき降る　架かれる虹を渡るは馬齢　　木村草弥

木村草弥歌集『嬬恋』感応

——その多様な発想と表現に向けての恣意的鑑賞——

米満英男（黒曜座）

今、眼前に、四八二首を収載した歌集『嬬恋』がある。まずその歌の抱える幅の広さと奥行の深さに圧倒された。

東はユカタン半島から、西はエーゲ海に到る〈規模雄大〉なる羇旅の歌にも目を瞠ったが、その現地体験もなく、宗教や風習にも全く疎いと気付き直し、敢えてそれらの歌からは、紙数の関係もあって降りることにした。

私が平素上げているる専用のアンテナに、強く優しく伝わってくる歌からの電波をとらえて、私なりの気ままな読み取りを行い、それを返信の言葉に代えて述べてみることにする。

①目つむれば菜の花の向うゆらゆらと揺れて母来るかぎろひの野を
②父を詠みし歌が少なし秋われは案山子《かかし》のやうに立ちてゐたりき
③うすべにのゆく手に咲ける夕ざくら父なる我の淡きものがたり
④夜の卓に土筆の吐ける胞子とび我死なば土葬となせとは言へず
⑤石ひとつ投げし谺がかへりくる花の奈落の中に坐れば

⑥うつしみは欠けゆくばかり月光の藍なる影を曳きて歩まむ

いずれの作品も、まさに現代短歌の本筋とも言うべき、肉眼と心眼、写実と抽象、正視と幻視が一元化した上で、さらに濃密性と透明感を秘めた歌に仕上がっている。

一首ずつ、恣意的に味わってみる。

①の歌、目つむれば常に花の向うから現れる母の姿。おそらくは母が纏う甘い匂いも嗅ぎ分けていよう。

②の作品、父と同様、作者自身も、父となった以後は、子から見れば孤独な存在に過ぎない。

③真昼間の春爛漫のさくらではない。若気の至りを越えた後をふり返りつつ、その回想を子に聞かせている。

④上句にこめられている妖気が、下句の願望を妨げ作者の口を閉ざさしめる。

⑤花にかこまれて坐っている自分の姿を、奈落の中と観じた刹那、投げた石の谺のひびきがわが身を禊ぐ。

⑥の歌、白い月光の下、藍色の影を曳きゆくほどに、うつしみの欠落部分が、いよいよつよく感じられると詠じている。

次に、上掲の歌とがらりとかわって、何とも言えぬユーモア、あるいは洒脱な語り口からくる、本音に近い発想の楽しさを湛えている作品を抜き出してみよう。

⑦重たげなピアスの光る老の耳〈人を食った話〉を聴きゐる
⑧手の傷を問ふ人あれば火遊びの恋の火傷と呵々大笑す
⑨クールべのゑがくヴァギナの題名は「源《スールス》」といふいみじくも言ふ
⑩春くれば田んぼの水に蝌蚪《おたまじやくし》の語尾活用を君は見るだらう
⑪園芸先進国オランダ開発のミディトマト「レンブラント」と名づけられた

⑦の作品、車内で見た〈老婦人〉であろう。隣の老人の語る〈人を食った話〉、つまり人を馬鹿にした話をじっと聴いている。
そしてその話をまた作者自身も、思わず聴いてしまう。
⑧は、これまた、何とも鮮やかな応答である。結句の〈呵々大笑〉の締めがよく効いている。
⑨読み下した瞬間に「なるほど」とうなずく外はない愉快な歌である。下句の〈いふ〉〈言ふ〉の駄目押しが決まっている。
⑩さてさて、こういう発見もあったのかと頷き返す。〈君〉が何者かと思案する楽しさも残されている。

⑪〈レンブラント〉という重々しい命名のトマト是非食べてみたい。
こういう、絶妙な軽みを持つ歌を随所に据え置いているのも、作者のすぐれた〈芸〉の内であろう。

さて、ここら辺りで、題名の『嬬恋』にぴたりと即した作品をとり上げてみよう。

⑫雷鳴の一夜のあとの紅蜀葵《こうしょくき》まぬがれがたく病む人のあり
⑬億年のなかの今生と知るときし病後の妻とただよふごとし
⑭生き死にの病を超えて今あると妻言ひにけり、凭れてよいぞ
⑮ゆるやかに解《ほど》かれてゆく衣《きぬ》の紐はらりと妻のゐさらひの辺に
⑯水昏れて石蕗《つはぶき》の黄も昏れゆけり誰よりもこの女《ひと》のかたはら

ありきたりの感想など入れる隙間などない、まさに絶唱としか言いようのない作品である。が、それではいささかこちらが無様すぎるので、敢えてひとこと述べてみる。

⑫雷鳴が葵というはかない存在を経て、病む人につながるその緊迫感。
⑬永遠の時間に比べれば、人のみならずすべての生き物は瞬間の命しか持ち得ないという詠嘆。
⑭四句から結句に至るその間に付けられた〈 〉の重さによって、〈凭れてよいぞ〉という作者の肉声

が何とも切なく伝わって来る。
⑮若かりしころの艶なる妻の姿態がふと浮かぶ。歳月の流れ。
⑯一歩踏み出せば一種の惚気とも取られかねない際どい線の手前に踏みとどまって、己れの身をその〈女《ひと》〉に委ねている。

好き勝手な、自己流の鑑賞というよりも、一方的な受容と合点を行って来た。そこであらためて気付いたのは、この歌集のもつ多様性であった。

しかもそれは、歌の表層部分の言葉の置き換えから来るものではなく、作者自身のその場その時における情念と直感が導き出す重厚にして膨みのある、ユニークな詠嘆であった。

その詩的詠嘆の、さらなる充溢と進展に向けて、惜しみなき拍手を送りたい。　（完）

その米満氏も二〇一二年二月二〇日に亡くなられた。

彼とは短歌新聞社の新年恒例の会で出会った。

その後、大阪で会があったときに誘われて大阪駅近くで酒席を共にした。

私は余り酒が飲めないので、その会に出ていた「地中海」の浜田昭則氏を誘って同席してもらった。

浜田氏は大阪大学理学部物理学科卒業というインテリながら、酒が好き、競馬が好きという異色の人であった。

各地の高校の理科教師を勤め、定年後も非常勤講師を経て、平成二六年からは大阪教育大学の非常勤講師を歴任された。

その席で大阪ミナミの法善寺横丁の「正弁丹吾亭」前登志夫などの歌人が屯していたという酒場――当然、米満氏も浜田氏もご存知だったことが分かった。

私は京都の田舎ぐらしだし、酒は強くないので行ったことがない。

お二人とも亡くなった。浜田氏は、俗にいう「動脈瘤破裂」ということで急死された。

浜田氏には、物理学徒らしい題名の『非線形』などの歌集がある。

このブログに浜田昭則遺歌集『暗黒物質』について書いたので読んでみてください。

米満氏には可愛がってもらって、他にも書評を賜った。

今この文章を読み返して、思い出に浸っているが、うたた感慨ふかいものがある。　　合掌。

〈国家の無化〉言はれしも昔せめぎあひ殺しあふなり　地球《テラ》はアポリア　　木村草弥

二〇〇〇年五月にミレニアム記念の年にエルサレムを訪問できたのは幸運だった。その年の秋にはシャロン首相の「黄金のドーム」強行視察に反発してパレスチナ人との間に果てしない流血の衝突が起り、今日に至る泥沼化した紛争の起因となってしまった。

掲出の歌は私の第四歌集『嬬恋』（角川書店）に載せたもので、歌以外の叙事文はイスラエル紀行「ダビデの星」をＷｅｂ上で見ることが出来るのでアクセスしてもらいたい。短詩形としての短歌は事実を叙事するには適していないので、私は慣例を破って、この歌集の中で歌と叙事文を併用するという手段を採ったものである。

エルサレム旧市街の壁の中にある「嘆きの壁」と称されるところで、黒づくめの服と帽子に身を包んだユダヤ人がブツブツと経文を唱えながら壁に向かってお祈りする場所である。「嘆きの壁」には厳重なイスラエル警察の護衛と監視つきで短時間立ち入ることができる。イスラエル国民にはユダヤ教徒だけではなく、イスラム教徒も、他の信徒も居るが圧倒的多数はユダヤ教徒であるが、ユダヤ人が寛容の精神でエルサレム市を運営するかぎり、みな共存共栄の関係なのである。

パレスチナ人（イスラム教徒）も肉体労働や車の運転手などの仕事をユダヤ人からもらって生活しているのである。

暗殺されたラビン首相は穏健派だったので両者の関係は蜜月時代だった。

強硬派のシャロン首相が、そういう危うい両者の関係を破壊してしまい、果てしない殺戮と報復の泥沼に入ってしまった。

そのアリエル・シャロンが二〇〇六年に病気で倒れ人事不省になり、今はどうしているのか、死んだという報道もないが、人騒がせな政治家であった。

その後を継いだネタニアフ首相も強硬派であり、事態は一向に進展しない。

この壁の上段にイスラム教の「黄金のドーム」がある。

なぜエルサレムが、ユダヤ教、キリスト教、イスラム教の共通の聖地として古来、たびたび争奪戦の対象になってきたのか、などについて私の紀行文「ダビデの星」に詳しく書いてある。

エルサレムは東西の交易路の交わるところとして、古来、重要な位置を占めてきた。

そういう場所であるだけに、事がこじれてしまうと、血を血で洗う紛争の地と化してしまうのである。

私は歌集の中で

山翻江倒海巨瀾捲奔騰急萬馬戦猶酣　　毛沢東

という毛沢東の詩を「引用」の形で挿入した。これは私の友人・西辻明　が自作の詩の中に使ったのを了解を得て使わせてもらった。

全部は理解できなくても、漢字ひとつひとつの意味するところから何となく、現代を表現し得ていると思えるではないか。

毛沢東は晩年には文化大革命などの間違いを犯したが、間違いなく二〇世紀を代表する偉大な政治家・哲学者であった。


イスラエルやエルサレムについては、旅の途中にガイドのニムロード・ベソール君から色々話を聞いて、まだ書いていないこともあり、いつか機会をみて書いてみたいと思うが、ユダヤ人の中でも人種の違いによって明らかな「差別」が存在するのである。

白人のユダヤ人が優位で、有色人のユダヤ人は差別されている。

また我々には理解しにくいことだが、ユダヤ教典の中では「働くな」と書かれているらしい。

だから現在のイスラエル国民のうちで、保守派の連中は、教典に集中するという名目で働かず、国家の助成で暮らしている、という。

これはガイドのベソール君から聞いた。

大体、保守派はヒゲを生やし、黒づくめの服装をしているから一見して判るが、湖水地方などの保養地でモーターホード遊びなどをして、はしゃいでいるのは、そういう保守派の連中の子弟である。だから、ベソール君は「間違っていますね」と言うわけである。

ベソール君については私の紀行文を読んでもらいたいが、イスラエル国民は、決して強硬派一色ではない。

暗殺されたラビン首相のように平和裡にユダヤもパレスチナも共存する方策を模索した勢力が、今でも多数いるのである。

民族、国家の古さから言えば「ユダヤ人」「イスラエル」「ユダヤ教」は一番古いのである。

私の歌集では、この歌の後に

夕暮は軋む言葉を伴ひて海沿ひに来るパレスチナまで
目覚むるは絆あるいはパラドックス風哭きて神をほろほろこぼす
何と明るい祈りのあとの雨の彩《いろ》、千年後ま昼の樹下に目覚めむ

と続けて、この歌集の「ダビデの星」の章を終っている。もちろん私の願望を込めてあるのは当然である。

「わが神、わが神、いかで余を見捨てしや」

(マルコ伝一五章三三・三九)

「エロイ、エロイ、ラマ、サバクタニ」声高く
イエス叫びて遂に息絶えぬ　木村草弥

かぎ括弧内の言葉はイエスが息絶える最後の言葉として有名だ。

前書きの形で引用した部分が日本語にしたものである。

一般的には「エリ、エリーー」のように翻訳されているものが多いが、私がイスラエルから持ち帰った資料には「エロイ」の言葉が使われていたので、私はそれに従った。

この言葉はイエスの「人間的」な生の声として私たちの心を打つものがある。

この歌の前に

ゴルゴダは「されかうべ」の意なりイエスは衣を剥がれ真裸とされし

という歌を載せている。ゴルゴダの丘というのは、そういう意味を含んでいるのである。

エルサレム近郊にある町・ベツレヘムの「聖生誕教会」の中のイエスが生まれた場所とされている所。今は銀の星型が地面にはめこまれている。

このベツレヘムの町はパレスチナ自治区の管轄下にありパレスチナ警察が厳重に固めている。聖地巡礼のキリスト教徒の、凄い行列が出来ている。ガイドが警備員に便宜を図ってもらって、行列に並ばずに横から入れてもらった。

この教会も丘の上に位置している。

主イエス、をとめマリアから生れしと生誕の地に銀の星形を嵌む
一人では生きてゆけざる荒野なり飼葉桶には幼子入れて

私のベツレヘムでの歌である。

言いおくれたが、ゴルゴダの丘の聖墳墓教会は、キリスト教各派がそれぞれの管理権を主張する世俗的空間である。

ローマカトリックやギリシア正教、コプト派などが内部を分割管理している。詳しくは「ダビデの星」の解説文を読んでほしい。

イスラエル北部にあるガリラヤ湖畔のナザレにある「受胎告知教会」のことだが、イエスの母マリア

は、このナザレでイエスを身籠った啓示を受けたとされる。

なお「ナザレ」とは「守る」「信仰を守る」の意味である。

この教会は世界各地からの信徒の寄進で建てられた新しいモダンな教会で、内部には世界各地の信徒の画家が描いたいくつものイエス像のモザイクや絵が壁面を埋めている。


主イエスを日本の姿《なり》に描きたる長谷川ルカの真珠のモザイク

という私の歌にある通りである。つまりイエスを日本の着物姿で長谷川ルカは描いたのであった。

イエスは伝承によれば、ベツレヘムで生まれ、このナザレをはじめとするガリラヤ湖周辺で育ち、数々の説教と奇蹟を起したイエスは、次第に民心を捉え、一部で熱狂的な支持を得ていた。


大き瓶《かめ》六つの水を葡萄酒に変へてイエスは村の婚礼祝ふ―カナ婚礼教会―

サボテンと柘榴のみどり初めなる奇蹟にひたるカフル・カナ村

この地での私の歌である。

イエスはもともとユダヤ教徒である。しかしユダヤ教の律法学者はイエスの説く教義が律法をないがしろにするものだと考えた。

それはイエスが自分を「神の子」と称したからである。そして、人々の心を捉えたイエスの力を脅威と感じ、結果的に十字架磔刑へと導いて行ったのである。

ローマ提督ピラトから死刑の宣告を受けてから、十字架を背負って歩くゴルゴダへの道はヴィア・ドロローサ Via Dolorosa 悲しみの道（正しくは痛みの道）と称する約1キロメートルである。

新約聖書の記述にしたがって道すじには、歴史的場所として「ポイント」（英語ではステーション）が置かれている。

毎週金曜日にはフランシスコ会の修道士が十字架を担ぎながらイエスの行進を再現する。詳しくは私の「ダビデの星」の叙事文を見られたい。


異教徒われ巡礼の身にあらざるもヴィア・ドロローサ《痛みの道》の埃に塗《まみ》る

の私の歌の通りである。
今まではローマ提督ピラトはイエスを捕らえて磔刑に処した極悪人とされてきたが、
今日では、先に書いたようにユダヤ教の律法学者たちが、イエスを捕らえ、処刑するように仕向けた、というのがキリスト教内部での通説となっている。

「視よ、この人なり《エッケ・ホモ》」ビラト言ひきユダヤの律法に盲《めし》ひし民に

だから私は、このように歌に詠んでみたのである。

今日はエルサレム及び近郊のキリスト教に因む聖地を辿りながら、少しキリストについて書いてみた。

エルサレムの地はユダヤ教、キリスト教、イスラム教の共通の聖地である。

したがって、ユダヤ教の聖地も多いというより、ユダヤ教の聖地は最近のユダヤ迫害による歴史的事物の展示が主となっている。

ユダヤ教とキリスト教は切り離せない。新約聖書はキリスト教の聖典であるが、旧約聖書はユダヤ、キリスト教共通の聖典である。

更に言うと、イスラム教も、この旧約聖書は教典として認めているのである。こういうところから、これらの3つの宗教は「同根に発する」と言われる所以である。

――――母ラケルが難産の末いまはの際に、その子をベン・オニと名づけたが

――――父ヤコブは彼をベン・ヤミンと呼んだ（創世記三五・一八）

行く末を誰にか問はむ生れきたる苦しみの子《ベン・オニ》はた幸ひの子《ベン・ヤミン》

私は、この歌で旧約聖書の創世記に載る、このエピソードを元に、現下のイスラエルの置かれている厳しい現実を、この歌の中に盛り込んだ。
それは「行く末を誰にか問はむ」という呼びかけの形である。

「永遠に続く思ひ出《ヤド・ヴァシェム》」と名づけたるホロコースト記念館に「子の名」呼ばるる

現下のホロコーストの哀しい思い出の、「ホロコースト記念館」での歌である。スピーカーから幼くして虐殺された子供たちの名前が読み上げられて流される。

松本修『全国アホバカ分布考　はるかなる言葉の旅路』　木村草弥

――太田出版一九九三・八・五刊・初版第一刷――


この本はテレビ朝日の傑作番組「探偵・ナイトスクープ」から取材が始まった取材の記録である。

この本は、その時に買って読んだものだが、昨年の蔵書整理で図書館に貰われていった。

今回、先日、友人の小説家・沢良木和生氏の娘さんの落語家の毎日新聞連載の記事を「転送」で友人たちに送信したところ数人から面白いと反応があった。

それが「アホバカ」の分布のことだったので、アマゾンの中古本で取り寄せてみた。

すこし帯の背のところが色褪せているだけで新本同様のもの、しかも初版ものが、何と九八円、送料が三五〇円で合計四四八円という安さである。


松本修とは、こういう人である。　出典・Wikipedia

松本　修（まつもと　おさむ、一九四九年十一月五日～）は、朝日放送制作局局長プロデューサー。

滋賀県高島郡海津村（現在の高島市マキノ町海津）出身。

一九七二年、京都大学法学部卒業後、朝日放送に入社。

『霊感ヤマカン第六感』、『ラブアタック！』をはじめ数々の番組の企画、ディレクターを担当した。

一九八八年には『探偵！　ナイトスクープ』をプロデューサーとして立ち上げた。

一九七七年代後半、『ラブアタック』で「どんくさい」という近畿方言の単語を全国に広めた。

当時の副社長だった藤井桑正は、『ラブアタック』のディレクターだった松本の制作能力を高く評価し、朝日放送の局部長会議で彼をプロデューサーとしたテレビ番組の制作が必要だと発言した。

現在は、企画を務めている（二〇一〇年四月二三日放送分までは、チーフプロデューサー）。

一九九一年に、『探偵！ナイトスクープ』の「全国アホ・バカ分布図の完成」編で日本民間放送連盟賞テレビ娯楽部門最優秀賞、ギャラクシー賞選奨、ＡＴＰ賞グランプリを受賞。

二〇一〇年度から、大阪芸術大学放送学科の教授も兼任している。

現在は六八歳になっておられ第一線からは引いておられるようである。


日本列島は南北に長く、地質、植生なども「ブラキストン線」などで分かれるようである。

「アホ」と「バカ」は、滋賀県と岐阜県の県境の「関ケ原」辺りで分かれるらしい。

他にも色々あるのだが、細かい字で、ぎっしりと書かれて、考証は凄い。

「アホ」という言葉は関西人には日常ありふれたもので、日常会話の言葉の「語尾」に、例えば「何言うてんねん、アホ」とか簡単に付く。

関東人は「アホ」と言わられると、最大の侮辱かのようにカンカンになって怒るが、逆に関西人は「バカ」と言われると傷つく。

詳しくは引けないが、興味があれば取り寄せて読んでみてください。

先に書いたように、こんな詳しい考証の本が五〇〇円玉で、おつりがくる値段で買えるのである。

書評として評判の高い次のサイトを出しておくので、アクセスしてみてください。

← 松岡正剛「千夜千冊」二〇〇三・二・二一

「はじめに言葉ありき」てふ以後われら
混迷ふかく地に統べられつ　木村草弥

「エッサイの樹」というのは、「旧約聖書」に基づいてキリストの系譜に連なるユダヤ教徒の系統図を一本の樹にして描いたものであり、西欧のみならず中欧のルーマニアなどの教会や修道院にフレスコ画や細密画、ステンドグラスなど、さまざまな形で描かれている。

誤解のないように申し添えるが、「ユダヤ教」では一切「偶像」は描かない。キリストは元ユダヤ教徒だが「キリスト教」の始祖でありカトリックでは偶像を描くから、エッサイの樹などの画があるのである。

偶像を描かないという伝統を、同根に発する一神教として「イスラム教」は継承していることになる。この歌は私の第四歌集『嬬恋』(角川書店)に載せたもので、エッサイの樹」と題する|一首の歌からなる一連である。

「ステンドグラス」に描かれたものとしてシャルトルの大聖堂のものが有名である。

なお先に言っておくが「エッサイ」なる人物がキリストと如何なる関係なのか、ということは、後に引用する私の歌に詠みこんであるので、それを見てもらえば判明するので、よろしく。

いずれにせよ、昔は文盲の人が多かったので、絵解きでキリストの一生などを描いたものなのである。こういう絵なり彫刻なり、ステンドグラスに制作されたキリストの家系樹などはカトリックのもので、プロテスタントの教会には見られない。

とにかく、こういう祭壇は豪華絢爛たるもので、この「エッサイの樹」以外にもキリストの十字架刑やキリスト生誕の図などとセットになっているのが多い。

私の一連の歌はフランスのオータンの聖堂で「エッサイの樹」を見て作ったものだ。

以下、『嬬恋』に載せた私の歌の一連を引用する。

エッサイの樹　木村草弥

「エッサイの樹から花咲き期《とき》くれば旗印とならむ」とイザヤ言ひけり
エッサイは古代の族長、キリストの祖なる家系図ゑがく聖堂
ダビデ王はエッサイの裔《すゑ》、マリアまたダビデの裔としキリストに継ぐ
その名はもインマヌエルと称さるる〈神われらと共にいます〉の意てふ
聖なる都《エルサレム》いのちの樹なる倚《よ》り座《くら》ぞ「予はアルパなりはたオメガなり」
樹冠にはキリストの載る家系樹の花咲きつづくブルゴーニュの春
オータンの御堂に仰ぐ「エッサイの樹」光を浴びて枝に花満つ

とみかうみ花のうてなを入り出でて蜜吸ふ蜂の働く真昼
大いなる月の暈《かさ》ある夕べにて梨の蕾は紅を刷きをり
月待ちの膝に頭《かうべ》をあづけてははらはら落つる花を見てゐし
「はじめに言葉ありき」てふ以後われら混迷ふかく地に統べられつ

ここに掲出した歌の中の「はじめに言葉ありき」というのは、聖書の中の有名な一節である。あらゆるところで引き合いに出されたりする。

それが余りにも「規範的」である場合には、現在の地球上の混迷の原点が、ここから発しているのではないか、という気さえするのである。

だから、私は、敢えて、この言葉を歌の中に入れてみたのである。

前アメリカ大統領のブッシュが熱心なクリスチャンであったことは良く知られているが、彼は現代の「十字軍」派遣の使徒たらんとしているかのようであった。

中世の十字軍派遣によるキリスト世界とアラブ世界との対立と混迷は今に続いている。

はっきり言ってしまえば「十字軍派遣」は誤りだった。今ではバチカンも、そういう立場に至っている。

頑迷な使徒意識の除去なくしては、今後の世界平和はありえない、と私は考えるものであり、この歌の制作は、ずっと以前のことではあるが、今日的意義を有しているのではないか、敢えて、ここに載せるものである。

イスラム教徒はコーランに帰依して敬虔な信仰生活を営んでいるのであり、それを「改宗させよう」などという「宣教」など、思い上がりもいいところである。

誘拐、人質と騒ぐ前に、お互いの信仰を尊重しあうという共存の道を探りたいものである。

秋

秋来ぬと目にはさやかに見えねども
風のおとにぞおどろかれぬる　　藤原敏行

今日は「立秋」である。

この歌の詞書《ことばがき》に「秋立つ日によめる」とあるように、立秋の日に詠んだ歌である。

現実には、まだまだ暑い夏だが、二十四節気では、もう「秋」に入ることになる。

「風」のほんのかすかな「気配」によって秋の到来を知る。

この事実を詩にしてみせたことが、季節感に敏感な日本人の心に強くひびきあって、この歌を、今につづく有名な歌として記憶させて来たのである。

この歌は『古今集』巻四・秋の歌の巻頭歌である。

藤原敏行朝臣という人が権力的にはどういう地位にいた人か、私は詳しくないが、この一首で後世に名を残すことになった。


『古今集』は「夏歌」の最後を凡河内躬恒《おおしこうちのみつね》の次の歌でしめくくっている。

夏と秋と行きかふ空のかよひぢは　かたへすずしき風やふくらむ

この歌には「みな月のつごもりの日よめる」の詞書がついている。
夏と秋とがすれ違う情景を空に一筋の季節の通路を想像して詠んだ歌である。
夏の終わりの日に、片側の道から夏が過ぎ去ると、その反対側からは涼しい秋風が吹き始めてすれちがってゆくだろうか、と空想している歌であるが、
現実の季節はまだ暑さの中にあったろう。しかし暦の上では、すでに秋が来ている。

先に書いたように『古今集』の「秋歌」の最初は、それを受ける形で、掲出の藤原敏行朝臣の歌で始まるのである。

このように目に見えない風が、目に見えない秋を運んでやって来たのである。

この歌は実景を詠っているというよりは、むしろ「時の流れ」を詠っている。

こういう人間の「感性」の微妙な働きに対して、繊細に、敏感に耳目をこらす、こういう美意識が、古来、先人たちが大切にしてきた日本人の季節感なのである。

この美意識は、次の『新古今集』になると、ますます研ぎ澄まされ、危ういほどの言葉の結晶になってゆく。


おしなべて物をおもはぬ人にさへ心をつくる秋のはつかぜ

西行法師の歌である。

「心をつくる」秋のはつかぜといった表現には、『万葉集』はもちろん、『古今集』にも見出されない、内面化された風であると言える。

次いで式子内親王の歌

暮るる間も待つべき世かはあだし野の　末葉の露に嵐たつなり

こういう歌、こういう物の見方になると、風はもう作者の心象風景の中を蕭条と吹き渡っている無常の時そのものになっているとさえ言えるのである。

しかし『古今集』『新古今集』の、いわば虚構の美意識は『万葉集』には、まだあまり鮮明には見られない。

万葉の歌人たちは「秋」を意識する場合にも、現実に秋風に吹かれている萩の花、雁、こおろぎ、白露などの具体物を先ずみて、

その目前の秋の景物を詠んだ。例えば

秋風は涼しくなりぬ馬並《な》めていざ野に行かな芽子《はぎ》が花見に
この暮《ゆふべ》秋風吹きぬ白露にあらそふ芽子の明日咲かむ見む
芦辺なる荻の葉さやぎ秋風の吹き来るなへに雁鳴き渡る

このように吹く秋風についても、詠う対象は風そのものではなく、野に咲く萩であり、遠ざかる雁の声を詠うのである。

いずれにしても、日本の詩人は、季節の節目節目を、先ず敏感に感じ取らせるものとして、風を絶えず意識していた。

おそらく、それは、四方を海に囲まれ、気象条件も海に支配されている島国に住む民族として、風によって生活と精神生活の両面で左右されてきたということと無縁ではないだろう。

今日は立秋である。その日に因んで、この歌を掲げた次第である。

白丁が「三の間」に身を乗りいだし　秋の水汲むけふは茶祭

木村草弥

今日十月最初の日曜日、京都府宇治市で茶業の基礎を築いた三人の祖・栄西、明恵、利休に感謝し、宇治茶の発展を願う「宇治茶まつり」が開かれる。

法要式典会場の興聖寺や塔の島周辺で開かれ、野点の席や、茶の飲み比べコンクールなどが催される。

先ず宇治橋の「三の間」から白丁に扮した人が茶会に使う水を宇治川から汲む。

この「三の間」という欄干の出っ張りは他の橋には見られないもので宇治橋独特と言われている。

むかし太閤秀吉が手ずから、ここから水を汲んだという故事が伝えられる。

この催しは今年で六八回を迎える行事で、午前九時から「名水くみ上げの儀」を行なった後、茶業者らが平等院前を通り、興聖寺まで行列する。

興聖寺では午前十時から「茶壷口切り」や裏千家による供茶、使い切った茶筅《せん》に感謝する茶筅塚供養が営まれる。


ここで茶業の基礎を築いた三人を紹介しておこう。

すなわち、日本に初めて茶の実を持ち込んだ栄西禅師、宇治に茶園を拓いた明恵上人、茶道の祖である千利休、の三人である。

「宇治茶まつり」は例年十月の第一日曜日に催される。

この頃は、まだ結構暑くて、そのことは私の歌の中にも描いてある。

「祝竹」というのは三の間の写真にも出ているが正式には「忌竹」というが一般的には祝い事なのにと違和感があるので「祝竹」と改めた。

ほぼ、こんな行事進行だということが私の歌を見てもらえば理解していただけよう。もっとも私がこの一連を作ったのは二十年も前のことである。

私の掲出の歌は私の第二歌集『嘉木』(角川書店)に載せた十一首の一連である。

茶祭　　木村草弥

白丁が三の間に身を乗りいだし秋の水汲むけふは茶祭
三の間に結ふ祝竹この年の秋の茶事とて日射しにらふ
青竹の水壺五つささげゆく琴坂あたりうすもみぢして
水壺の渡御のお供はみな若し即ち宇治茶業青年団
汲みあげて散華の雫となすべけれ茶祖まつる碑に秋日が暑く
一位の実色づく垣の橋寺の断碑に秋の風ふきすぎぬ

口切は白磁の壺の緋房解く美青年汝《な》れは青年団長

口切の茶は蒼々と光りいで《て》て御上水もて今し点つるも

茶の香りほのかににほふ内陣に茶祖の語録の軸かかげらる

秋空へ茶筅供養の炎《ひ》はのぼり茶の花は未だ蕾固しも

たそがれて皆ゐなくなる茶の花の夕べを妻はひとりごつなり

宇治橋の「三の間」に因んでだが、私の家の座敷に、三の間から翁が水を汲む絵と「若鮎や雨にもあらぬ峡の雲　俊宣」という俳句を書いた額が架かっている。描いた人が誰かわからないが、絵の中の水を汲む人物は太閤さんだと仄聞するが、本当かどうかは判らない。ご愛嬌までに。

玉の緒の花の珠ぼうと浮きいづるいで湯の朝をたれにみせばや　木村草弥

この歌のつづきに

草むらにみせばやふかく生《お》ひにけり大きい月ののぼるゆふぐれ

という歌が載っている。私の第二歌集『嘉木』（角川書店）に収録したものである。

「みせばや」＝玉の緒は、原産地は「紫式部」と同様に、日本、朝鮮半島、など東アジアとモンゴルなどに産する。多肉植物である。ムラサキベンケイ草属の耐寒性の多年草。

学名は、学者によって分類が異なるが、今はHylotelephium sieboldiiということになっている。日本では、小豆島の寒霞渓にしか自生しないと言われているが、栽培種としては一般家庭でも広く栽培されている。ミセバヤは秋には綺麗に紅葉する。

ところで「玉の緒」という名前はともかく、「みせばや」という名前は何に由来するのだろうか。これは言葉の「綾」からきたものである。

「みせばや」という古い表現は「誰かに見せたいな」という意味であり、私の歌も、その隠された意味を踏まえて作ってある。

掲出した私の歌に立ち戻ってもらえれば、よく判っていただけるものと思う。

私の歌は一時、花の歌を作るのに、まとめて凝っていた頃があり、その頃の歌の一連である。

温泉の朝湯に豊かな肢体をさらす女体に成り代わって詠んでいる。女性のナルシスムである。

俳句にも詠われており、それらのいくつかを引いておきたい。

たまのをの花を消したる湖のいろ　森澄雄
みせばやの花を点在イスラム寺　伊藤敬子
みせばやの花のをさなき与謝郡　鈴木太郎
みせばやが大きな月を呼び出しぬ　鈴木昌平
みせばやの半ばこぼれて垣の裾　沢村昭代
みせばやに凝る千万の露雫　富安風生
みせばやの珠なす花を机上にす　和知清
みせばやを愛でつつ貧の日々なりき　斎木百合子
みせばやを咲かせて村の床屋かな　古川芋蔓

いま「みせばや」の学名を見ていて思いついたのだが、学名の中の sieboldii というのは、かのシーボルトが命名したか、あるいは標本を持ち帰ったかの、いずれかではないか、ということである。語尾の ii を除いた名前はシーボルトの綴りではないのか。

北天の雄「アテルイ、モレ」伝説　木村草弥

アテルイ（生年不詳～延暦二一年八月十三日（八〇二年九月一七日）歿）は、平安時代初期の蝦夷の軍事指導者である。

七八九年（延暦八年）に日高見国胆沢（現在の岩手県奥州市）に侵攻した朝廷軍を撃退したが、坂上田村麻呂に敗れて降伏し、処刑された。

いま表題に「伝説」と書いたが、没年も史実に残るレッキとした実在の人物である。詳しい資料もないので伝説としたものである。

史料には「阿弖流為」「阿弖利為」とあり、それぞれ「あてるい」「あてりい」と読まれる。いずれが正しいか不明だが、現代には通常アテルイと呼ばれる。

坂上田村麻呂伝説に現れる悪路王をアテルイだとする説もある。フルネームは大墓公阿弖利爲（たものきみあてりい）。

アテルイと共に処刑された母礼（モレ）についても史書に記載する。

以下、Wikipedia に載る記事の当該部分のみを引用しておく。

史料にみるアテルイ

アテルイは、史料で二回現れる。一つは、衣川から巣伏にかけての戦い（巣伏の戦い）についての紀古佐美の詳細な報告で『続日本紀』にある。

もう一つはアテルイの降伏に関する記述で、『日本紀略』にある。

史書は蝦夷の動向をごく簡略にしか記さないので、アテルイがいかなる人物か詳らかではない。八〇二年（延暦二一年）の降伏時の記事で、『日本紀略』はアテルイを「大墓公」と呼ぶ。「大墓」は地名である可能性が高いが、場所がどこなのかは不明で、読みも定まらない。「公」は尊称であり、朝廷が過去にアテルイに与えた地位だと解する人もいるが、推測の域を出ない。確かなのは、彼が蝦夷の軍事指導者であったという事だけである。

「巣伏の戦い」の敗戦などを経て、

朝廷軍の侵攻とアテルイの降伏

その後に編成された大伴弟麻呂と坂上田村麻呂の遠征軍との交戦については詳細が伝わらないが、結果として蝦夷勢力は敗れ、胆沢と志波（後の胆沢郡、紫波郡の周辺）の地から一掃されたらしい。田村麻呂は、八〇二年（延暦二一年）に、胆沢の地に胆沢城を築いた。

『日本紀略』は、同年の四月十五日の報告として、大墓公阿弖利爲（アテルイ）と盤具公母礼（モレ）

が五〇〇余人を率いて降伏したことを記す。

二人は田村麻呂に従って七月一〇日に平安京に入った。田村麻呂は、願いに任せて二人を返し、仲間を降伏させるようと提言した。

しかし、平安京の貴族は「野性獣心、反復して定まりなし」と反対し、処刑を決めた。アテルイとモレは、八月十三日に河内国で処刑された。

処刑された地は、この記述のある日本紀略の写本によって「植山」「椙山」「杜山」の3通りの記述があるが、どの地名も現在の旧河内国内には存在しない。

「植山」について、枚方市宇山が江戸時代初期に「上山」から改称したものであり、比定地とみなす説があった。

しかし発掘調査の結果、宇山にあったマウンドは古墳であったことが判明し、「植山」＝宇山説はなくなった。

現代のアテルイ像

評価　坂上田村麻呂が偉大な将軍として古代から中世にかけて様々な伝説を残したのに対し、アテルイはその後の文献に名を残さない。
明治以降の歴史学の見地からは、アテルイは朝廷に反逆した賊徒であり、日本の統一の障害であり、歴史の本流から排除されるべき存在であった。

再評価されるようになったのは、一九八〇年代後半以降である。学界で日本周辺の歴史を積極的に見直し始めたことと、一般社会において地方の自立が肯定的に評価されるようになったことが、背景にある。アテルイは古代東北の抵抗の英雄として、一躍歴史上の重要人物に伍することとなった。

これに伴って、アテルイ伝説を探索あるいは創出する試みも出てきた。田村麻呂伝説に現れる悪路王をアテルイと目する説があり、賛否両論がある。

石碑、顕彰碑などがあるが省略する。田村麻呂が創建したと伝えられる京都の清水寺境内には、平安遷都千二百年を記念して、一九九四年十一月に「アテルイ・モレ顕彰碑」が建立されている。牧野公園内の首塚にも、二〇〇七年に「伝　阿弖流為・母禮之塚」の石碑が建立された。二〇〇五年には、アテルイの忌日に当たる九月十七日に合わせ、岩手県奥州市水沢区羽田町の羽黒山に阿弖流爲・母礼慰霊碑が建立された。同慰霊碑は、アテルイやモレの魂を分霊の形で移し、故郷の土の中で安らかに眠ってもらうことを願い、地元での慰霊、顕彰の場として建立実行委員会によって、一般からの寄付により作られた。尚、慰霊碑には、浄財寄付者の名簿などと共に、二〇〇四年秋に枚方の牧野公園内首塚での慰霊祭の際に、奥州市水沢区の「アテルイを顕彰する会」によって採取された首塚の土が埋葬されている。

又、ＪＲ東日本は、東北本線の水沢駅－盛岡駅間で運行している朝間の快速列車１本に、彼の名前を与えている。

今までは一部の識者だけに知られていた蝦夷地――東北の地だが、今回の大震災・大津波などによって脚光を浴びることになり、この地と人物についても見直されるようになってきた。

『続日本紀』と同様の古代の史書である『日本三代実録』に載る「貞観大津波」については先に触れた。

なぜ大和朝廷政権は、多大な人的損害を蒙りながら辺境の地である蝦夷地を攻めたのか。それには、かの地で「砂金」が採取されたからと言われている。

後の藤原氏三代の栄華も、この砂金の掌握によっていると、今では言われている。これについてはネット上にも記事があろうかと思うので検索されたい。

蝦夷地は「大和朝廷」政権に長らく反抗し、平定された後も、例えば明治維新の「戊辰戦争」の際には会津は抗戦し多大の損害を蒙った。

その記憶は「恨」となって、今も「東京」への反感となっているようである。特に福島では原発の爆発事故による放射能撒き散らしなど被害意識は物凄いものがある。

角川書店月刊誌「短歌」二〇一一年十月号に載る、吉川宏志「何も見えない」三〇首の歌によると、こんな歌がある。

・とめどなく東京を怨む声を聞く干し魚のふくろを手に取りながら
・こだなことになったらわしらを差別して・・東京から来たのか　否と逃れつ

当然のことだろう。管轄する電力会社も違う土地にまで「越境」してきて「原発安全神話」を、さんざ撒き散らした挙句の、この大事故である。

因みに、この歌の作者・吉川宏志は京都在住の壮年の歌人で、今をときめく短歌結社「塔」の代表を務める人である。

今日は、吉川の歌から「北天の雄・アテルイ、モレ」のことを書いてみた。

冨上芳秀の詩「女の栽培」ほか　木村草弥

——「詩的現代」三〇号掲載——

この号には冨上芳秀の詩作品が四篇載っている。
「白骨化した探偵」「長屋の人情」「女の栽培」「まだらな記憶」である。

女の栽培　　冨上芳秀

夢を見ることは技術の問題である。しかし、何を栽培するかは、倫理の問題である。では、私は女を栽培しましょう。いいですね、男を栽培するより私は女の方が好きだ。そんなこと押し付けられてはかなわない。私は男の方がいいのだから男を栽培するのだ。あなたは男だのに女ではなく男なのですか。そうだよ。しかし、そもそも私が男だと誰が決めたのだ。私は身体が男でも心は女なのだから男が好きなのは当然なのだ。何が当然なものか男が女を好きになっても、女が女を好きになってもいいのだ。おい、待て、人間を植物として栽培することは政府が禁じている。だから、それは犯罪なのだ。政府が栽培を禁じる権利はないはずだ。そんな議論をしてから何ケ月かが過ぎた。今では、私が部屋の中で栽培している女は大輪の白い花を咲かせた。今では、部屋全体に生い繁った植物からは、女の笑い声が絶え間なく響いている。困ったな、この女は美し過ぎる。だから、男を栽培しろと言ったのだ。逃げろ、手が回ったぞ。何で私のような立派な男が倫理の問題で逃げなければならないのだ。女が笑っている。困ったこの女はあまりにも美し過ぎる。

この詩は、今はやりのＬＧＢＴのうちのＴつまりトランスジェンダーの問題を捉えて「詩」に昇華させている。

見事なものである。

冨上芳秀氏の最近の作品は、こういう「散文詩」の形を採っていることが大半である。

一見、突拍子もないようでいて、実は綿密に計算し尽くされた詩作なのである。

では、煩を厭わずに、もう一つ引いてみよう。

まだらな記憶

冨上芳秀

灰色の脳の海を一匹の赤い蝶がひらひらと飛んでいく。それを黒い海馬が鈍重な動作で追いかけていった。大きな図体をしているけれど、うれしそうにしているのが外見にもわかる気がする。ああ、なつかしいのどかな風景だなあと歩いていくと、「そんなに虫捕りばかりしていないで早く帰っておいで」というお母さんの声が聴こえた。しまった。もう、夕飯の時間だったのか、急いで家の帰ると知らない女の人がご飯の支度をしていた。「おかえりなさい、早かったのね」「失礼ですが、あなたはどなたさまですか」「ああ、やっぱり痴呆が進んでいる。もう私の手には負えないから先日、話し合って決めていた介護施設に入所の手続きを進めることにしよう」「思い出した、あなたは私の奥さんだ。許してください。お母さん、ちゃんとご飯を食べますから、明日はちゃんと幼稚園に行きますから」そうだ、まちがいない。ボケてなんかいるものか。私は少年だったのだ。真っ白い捕虫網を風になびかせて、今、赤い蝶を捕まえたところだ。すると、辺りの景色が灰色の夜になって、海馬が死にそうな悲しい鳴き声を長く響かせた。

この詩も、「許してください。お母さん、ちゃんとご飯を食べますから、明日はちゃんと幼稚園に行きますから」という個所など、今どき報道で問題になっている継父の幼児虐待のニュースなんかを巧みに取り込んで詩に仕立てている。

お見事なものである。

これらは、一頃、集中して読んでいた「帚木蓬生」の小説―例えば「臓器農場」のプロットと共通するところがあり面白かった。

お見事な「散文詩」に堪能したことをお伝えして鑑賞と、紹介を終わる。有難うございました。

衰えぬ反骨の詩人の評魂　木村草弥歌集『信天翁』　梓志乃

―現代短歌新聞二〇二〇年六月号掲載・書評―　　梓志乃（「芸術と自由」主宰）

歌集『信天翁』のページを繰ったとき私は定形も自由律も意識することなく読み進んだ。信天翁、存在証明、象形、と巻頭からの一連に詩人・木村草弥の思いが存在する。この一巻のなかで歌集として最も惹かれた作品群である。一首のうちに著者の思いの深さがあった。卒寿になってなお、衰えぬ詩人としての覚悟、あるいは創作者の止むことのない思い、あるいは業とも呼べる何かがひそんでいると感じられ、及ばぬながら、それを探り当てたかった。

・〈信天翁〉描ける青きコースターまなかひに白き砂浜ありぬ
・吉凶のいづれか朱き実のこぼれ母系父系のただうす暗し

一首目はケアマネジャー、二首目は実兄への挽歌であると詞書にある。「死去」によって理解は届くが、それを知らぬにしても、ここに透明な寂寥感や諦念がただようのは理解できよう。

・新たな季節の訪れの微かな気配　時の移ろいに身をゆだねて
・象形は彩りを失って　残像となり　あなたは遠ざかる

「象形」と題された作品は、現代語による自由律短歌という一行の詩の持つ究極をつき止めようとする方法論と、その先に待つ誕生と死へと発展し、著者の死生観が表出されてくる。

後半には連作ともいえる作品がタイトルごとに、一編の自由詩として形成され、日常の間《あわい》に垣間見る右傾化する政治、社会への危機感が、かつてこの国に存在した戦中の文芸弾圧を知るものの義務のごとく批評精神として存在する。

・誕生と死、形成と崩壊、夜と昼。時は螺旋状に過ぎてゆく

「あとがき」で著者は〈短歌ではなく「散文の短詩」として読んでもらって……〉と述べている。

（澪標・二〇〇〇円）

現代短歌新聞社から連絡があって敬愛する梓志乃氏が、この書評を執筆していただいたことを知った。私の創作意図を的確に突いた批評で、作者冥利に尽きる、という感謝の気持で一杯である。

三井修エッセイ集『雪降る国から砂降る国へ』　木村草弥

――青磁社二〇二〇・六・二六刊――


いつもお世話になっている三井修氏が、今まであちこちに発表された文章をまとめて、初エッセイ集を出された。

恵贈されてきたので、さっそく読んでみた。三〇〇ページに及ぶ大部の本である。

エッセイは面白くて、読み出したら途中で止められない。

装幀は千種創一君の本『千夜曳獏』と同じ濱崎実幸で、独特の面白いものになっている。

カバーの紙の裏面は柄の模様刷りになっていて、それを半分、折り返して、図版に見られるような体裁になっているのである。

濱崎実幸氏は有名な装幀家らしく注目されている。

私も二〇〇四年からブログを書いているが、言わば詩歌句にまつわる「エッセイ」のようなものだ。

だから機会があれば、その中から選んで一冊の本にして上梓したい気持は前から抱いている。

そんな意味から、大変参考になった。


目次を見てみよう。

光の歌人
華麗なる文学的転変
宮柊二の後記歌集における韻律性――リフレイン、対句表現の多用
高安國世
高安國世の創作語
死を見つめた歌人　青井　史
釈迢空の墓
折口春洋の歌
「あな」考　葛原妙子作品を中心に
ヨルダン河の彼方
「アララギ」転機の歌集
牛飼いの歌
左千夫の連作論
開会宣言
「私にとっての方代とは――「親戚のオジサン」
水野昌雄の叙情性について

多く引きすぎたかも知れない。

出典が明示されていないので分からないが、北陸中日新聞の歌壇の選者などもなさっているので、あちらの新聞に載せられたものかも知れない。

ひとつ短い文章を引いてみよう。

短歌に「アラブの春」

海外詠はそれぞれの時代で主な担い手や主な発信地があった。かつてはモスクワ在住の駐在員夫人たちの投稿グループがあったし、国際結婚してヨーロッパに住む女性たちの活躍があったし、男性でも駐在員の歌や、刑務所のような特殊な環境で発信される短歌も話題を呼んだ。

中東に関して言えば、約二十年ほど前バーレーンに在住した商社員の三井修、三年前までアブダビで日本語教師をしていた斎藤芳生などの先例はあったが、それらはあくまで点としての存在でしかなかった。それが最近、面としての動きを示し始めていることが注目される。

今年に入って「中東短歌」という雑誌が創刊された。これは現在ヨルダン在住の二十五歳の千種創一（東京外大の「外大短歌」出身）を中心に、前述の三井修、斎藤を含む柴田瞳、町川匙、幸瑞の、何らかの形で中東に関わりのある六人が参加している。

・絨毯のすみであなたは火を守るように両手で紅茶をすする　千種創一
・朝明けはモスクも霧の中なりき砂塵と祈りの声はとけ合う　斎藤芳生

更に「中東短歌」とは別に、シリアの首都ダマスカスで研究生活を送った柳谷あゆみの『ダマスカスへ行く　前・後・途中』という歌集が出版された。

過ぎるたびなにやらひとりになる　カーブ、あれは海ではなくダマスカス

これらの中東を巡る短歌の新しい動きは、あたかもここ数年のいわゆる「アラブの春」に呼応するかのような印象さえ与えるが、その前途は「アラブの春」同様、混沌としている。

もう一つ引いてみよう。

わたしの原風景

故郷の雪の夜に居ると思うまで月光盈ちて明るき砂漠　三井修

雪深い北陸で生まれ育ったが、大学を出てから就職したら、アラビアに転勤になった。駐在中、よく夜の砂漠へドライブをした。夜の砂漠は街の灯火がないので、星空は実に凄まじい。プラネタリウムで見るよりもはるかに多くの星が、文字通りビロードのような漆黒の空に犇めき合っている。原始人が見た夜空とはこんなだっただろうと思う。

「月の砂漠」という童謡もあったが、月夜の砂漠も素晴らしい。明るいが無彩色である。墨絵という感じとも違う。そのうち、これは故郷の能登の夜の光景と同じだと思うようになった。全ての輪郭が明瞭であり、全てが無彩色なのである。全てが静かで、全てが自らの存在を静かに主張しているのである。私はアラビアの砂漠に居ながら、少年となって故郷の能登の雪の夜に居るような錯覚に襲われた。これから家に帰れば、まだ若い父母が居て、明るい電灯が私を待っているようにさえ思えた。

故郷で暮らしたのが十八年、東京に出てアラビア語を学んで以来、アラビアと付き合い始めて、かれこれ三十年以上、うち、アラビアに住んだのが述べ七、八年になる。最近は故郷に帰ることも少なくなった。たまに帰る機会があっても、大体冬以外の季節である。冬の能登にはもう何十年も帰っていない。

この本の題名になっている「雪降る国から砂降る国へ」の項目の歌も引きたいが四ページと長いので、引くのは勘弁願う。

ネット上にある文章なら、簡単にコピペしたら転載できるのだが、紙媒体だとスキャナするか、手入力するしかない。

スキャナも便利だが、どうしても「文字化け」するので修正に手間を食うのである。

業務用の大きなスキャナがあれば話は別であるが。

まだ全部を読んだ訳ではないが、ゆっくり読ませていただく。

ご恵贈有難うございました。コロナウイルス跳梁で不自由極まりないが、どうぞ、ご自愛を。　（完）

向日葵《ひまはり》は金の油を身にあびて
ゆらりと高し日のちひささよ

前田夕暮

前田夕暮は明治四四年「詩歌」を創刊、自然主義短歌を唱えて若山牧水と共に、明治末期歌壇に一時代を画したが、大正に入るや一転、この歌のように対象のもつ生命感を鮮やかに描くことに力を傾けるようになる。

「金の油を身にあびて」には、太陽さえも小さく見えるほどの盛んな向日葵の花への讃歌がある。この歌の「ゆらり」の個所には傍点が打たれている。

昭和三年休止していた「詩歌」を復刊し、新感覚派風の口語自由律短歌を提唱、たとえば

冬が来た。白い樹樹の光を体のうちに蓄積しておいて、夜ふかく眠る

のような方法で歌を詠んだ。

戦時下に定型歌に復帰、平明で好日的な歌風を貫いたが、振幅の大きい作歌生涯を送ったと言える。昭和二六年没。

この歌は大正三年刊『生くる日に』所載。以下、夕暮の歌を少し引く。

秋の朝卓の上なる食器《うつは》らにうすら冷たき悲しみぞ這ふ
君ねむるあはれ女の魂のなげいだされしうつくしさかな
木に花咲き君わが妻とならむ日の四月なかなか遠くもあるかな
初夏の雨にぬれたるわが家の白き名札のさびしかりけり
夕日のなかに着物ぬぎゐる蜑《あま》乙女海にむかひてまはだかとなる
自然がずんずん体のなかを通過する——山、山、山
野は青い一枚の木皿——吾等を中心にして遥かにあかるく廻転する
戦ひに敗れてここに日をへたりはじめて大き欠伸をなしぬ
チモールに病めるわが子を嘆かへる吾ならなくに坂道くだる
ともしびをかかげてみもる人々の瞳はそそげわが死に顔に
一枚の木の葉のやうに新しきさむしろにおくわが亡骸は
枕べに一羽のしとど鳴かしめて草に臥《こ》やれりわが生けるがに
雪の上に春の木の花散り匂ふすがしさにあらむわが死顔は

六首目七首目の歌は自由律短歌の時期のもの。

終わりから四首の歌は最晩年のもので、自分の「死に顔」を詠むという特異なものである。

掲出した歌と三首目の歌は夕暮の代表作として、よく引用されるものである。

いまは多磨霊園に眠っている。

魂よいづくへ行くや見のこししうら若き日の夢に別れて
若竹は皐月の家をうらわかき悲しみをもてかこみぬるかな　（収穫）
沈思よりふと身をおこせば海の如く動揺すなり、入日の赤さ
ムンヒの「臨終の部屋」をおもひいでいねなむとして夜の風をきく
我がこころの故郷つひにいづかたぞ彼の落日よ裂けよとおもふ　（生くる日に）
蜜蜂のうなりうづまく日のもとをひっそりとしてわがよぎりたり
ひたむきに空のふかみになきのぼる雲雀をきけば生くることかなし　（原生林）

昭和二六年、前年よりの仰臥生活が続くなか、1月には主治医が急逝し「自然療法」に入った。死期を感じた夕暮は遺詠「雪の上に春の木の花散り匂ふすがしさにあらむわが死顔は」他を遺し、四月二〇日東京・荻窪の自宅「青樫草舎」で死を迎えた。

自らの死をも清々しく客観的に歌った彼の自我意識は最後まで醒めていた。

ゴーギャン・ゴッホなど印象派からの強烈な刺激をうけ、外光や色彩に多くの影響がみうけられる彼の歌は、数回に及ぶ作風転換にもかかわらず一貫してみずみずしく清新なものであった。いまその塋

域に立つと、赤や黄や白い供花の間から碑面を光らせている主の清らかさが偲ばれる。

•空遥かにいつか夜あけた木の花しろしろ咲きみちてゐた朝が来た

蝙蝠や西焼け東月明の

平畑静塔

日本で人家近くで見られる蝙蝠《こうもり》は「アブラコウモリ」（イエコウモリ）と呼ばれるものである。アブラコウモリは東アジアの人家に棲む小型のヒナコウモリ科の哺乳類。日本でもっとも普通に見られる住家性の蝙蝠。

アブラコウモリは翼をひろげた長さが二〇センチほど。翼のように見えるのが股間膜。これで羽ばたいて飛ぶ。体長は約五センチ、体重六～九グラムという。

普通は木造、プレハブなどの建物の羽目板の内側や戸袋などに棲みついたりするらしい。

先年、わが家の二階の南東角の窓のシャッターの下に大量の糞がうず高く堆積しているのを見つけた。このシャッターケースに蝙蝠が住み着いていたのである。この窓は平常は開け閉めしないので、言わば死角になっていて気付かなかったものである。さっそく追い払う手立てを取った。

鉄筋コンクリートの住宅の外に開孔する排気管の中に棲みついたりするらしい。この種類は洞窟や森林には棲まない。

夕方、街中や川の上を集団で飛びまわって飛びながら蚊や羽虫を食べている。

ツバメかと思って、よく見ると尻尾がないのでコウモリだと判る。

私が、このイエコウモリに初めて出会ったのは戦争末期に米軍の焼夷弾爆撃から街を守るために防火帯として広い道路を作るというので人家を強制的に壊した、いわゆる「疎開道路」という政策のために京都駅南側の人家の引き倒しに動員された時である。

人家に潜んでいたイエコウモリを学友の誰かが捕まえて掌の中に包んでいたのである。摑んでみると哺乳類だから暖かかった印象が第一である。

コウモリは人には聞こえない周波数の高い声を出してレーダーのように使って、障害物を巧みに避けるという。

蝙蝠は俳句などでは「かはほり」というが、これは蚊を欲するゆえと言い、この「かわほり」が転じてコウモリとなったという。

姿や習性から気味悪い動物と思われがちだが、虫などを食べる有益な動物だということである。とは言え、住み着かれると臭いし、衛生的に悪いので、立ち退いてもらうように越したことはない。

掲出した平畑静塔の句のことだが、「西焼け東月明の……」と言われるような気象条件の日というのは年間に何日もあるわけではない。

つまり、西の空は夕焼けで、東の空には明るい月が昇ってくる、という条件である。

私も調べてみたわけではないが、関心のある方は「暦」で調べていただきたい。

季節は変わるが、

菜の花や月は東に日は西に　　与謝蕪村

という句がある。この句の季節は早春ということだが、条件的には同じ情景、である。この句を引いたときにも書いたことだが、年間何日もあるわけではない。平畑静塔の句は、この蕪村の句を念頭において作られたのは確かだろうと思われるので、念のために、敢えて書いておく。

以下、歳時記に載る蝙蝠の句を引いて終わる。

かはほりやむかひの女房こちを見る　　与謝蕪村
かはほりや仁王の腕にぶらさがり　　小林一茶
蝙蝠に暮れゆく水の広さかな　　高浜虚子
蝙蝠やひるも灯ともす楽屋口　　永井荷風
歌舞伎座へ橋々かかり蚊食鳥　　山口青邨
蝙蝠に稽古囃子のはじめかな　　石田波郷
三日月に初蝙蝠の卍澄み　　川端茅舎
かはほりやさらしじゆばんのはだざはり　　日野草城

鰡はねて河面くらし蚊食鳥　水原秋桜子

蝙蝠や父の洗濯ばたりばたり　中村草田男

蝙蝠に浜のたそがれながきかな　山下滋久

妻の手に研ぎし庖丁夕蝙蝠　海崎芳朗

おのづから陥穽《かんせい》ふかく来しならむ
蟻地獄なる翳《かげ》ふかき砂

木村草弥

この歌は私の第二歌集『嘉木』（角川書店）に載るものである。

この蟻地獄は寺院や神社などの雨の掛からない軒下（縁側の下など最適）の砂地に穴を掘る。

この虫の生態については内外で詳しく観察している研究者が居て、ネット上でもエッセイなどが載っている。因みに英語ではAnt-lionという。

そのうちの三輪茂雄氏のエッセイをもとに少し書いてみよう。


蟻地獄の陣地構築はどうするのか。

彼は先ず大きな輪を描きながら後ずさりしてゆく。その輪の直径は次第に小さくなり、最後に中心に潜り込んで完成する。陣地の斜面の角度は、いわゆる「安息角」。もし蟻などの獲物が斜面に足を突っ込むと、安定が崩れて地獄の底へ転落する。湿度の変化によって「安息角」が変化するので、ときどき修正することも忘れない。

頭にあるハサミは、よく見るとスリバチの底にぐっと広げ、斜面の下端を器用に支えている。だから、このハサミのセンサーで斜面に起る微妙な変化を感知できるのである。粒ぞろいの砂がある場所ならともかく、一見、とても陣地が作れそうにもない荒地でも、整地作業する。つまり粒ぞろいに整地するのだ。アメリカの動物学の雑誌に、この陣地構築に関する論文が出た。「アントライオン幼虫の陣地構築に関するバイオフィジックス」。この整地作業の際に彼は砂の粒を揃えるのに「風力分級」という作業をする。「風力分級」というがニュートン域と層流域の中間域が丁度よいのである。

三輪氏は「〈風力分級の極意をアリジゴクに学ぶ〉など考えても見なかったことである。これもバイオの時代なのだろうか」と書いている。つまりアリジゴクは整地作業の時に砂を顎の力で刎ね飛ばすのだが、その際に「風力分級」という物理学を応用するというのである。風力分級だのニュートン域だのと言われても、私にはチンプンカンプンなので、興味のある方は更に突っ込んでみてもらいたい。

アリジゴクはウスバカゲロウの幼虫であるが、これにも色々の種類がいるようで、水中で幼虫期を過ごす種類などは成虫になって二、三時間で死ぬものがあるから（その前に婚姻飛翔 nuptial flight という集団行動を取る）カゲロウは短命で儚いもの、という先入観があるが、このアリジゴクの幼虫と成虫に関しては、そうでもなかった。

このアリジゴクのウスバカゲロウは二、三週間生きるそうである。しかも幼虫期であるアリジゴクの期間が二、三年であることを考えると、かなり長命な昆虫ということである。

このアリジゴクは捕らえた虫の体液を吸うと、先に書いたが、体液を吸ったあとは、穴の外へボーンと放り投げて捨てる。また非常に変った体の構造をしていて、肛門がない。成虫になってから2、3年分の糞を一度に放出するらしい。

成虫のウスバカゲロウの活動期は七、八月の真夏である。

以上、専門的な記述をネット上に載る研究者の記事から紹介した。

私は内向的な性格の子供で、もちろん以上のような難しいことは知る由もなく、縁側の下で繰り広げられる蟻地獄の狩の様子を、じっと見つめるばかりであった。

アリジゴクの幼虫の成長につれて、すり鉢の穴の直径は大きくするようであった。直径一センチくらいのものが、三センチくらいにも大きくなるようであった。

そういう少年期の記憶が、後年になって、このような歌に結実したと言えるだろう。

俳句にも蟻地獄という夏の季語はあり、歳時記には結構多くの句が載っている。それを引いて終わる。

蟻地獄ほつりとありてまたありぬ　日野草城
蟻地獄見て光陰をすごしけり　川端茅舎
蟻地獄みな生きてゐる伽藍かな　阿波野青畝
蟻地獄寂寞として飢ゑにけり　富安風生
むごきものに女魅せられ蟻地獄　滝春一
蟻地獄かくながき日もあるものか　加藤楸邨
蟻地獄群るる病者の床下に　石田波郷
蟻地獄孤独地獄のつづきけり　橋本多佳子
わが心いま獲物欲り蟻地獄　中村汀女
蟻地獄すれすれに蟻働けり　加藤かけい
蟻地獄女の髪の掌に剰り　石川桂郎

先に書いた水生のウスバカゲロウのことだが、この種類は私の本題とは直接には関係がないので、ここに「余談」として書いておく。ウスバカゲロウと言えば、実生活には、むしろ、この水生のウスバカゲロウの方が関係があるかも知れない。

というのは盛夏になると特定の川沿いの道路なんかに、この水生のウスバカゲロウやトビケラの群れが密集して飛び車の運転も出来ないようになるような光景が出現する。翌朝には道の上に層をなして死骸が重なっているのである。虫の油でスリップ事故なども起る。

これは先に書いた「婚姻飛翔」nuptial flightという雄と雌のウスバカゲロウが交尾を求めて群れるのである。こういう集団発生があちこちで見られる。

余談ではあるが、念のために書いておく。

トビケラの種類も日本でも数百も居ると言い、そのうちのどの種類であるかは判らない。水生のカゲロウとトビケラは、極めて近縁の昆虫であるらしい。

「群飛」して婚姻飛翔するのは先に書いた通り、本当である。

この記事を元にして私の第二詩集『愛の寓意』(角川書店)に「風力分級」の題にして「詩」として載せた。

風力分級という非日常的な題なので、多くの人から注目されたようだ。一言触れておく。

ものなべて光らぬもののなかりけり
〈のれそれ〉は海を光らせて　夏

＊のれそれ―魚の穴子の稚魚

木村草弥

この歌は私の第五歌集『昭和』（角川書店）に載るものである。
原文では「のれそれ」の部分は「傍点」を振ってあるのだが、ここでは出来ないので〈　〉で囲んだので、ご了承を。

レプトケファルス（Leptocephalus）は、ウナギ目、カライワシ目、ソコギス目など、カライワシ上目の魚類に見られる平たく細長く透明な幼生で、大きさは５㎝前後かそれ以下から１ｍを超す場合もある。ウナギやアナゴ、ハモなどのウナギ目のものが有名でウナギは成長後にはレプトケファルス期の約十八倍、アナゴは約三十倍の大きさになる。

のれそれ

マアナゴのレプトケファルスは、高知県などでのれそれと呼ばれ、食用にされる。主に生きたまま土佐酢、三杯酢などにくぐらせて、踊り食いにされることが多い。大阪などの消費地でものれそれと呼ばれることが多いが、兵庫県淡路島では淒垂《はなた》れ、岡山県では「ベラタ」と呼ばれている。私の歌は、この「のれそれ」を食べるところを描いたものではないが、「旬の食べ物」として下記のような記事が出ている。

★「のれそれ」というのは穴子の稚魚です。
春から秋が旬になります。生で三杯酢などで食べます。身は細長く平たく透き通っています。高知市付近ではノレソレ、高知県西部ではタチクラゲと呼ばれることもあります。地引網を引くと、ドロメは弱いのですぐにペタッと網にくっついてくるのですが、ノレソレは、そのドロメの上にのったり、それたりしながら網の底に滑っていきます。

この「のったり、それたり」という地引網の中の様からこう言われているようです。

高知はもちろん、四国では一般的な酒の肴、珍味なのですが、全国的にはあまり一般的ではないようですね。県外から赴任された方でこの味にはまる人も多いようです。


【召し上がりかた】
●自然解凍（急ぐときは流水解凍）して生を三杯酢で召し上がっていただくのが一般的です。生しらす（どろめ）はたまり醬油におろしショウガとネギをいれて食べたりもします。

春先の時期に捕獲して急速冷凍してあり、価格も百グラム一二〇〇円くらい、と、さほど高いものではない。

蛸壺やはかなき夢を夏の月　　松尾芭蕉

芭蕉は貞享五年四月二〇日、兵庫から須磨、明石へ脚を伸ばした。その夜は須磨に泊ったが、これは、その時の旅に基づく句。

「明石夜泊」と題があるのは月の名所である明石に泊ったことにして詩情を深める芭蕉一流の「虚構」。昔は瀬戸物製の壺型のものであったが、今ではプラスチック製で、重しに、底にセメントが深く塗りこめてある。そのタコツボに長いロープをつけて結わえて、何百個と漁船で沈めにゆく。

芭蕉の句に戻ると、句も最終的に元禄三、四年に至って、この形に定まったと言われている。明石の浦は蛸の名産地。激しい明石海峡の流れにもまれて明石の蛸は、よく身が締まっていて、旨い。その海底で何も知らずに蛸壺に入り夏の夜の短夜の月光のもと、はかない夢を結んでいる蛸。その命も、また、はかない夢である。

そこには無常の命の「あはれ」があるが、また達観した目で眺めれば、一種の「をかし」の気分も湧いて、この句の忘れ難い複雑な味わいも生れる。『笈の小文』所載。

先に書いたように、この芭蕉の句は、場所も、季節も変えて作られている。

文芸表現というものは、こういう「虚構」をさりげなく、巧みに取り込みながら、いかにも真実らしく作品を仕上げるか、というのが文芸作者の本領である。

この句の場合、考証に値いする日記などの裏づけがあるので、このように解明されている。


蛸壺の話から、いま思い出したことがある。

昔、地方へ茶の売り込みに出張していた頃。

鉄道もＳＬがまだ健在だった頃、移動時間も今とは倍も三倍もかかって各地の得意先を廻っていたので、何泊も「宿屋」に泊った。

今のようにビジネスホテルがあるわけでもなく、旅費を節約するために、いわゆる「商人宿」というところにも泊った。

家庭的な雰囲気の宿で、常連さんというのが決っていて、身の廻りのものを置いている人もいた。

そんな同宿者の中に「蛸壺のセールスマン」という人もいたのである。

私の第四歌集『嬬恋』（角川書店）の中に、次のような歌がある。

秋草にまろべば空も海に似て泊り重ねし波止の宿おもふ
秋草の波止場の旅籠《はたご》に蛸壺のセールスマンと泊りあはせし　木村草弥

第四歌集に入れてあるが、実際に制作したのは、もう随分まえのものである。

今となっては、なつかしい思い出の一ページになってしまった。

詳しい話は聞かなかったが、漁協などを廻って蛸壺の注文を取っていたのだろう。

いま歳時記を繰ってみたが、「蛸」という季語は、僅かに山本健吉のものに夏の季語で「章魚」として載っているだけである。

章魚突の潜《かづ》けり肢体あをくゆれ　草堂
章魚沈むそのとき海の色をして　占魚
祭の蛸祭の蛸と呼んで行く　寒月
章魚干せば天の青さの炎ゆるなる　まもる

関東では、どの程度、蛸を賞味するのか知らないが、真蛸の旬は夏で、関西では殊に6、7月の祭の頃に鱧《はも》と並んで賞味する。

「酢たこ」など、あっさりして、さっぱりして美味なものである。

もっとも今では海外産のものが一年中でまわり、わが家では、よく食する。

海へ出る砂ふかき道浜木綿《はまゆふ》に
屈めばただに逢ひたかりけり
木村草弥

この歌は私の第二歌集『嘉木』（角川書店）に載るものである。初出は同人雑誌「かむとき」に発表したもの。

浜木綿の歌としては、古くは「万葉集」巻四（歌番号四九六）に柿本人麻呂の

み熊野の浦の浜木綿ももへなす心は思へどただに逢はぬかも

という有名な歌があり、浜木綿の歌と言えば、この柿本人麻呂のものが本意とされてきた。
私の歌も、この人麻呂の歌を多分に意識した歌作りになっている。
この一連十五首を全部再掲する。

神の挿頭《かざし》
木村草弥

失せもののいまだ出でざる夜のくだち和紙の吸ひゆくあはき墨の色

海へ出る砂ふかき道浜木綿に屈めばただに逢ひたかりけり

わだつみの神の挿頭か浜木綿の嬥歌《かがひ》の浜ぞ　波の音を聴け

ぞんぶんに榎の若葉空にありただにみどりに染まる病む身は

昴じたる恋のはたてのしがらみか式子の墓の定家葛の

そのかみの恋文は美《は》し暮れがたの朴の花弁の樹冠に光《て》れる

蝦夷語にてニドムとぞ言ふ豊かなる森はしろじろ朴咲かせけむ

くちびるを紫に染め桑の実を食みしも昔いま過疎の村

よき繭を産する村でありしゆゑ桑摘まずなりて喬木猛る

桑実る恋のほめきの夜に似て上簇《じやうぞく》の蚕の透きとほりゆく

絹糸腺からだのうたに満ちみちて夏蚕《なつご》は己をくるむ糸はく

桑の実を食みしもむかし兄妹《きやうだい》はみんなちりぢり都会に沈む

六地蔵の導く墓にとべら咲き海鳥の来て石碑《いしぶみ》穢す

海女のもの脱ぎすててありとべらなる白花黄花照り翳る昼

節分《しんねん》にとべらの枝を扉《と》に挿せる慣はしよりぞトビラと称《よ》べる

陽が射せばトップレスもゐる素裸が
ティアガルテンの草生《くさふ》を埋む

木村草弥

この歌は私の第五歌集『昭和』（角川書店）に載るものである。「ティアガルテン」とは、ドイツの首都・ベルリンの中心部に広がる広大な公園で、掲出写真二枚のようなものである。プロイセンの頃は、王族の狩猟地だった。総面積は二一〇ヘクタールで、これはロンドンのハイド・パーク（一二五ヘクタール）やニューヨークのセントラルパーク（三三五ヘクタール）と並ぶ規模である。中心部に戦勝記念塔が建ち、公園内を六月十七日通りが通る。西にエルンスト・ロイター広場、南西にベルリン動物園、東にブランデンブルク門がある。

同じ歌集には、掲出の歌につづいて

半年の長き冬なれば夏の間は陽に当らむと肌さらしゐつ
湖と森の都のベルリンは〈ゲルマニアの森〉の逸話おもはす

の歌があるので一体として鑑賞してもらいたい。

広大な森だが、ところどころに広い草生があり、夏の間は市民たちが、こぞって真裸になって「日光浴」をする。

ベルリンは東西ドイツに分かれていたときは「東ドイツ」に属していたので、長らく開発から置き去りにされてきたが、東西が一体化されて、ドイツの首都となったので、以後の変貌は著しい。

この歌集『昭和』に載せたのは「ベルリンの壁崩ゆ」〜一九九〇年夏〜というものであり、ベルリンの壁が崩された一九八九年の翌年の夏の紀行が基になっている。

この項目の歌のはじめに

金髪のビルギュップ女史きらきらと腋毛光らせ「壁」さし示す
金色の腋毛光れりベルリンの壁跡指して苦難は言はず

の歌があるが、今どきならば、こんな光景はあり得ないが、当時は特に共産圏では「腋毛」を剃るという習慣はなかったのである。

西欧においても、パリなどでは「男の腋毛は良くて、女の腋毛は剃れ、なんておかしい」という運動さえあったのである。

この歌に登場するビルギュップ女史は、私たちのツアーのガイドなどなさっていただいたが、東欧華やかなりし頃は、政治家や学会などの重要な会議の通訳などをされたらしい。

世が世ならば、われわれ下々のツアーのガイドでお茶を濁すような人ではなかったのだが、東欧が崩壊して、仕事が無くなったので、働いておられるのだった。

私はベルリンには、数年後にもう一度行ったが、そのときはベルリンは大改造中で、歌集の中にも歌を載せた「パラストホテル」という東ベルリン有数の名ホテルも解体中だった。

「パラスト」というのは英語でいうと「パレス」宮殿の意味で、旧プロイセンの王宮の跡に建つ。つまりパレスホテルということなのであった。当然このホテルは東欧、東独のトップクラスの要人たちが屯するホテルだったようで、その「悪しき」権力のイメージが付き纏い、なんども経営母体を替えたようだが、解体のやむなきに至ったらしい。

その、まさに解体最中のときに私の二回目のツアーが遭遇して、大きなショックを受けたことを、今も覚えている。

同じ一連に載る歌

ヒロシマの原爆ドームのごとくしてウィルヘルム教会廃墟を残す

という教会も、歌集を読まれた三浦好博氏の手紙によると、「廃墟」ではなくて、最低限の補修をして

「記念堂」として機能しているという。

右側のノッポの塔のような「新」教会と並んで建っている。

ことほど左様に、ベルリンの変貌は著しい。


　「ベルリンの壁」とり去りて道となす傍に煤けし帝国議事堂

と詠んだ議事堂も、二回目に行ったときは改修されて「新」ドイツ議会として、新たにドームも付加されたりして観光客を迎えていた。

どれもこれも、浦島太郎のような心境に陥る変貌ぶりであった。

ここは一九三〇年代に、ヒトラーが共産党に罪をなすりつけようと「放火事件」をデッチあげたことで有名だったが、敗戦、東西ドイツ分断などで放置されていた。

それらの経緯が、私の歌からも読み取れよう。

そういう意味でも、この一連は私にとって「記念碑的な」ものと言えよう。歌集に敢えて収録した所以である。

木槿のはな

三井葉子

むずかしいことに
飽いて

どうしてもカンタンにしたい

では
イチニのサン
わたしたちは肉体のはずかしさを手で拭って
拭っても
また垂れている紐のくちをへの字にして
東の角を曲がる

すると
白いフェンスに

木槿のはなが咲いているのでした。

この詩は、三井葉子詩集『草のような文字』（一九九八年五月深夜叢書社刊）に載るもの。

三井さんには、こんな俳句もある。

ひらひらと逝きたまひしをむくげ咲く　　三井葉子

三井さんは俳句も作られているのである。句集も二冊出しておられる。
この句は誰か判らないが「逝きたまひし」と尊敬語になっているので、親しい目上の人の死に際して作られたものだろう。
三井さんの詩は、使われている言葉自体は何でもないのだが、「詩」としては、とても「難しい」と、よく言われる。「非」日常である詩句の典型であろう。
意味があるようで、無さそうで、それが三井さんの詩の特徴である。

例えば、この詩の第二連の

では
イチニのサン

なんていうところが、それである。思いつきで付けられた詩句である。

「詩」は意味を辿ってはいけない。詩句に脈絡は無いのである。

詩人によって発想は、さまざまであり、詩句に起承転結のある人もあれば、「意味的」に辿れる人もある。私の詩などは、どちらかというと辿れる方である。

三井さんの場合は、「辿れない」典型であろう。だから、よく「難しい」と言われる所以である。

詩は、声に出して朗読してみるとよい。この詩も短いから何度でも朗読できよう。

すると、この詩一編が、不思議な趣をもって立ち上がり、或る「まとまり」となって知覚できる。

そうなれば「詩」の鑑賞として一歩近づけた、と言える。


韓国では、この木槿ムクゲの花が「国花」になっている。韓国語で言うと「ムグンファ」と発音するが漢字で書くと「無窮花」となる。

次々と咲き継いでゆくので、この名前になったのだろう。日本名のムクゲもこの漢字から来ていると、私は思う。「木槿」は漢名だろう。

てのひらに蟬のぬけがら　ぬけがらを
残して人はただ一度死ぬ　　　永田和宏

この永田和宏の歌は「蟬のぬけがら」を見た目から「人間の生死」にまつわる死生観に話を振って秀逸である。この歌は『角川現代短歌集成』③巻から引いた。初出は『風位』(〇三年刊)

私の第二歌集『嘉木』(角川書店)にも、次のような蟬の抜け殻を詠んだ歌がある

空蟬は靡ける萱《かや》にがつしりとすがりて残る　青蟬よ翔べ　木村草弥

蟬の成虫の命はせいぜい十日か二週間と言われている。地中で木の根から樹液を吸って生きる数年の期間のことを考えると、誠にはかない命と言うべきだろう。

その故に日本人は古来から多くの詩歌に詠んできたのである。

以下、私の第二歌集『嘉木』(角川書店)に載る一連の歌を引いておく。

青蟬よ翔べ　　　木村草弥

別離とは白き紙かも夏逝くといのちの影をうつしてゐたり
かるかやにすがりて羽化を遂げし蝶あしたの露にいのち萌え初む
空蟬は靡ける萱にがつしりとすがりて残る　青蟬よ翔べ
青蟬は野仏の耳をピアスとし脱皮の殻を残しゆきけり
野仏の遠まなざしのはたてなる笠置山系に雲の峰たつ
〈汗匂ふゆゑにわれ在り〉夏草を刈りゐたるとき不意に想ひぬ
ひたすらに地に生くるもの陽炎ひて蟻の行列どこまでつづく
罪いくつ作り来しとは思はねど差しいだす掌に蟻這はせをり
蟻の列孜々《しし》と励みし一日は日の昏れたれば巣穴に戻る
呵責とも慰藉《いしや》ともならむ漂白の水に漉かれて真白き紙は
翔べるものわが身になくて哀しめば蜻蛉《あきつ》は岸の水草を発つ
身も影もみどりとなりて畦渉る草陽炎の青田つづける
法師蟬去《い》んぬる夏を啼きゆくははかなきいのちこそ一途なれ

百日草ごうごう海は鳴るばかり　三橋鷹女

「百日草」は名前の通り夏の間、百日間も秋まで咲きつづける草花である。病気などにも罹らず極めて強い花である。

私の第二歌集『嘉木』（角川書店）にも

百日を咲きつぐ草に想ふなり離れゆきたる友ありしこと　木村草弥

という歌がある。私の歌は「花言葉」をネタに歌の連作を作っていた時のものであり、百日草の花言葉は「不在の友を想う」である。

百日草に戻ると、この草は私の子供の頃からある草で日本の草のように思っていたが、外来種らしい。

外国では「薬用」として栽培されていたという。

地味な花で、今では余り盛んに植えられては居ないようだ。

今では、これも秋まで百日以上も咲きつづける「日日草」が、これに取って代わるだろう。

極めて安価な草で、病気にも強く、広く植えられている。私の方でも植えている。

いま調べたところ「百日草」はメキシコ原産でキク科の一年草で、「日日草」は西インド原産でキョウチクトウ科の一年草という。歳時記にも、両方とも載っているので、それらを引いて終わりたい。

心濁りて何もせぬ日の百日草　草間時彦
これよりの百日草の花一つ　松本たかし
病みて日々百日草の盛りかな　村山古郷
朝の職人きびきびうごき百日草　上村通草
母子年金受く日日草の中を来て　紀芳子
日日草なほざりにせし病日記　角川源義
紅さしてはぢらふ花の日日草　渡辺桂子
日日草バタ屋はバタ屋どち睦び　小池一寛
嫁せば嫁して仕ふ母あり日日草　白川京子
些事多し日日草の咲けるさへ　増島野花

あの父の八月十五日の最敬礼

直江裕子

——俳句誌「京鹿子」二〇〇五・一一掲載——

今日は、昭和二十年八月十五日、日本はポツダム宣言を受諾、無条件降伏して、第二次世界大戦が終結した日である。

掲出した俳句は、ポツダム宣言を受諾して終戦とするという昭和天皇の「玉音放送」を聴いての光景の一コマであろう。

当時、日本は天皇の統治する帝国だった。天皇は現人神アラヒトガミであり、「朕思う」の一言で、すべてが決する国だった。

だから終戦の勅語を発し「ポツダム宣言を受諾して」戦いを終わる、と宣言したのである。終戦の詔勅というものを、よく読んでみれば判る。

八月十四日の御前会議でポツダム宣言の受諾を決定し、終戦の詔書を出した（日本の降伏）。同日にはこれを自ら音読して録音し、八月十五日にラジオ放送において自身の臣民に終戦を伝えた（玉音放送）。

この放送における「堪へ難きを堪へ、忍ひ難きを忍ひ」の一節は終戦を扱った報道特番などでたびたび紹介され、よく知られている。

昭和天皇は九月二七日、連合国軍最高司令官総司令部（GHQ/SCAP）を率いるダグラス・マッカーサーとの会見のため駐日アメリカ合衆国大使館を初めて訪問した。最高権力者として昭和天皇には、最大の戦争責任があったのだが、占領軍は天皇の責任を不問にすることによって、戦後の日本統治を平和的に行う道を選んだのである。

その日も暑い日だった。当時、私は学徒動員され軍需工場で旋盤工をしていたが、その日は休みだったのか、家で、近所の大人に混じって放送を聴いた。みな直立不動の姿勢で聴いていた。掲出句は、そんな光景を巧く描いている。

敗戦あるいは終戦について詠まれた句を引いて、戦没者のご冥福を祈り、近隣諸国にはお詫びの一日としたい。

堪ふる事いまは暑のみや終戦日　　及川貞
朝の髪一つに束ね終戦日　　菖蒲あや
木々のこゑ石ころのこゑ終戦日　　鷹羽守行
いつまでもいつも八月十五日　　綾部仁喜
高館は雨のくさむら終戦日　　石崎素秋

敗戦記念日の手花火の垂れ玉よ　三橋敏雄
敗戦日少年に川いまも流れ　矢島渚男
敗戦忌燃えてしまった青年ら　北さとり
この空を奈落より見き敗戦日　岡田貞峰
初心ありとせば八月十五日　小檜山繁子
敗戦忌海恋ふ貝を身につけて　山本つぼみ
終戦忌声なき声の遺書無数　以東肇
海原は父の墓標や敗戦忌　中村啓輔
終戦忌何も持たずに生きてきて　池田琴線女
茶毘のごと燃やす破船や終戦日　野村久子

雷鳴の一夜のあとの紅蜀葵《こうしょつき》
まぬがれがたく病む人のあり　　木村草弥

この歌は私の第四歌集『嬬恋』（角川書店）に載せたもので、この歌のすぐ後に

このひとと逢瀬のごとき夜がありただにひそけき睡りを欲りす　　木村草弥

という歌がつづく。病身の亡妻に対する私の気持を詠み込んである。私自身にとっても愛着のある歌群である。

紅蜀葵は和名を「もみじあおい」という。アオイ科の多年草で、北米フロリダ地方の沼沢地が原産という。日本には明治初期に渡来し、今では広く栽培される。私の家にも、いつごろ来たのか、今の家に移った時も種を取っておいて蒔いたので毎年夏には、つぎつぎと真紅の花を咲かせる。

葉の形がモミジに似ていることからモミジアオイの名がついた。

鮮紅色の花の色と言い、長い雄しべと言い、どこか異国的な感じがする花である。

花は朝ひらいて夕方には、しおれる。次に咲く花は、蕾の先から少しはなびらの赤色が覗いて、明日あさに開花する。咲き終わった実は次第に黒褐色になって丸い大粒の種が、ぎっしり入っている。こ

の種が地面に落ちたものは、翌年芽をだすが、余分なものは抜き取られる。俳句にも、よく詠まれているので、以下、紅蜀葵を詠んだ句を引いておく。

引き寄せてはじき返しぬ紅蜀葵　高浜虚子
紅蜀葵肘まだとがり乙女達　中村草田男
踵でくるり廻りて見せぬ紅蜀葵　加藤楸邨
一輪の五弁を張りて紅蜀葵　瀧春一
侘び住みてをり一本の紅蜀葵　深見けん二
伊那へ越す塩の道あり紅蜀葵　宮岡計次
夕日もろとも風にはためく紅蜀葵　きくちつねこ
紅蜀葵わが血の色と見て愛す　岡本差知子
紅蜀葵女二人して墓に狎れ　竹中宏
紅蜀葵籠屋編む竹鳴らしたり　岡村葉子

けふありて銀河をくぐりわかれけり　秋元不死男

「天の川」は一年中みえるが、春は低く地平に沿い、冬は高いが光が弱い。夏から秋にかけて起き上がり、仲秋には北から南に伸び、夜が更けると西の方へ向かう。「銀漢」という表現もあるが「天の川」のことである。

天の川の句としては芭蕉の「荒海や佐渡に横たふ天の川」などの秀句がある。不死男の句は或る「愛」を想像させて秀逸である。折りしも、月遅れのお盆であり、いろいろと偲ぶにはよい句である。天の川は英語では「ミルキー・ウエイ」というが、これはギリシア神話の最高神ゼウスの妻・ヘラの乳が天に流れ出したものというところから由来する。

実際は、銀河系の淡い星たちの光が重なりあって白い帯となって見えるもの。銀の砂のように美しく、七夕伝説とも結びついて「星合」の伝統となっている。

『万葉集』に山上憶良の歌

天の河相向き立ちてわが恋ひし君来ますなり紐解き設《ま》けな

の歌が、古くからあり、美しさと星合の七夕伝説とが結びついてイメージされている。

以下、歳時記に載る天の川の句を引いておく。

北国の庇は長し天の川　正岡子規
別るるや夢一筋の天の川　夏目漱石
天の川人の世も灯に美しき　沼波瓊音
銀河より聞かむエホバのひとりごと　阿波野青畝
天の川怒濤のごとし人の死へ　加藤楸邨
遠く病めば銀河は長し清瀬村　石田波郷
妻と寝て銀漢の尾に父母います　鷹羽狩行
ちちははに遠く銀河に近く棲む　上村占魚
天の川逢ひては生きむこと誓ふ　鷲谷七菜子
乳足りて息やはらかし天の川　石塚悦郎

その背中ふたつに割りて緑金の
山のなだりを黄金虫翔ぶ　　前登志夫

この歌は『角川現代短歌集成』③巻から引いた。初出は『鳥総立』(〇三年刊)。

学校の夏休みが始まり、いよいよ少年たちの楽しい夏だ。今はまさに、そのさ中だ。

滲み出る樹液は甘い香りがして、実際は酢と甘さとアンモニア臭と色々のものが混ざったものらしい。

とにかく、昆虫採集をして樹液の近くに居ると、体に樹液の匂いが沁みつくものである。

私の第四歌集『嬬恋』(角川書店)に

少年は樹液饐えたる甘き香をにほはせ過ぎぬ露けき朝を　　木村草弥

という歌があるが、先に書いたような情景を描いているのである。

樹液の沁み出す樹の傷には、いろいろの虫が集ってくる。虫にも強弱があり、力の強いカブトムシなどはズカズカと樹液に到達するが、弱い虫は遠慮がちにオズオズと周辺から辺りをみながら近づいてくるから面白い。

私は少年の頃は虚弱児で、活動的な子ではなかったが、田舎ですぐ近くには雑木林があるような環境だったから上級生に連れられて虫を捕まえに行ったりした。水泳なんかも、上級生に無理に川に突き落とされて、溺れまいと必死で泳ぎを覚えたものである。

おおよそ昆虫は雄が大きく牙も大きい。少年の頃は何も知らずに牙の大きいのを源氏、小さいのを平家などと呼んでいた。(昆虫の雄が大きい、というのは正確ではない。バッタ、イナゴ、カマキリなどは雄が小さく、雌が大きい)

樹液の出る傷のある樹が見当たらない場合は、上に書いたように樹液に似た液を作って樹の洞などに置いておくと虫が集ってくるものである。その辺は少年なりの知恵と言えようか。

蟬などは幾つもの種類が朝早くから、やかましく鳴いていた。あまり蟬採りなどはしなかった。蟬の名前が思い出せない小さな蟬でじーじーと鳴くのがうるさかった。

夏の終わりに近づくとかなかなと蜩《ひぐらし》が鳴き出す。ツクツクボウシも秋口の蟬である。

先年、暑いさなかをゴルフしていたら、何年も年月を経た大きなポプラの木に羽化した蟬の抜け殻があり、木の周りに地下から幼虫が出てきた穴が、いくつもあった。

日本の蟬は地下に数年棲んでいるから、幼木にはまだ蟬は棲みつかない。

ノコギリクワガタという立派なクワガタで、体の色が赤銅色に光っているのが特徴。この虫が子供たちにも人気があった。

昔はクヌギ、ナラなどの雑木は薪として利用されたので数年の更新期を経て伐採された。そんなタキギとしての用途もなくなって、雑木林はうち捨てられた。クヌギやナラは数年で更新されるから再生するのであって、切られなくなっては雑木林は衰退するばかりである。

琵琶湖のほとりに住む今森光彦さんは琵琶湖周辺を丹念にカメラに収めてきた人だが、琵琶湖周辺でも棚田や雑木林は、もう殆ど見られなくなった。

老後ってこんなものかよ二杯目のコーヒー淹れる牧神の午後

木村草弥

この歌は私の第五歌集『昭和』(角川書店)に載るものである。

ご存じのように、この話「牧神の午後」のエピソードはギリシャ神話に発するが、有名になったのはフランスの作家・マラルメの詩による。

それに刺激されてドビュッシーの作曲があり、よく知られている。

私の歌は、それらを下敷きにしているのである。以下、それらについて少しWikipediaの記事を引いておく。


『「牧神の午後」への前奏曲』Prélude à "L'après-midi d'un faune" ホ長調は、フランスの作曲家クロード・ドビュッシーが一八九二年から一八九四年にかけて作曲した管弦楽作品であり、彼の出世作だ。この曲はドビュッシーが敬慕していた詩人マラルメの『牧神の午後』(『半獣神の午後』)に感銘を受けて書かれた作品である。〝夏の昼下がり、好色な牧神が昼寝のまどろみの中で官能的な夢想に耽る〟という内容で、牧神の象徴である「パンの笛」をイメージする楽器としてフルートが重要な役割を担っている。牧神を示す主題はフルートソロの嬰ハ音から開始されるが、これは楽器の構造上、非常に響きが悪いとされる音である。しかし、ドビュッシーはこの欠点を逆手にとり、けだるい、ぼんやりとした独特な曲想を作り出すことに成功している。フランスの作曲家・指揮者ブーレーズは「『牧神』のフルートあるいは『雲』のイングリッシュホルン以後、音楽は今までとは違ったやり方で息づく」と述べており、近代の作品で非常に重要な位置を占めるとされる。曲の終盤ではアンティークシンバルが効果的に使用されている。

この後、ドビュッシーは、歌曲集『ビリティスの三つの歌』、無伴奏フルートのための『シランクス』、ピアノ連弾曲『六つの古代碑銘』などの作品で牧神をテーマにしている。また、ラヴェルのバレエ音楽『ダフニスとクロエ』にも牧神（パンの神）が登場する。

私の午後のコーヒー・タイムを「牧神の午後」になぞらえるような不遜な気は、私にはさらさら無い。コーヒーを呑みながらドビュッシーの、この曲を聴いている、と受け取ってもらえば有り難い。フルートをはじめといる管楽器に包まれていると、躰がほぐれてゆくようである。YouTubeなどでも、例えば、カラヤン指揮の演奏などが聴けるので試してもらいたい。因みに、二〇一二年はドビュッシー生誕一五〇年の記念すべき年であったことを書き添えておく。

みづがめ座われのうちらに魚《いを》がゐて
しらしらと夏の夜を泳げり

木村草弥

この歌は私の第四歌集『嬬恋』（角川書店）に載るものである。

西洋占星術でいう星座の分け方によると、私は二月七日生まれなので、「水瓶座」ということになる。

星座表は古代ギリシアで、ほぼ出来上がった。

ギリシア神話の「みずがめ座」Aquarius の由来というのは、こんなものだ。

……トロイの国にガニメデという羊飼いの美少年がいた。

天上から見た大神ゼウスは一目でガニメデを好きになってしまい、ゼウスは鷲に姿を変えてガニメデをさらってしまった。

みずがめ座は、この美少年ガニメデを表している、と言われる。……

「水瓶」についていうと「甕」という字も使うが、昔は今のように水道があるわけでもなく、水汲みも大変だったので、「水瓶」が使われた。

私の歌だが、着想というか連想というのは単純なもので「みづがめ座」→「水」→「魚」ということから、このような歌が生れた。魚の読み方「いを」は古語の読みである。

水瓶座とかいう季語はないので、もう少し先になるが「星月夜」の季語による句を引く。

われの星燃えてをるなり星月夜　高浜虚子

子のこのみ今シューベルト星月夜　京極杞陽

星月夜生駒を越えて肩冷ゆる　沢木欣一

星月夜白き市門のあらびあ海　角川源義

寝に戻るのみの鎌倉星月夜　志摩芳次郎

星月夜小銭遣ひて妻充てり　細川加賀

中尊寺一山くらき星月夜　佐藤棘矢

鯉はねて足もとゆらぐ星月夜　相馬遷子

星涼し樅のふれあふ音かさね　星野麦丘人

星月夜ひとりの刻は沖を見る　高橋淑子

つつつつと浜昼顔の吹かるるよ　清崎敏郎

「昼顔」は、およそ野生のものでよく目にするものとしては「浜昼顔」であろうか。ヒルガオ科の蔓性多年草で、各地の海岸の砂地に自生する。砂の中に地下茎が横に走り、地上茎も長く伸びて砂の上を這い丸くて厚く、光沢のある葉を互生する。旺盛な繁殖力で、ときに広い面積に群生しているのを見かけることがある。地域によって異なるが五、六月ごろ葉腋に長い柄を出し、淡い紅色の花を上向きに開く。この清崎敏郎の句は、浜昼顔の生態をよく観察したもので、海辺に咲く浜昼顔を過不足なく描写して秀逸である。私には昼顔や浜昼顔を詠んだ歌はないので、歳時記から句を引いて終わる。

きらきらと浜昼顔が先んじぬ　中村汀女
浜昼顔咲き揃ひみな揺れちがふ　山口草堂
浜昼顔風に囁きやすく咲く　野見山朱鳥
浜昼顔タンカー白く過ぎゆける　滝春一
浜ひるがほ砂が捧ぐる頂きに　沢木欣一
昼顔のあれは途方に暮るる色　飯島晴子

海高し浜昼顔に踞む吾に　森田峠
浜昼顔鳶が落とせし魚光り　宮下翠舟
浜昼顔廃舟錨錆び果てぬ　小林康治
潮泡の音なく崩れ浜昼顔　稲垣法城子
天日は浜昼顔に鬱《ふさ》ぎつつ　中村苑子
浜昼顔島の空港影もたず　古賀まり子
風筋は浜昼顔を駈け去りし　加藤三七子
這ひながら根の消えてをり浜昼顔　高橋沐石
海鳴りや浜昼顔の引けば寄り　下鉢清

小扇

津村信夫

……………嘗てはミルキイ・ウエイと呼ばれし少女に……………

指呼すれば、国境はひとすぢの白い流れ。
高原を走る夏季電車の窓で、
貴女は小さな扇をひらいた。

この詩は『さらば夏の光りよ』という津村信夫の詩集の巻頭に載るものである。

この本は奥付をみると昭和二三年十月二十日再版発行、京都の八代書店刊のものである。

戦争直後のことで紙質は悪く、表紙もぼろぼろになってしまった。こんな名前の出版社は今は無い。

その頃は紙が不足していて、紙の在庫を持っている会社を探して、とにかく出版にこぎつける、というのが多かったらしい。

私は、この年には旧制中学校を卒業してフランス語を学び始めた頃である。十八歳になったばかりの少年だった。

この短い詩は暗誦して愛読した。

この本の「年譜」の中で、彼の兄・津村秀夫は、こう書いている。

……時に、良家の一少女を恋し、これを自ら「ミルキイ・ウエイ」と呼ぶ。詩作「小扇」及び「四人」に掲載せる散文詩風の手記「火山灰」はすなはちその記念なり。総じて『愛する神の歌』の中の信濃詩篇を除く他の作品は、おほむねこの少女への思慕と、若くして逝ける姉道子への愛情をもとにして歌へるものといふべし。……


室生犀星に師事したことがあるが、彼を識るようになったのも、夏の軽井沢であると書かれている。


この詩の「国境」というのは「くにざかい」と読むのであろう。

この詩は、極めてロマンチックな雰囲気に満ちたもので、この本を読んだ頃、私は、こういうロマンチックな詩が好きだった。

津村信夫は昭和十九年六月二七日に三六歳で病死する。

若くして肋膜炎を患うなど療養に努めてきたが、晩年には「アディスン氏病」と宣告されたというが、私には、この病名は判らない。


この詩の二つあとに、こんな短い詩が載っているので、それを引く。

ローマン派の手帳　　　　津村信夫

その頃私は青い地平線を信じた。
私はリンネルの襯衣の少女と胡桃を割りながら、キリスト復活の日の白鳩を讃へた。私の藁蒲団の温りにはグレーチェン挿話がひそんでゐた。不眠の夜の暗い木立に、そして気がつくと、いつもオルゴオルが鳴つてゐた。

この詩も題名からしてロマンチックである。
津村信夫は、私の十代の青春とともにあった記念碑的な名前である。

（追記）
「現代詩手帖」二〇一二年九月号は「杉山平一」特集をしているが、その中に
　国中治「杉山平一という複合体」・・〈近代〉を体現する方法
という五ページにわたる文章が載っている。

その文章の末尾に、杉山最後の詩集『希望』から

花火が
パラソルをひらいた
その下に　きみ

という短詩を引き、

〈この詩の隣にはぜひ津村信夫「小扇　嘗てはミルキイ・ウエイと呼ばれし少女に」（『愛する神の歌』所収）を置いてみたい。

映画のモンタージュ技法を詩に適用した成功例として、杉山が青年時代から繰り返し言及・称揚してきた作品である。

〈小扇〉が花火の〈パラソル〉となって清楚に花開くまでの長い長い年月を、やはり想わずにはいられない。〉

として、私が掲出した、津村の、この詩を置いて締め括りにしていることを書いておきたい。

突張つてゐる蟷螂を応援す　　片桐てい女

「かまきり」蟷螂（トウロウとも音読みで発音する）は、頭は逆三角形、眼は複眼で上辺にあり、下辺の頂点が口である。前胸に前翅後翅があり、後翅で飛ぶことが出来る。前脚が鎌のようになっていて、獲物を鋏み込んで捕らえる。動くものには飛びつく性質があり、自分より大きなものにも飛びかかる。「蟷螂の斧を振るう」という古来の表現そっくりの習性である。

掲出の片桐てい女の句は、そういうカマキリの生態の特徴を巧みに表現している。この句の場合は蟷螂＝「とうろう」と訓《よ》む。菜園などをやっているとよく分るが、カマキリは害虫をもりもり食べてくれる益虫である。もりもりと片端から食べつくしてしまう。雄と雌が交尾する時も、交尾の最中でも雄の頭や胸を食べながらやることがある。交尾が終わると雄は体全部が食べられてしまう。

産卵は秋が深まってからであるが、それまで、もりもりと虫を捕らえて食べる。

雄は、もう雌に食べられて居ないが、雌の命も一年かぎりである。木の枝などに、泡のような卵胞の中に卵をきちんと、たくさん産む。そのまま冬を越して、初夏に小さなカマキリの子供が、わっと集団で孵化する。いかにカマキリといえども、幼いうちは他の鳥などについばまれて食べられ、生き残ったものが八方に散って虫を捕らえて大きくなるのである。幼いカマキリは、いとおしいような健気な姿である。

以下、蟷螂を詠んだ句をあげておきたい。

風の日の蟷螂肩に来てとまる　篠原温亭
かまきりの畳みきれざる翅吹かる　加藤楸邨
蟷螂は馬車に逃げられし御者のさま　中村草田男
挑みゐし青蟷螂の眼なりけり　石塚友二
蟷螂の腹をひきずり荷のごとし　栗生純夫
蟷螂の枯れゆく脚をねぶりをり　角川源義
蟷螂の禱れるを見て父となる　有馬朗人
いぼむしり狐のごとくふりむける　唐笠何蝶
秋風や蟷螂の屍骸《むくろ》起き上る　内藤吐天

これを聴くと勇気が出ると「フィンランディア」を聴いて妻は手術へ　木村草弥

この歌は私の第四歌集『嬬恋』（角川書店）の巻末に近い「妻のメモ」という一連に載るものである。

この本の「あとがき」に私は、こう書いている。

「今回の歌集の期間は四年間だが、私的には激動の時だっと言える。

　第一には妻・弥生が二年つづけて大病をしたこと。二〇〇〇年八月には心臓の感動脈バイパス四本の九時間にわたる大手術をした。……」

心臓の冠動脈は、狭窄の場所によっては急性の心筋梗塞を起こして命を落とすことになる。

普通はステントを入れて狭窄を広げる措置がとられるのだが、場所によっては、それが不可能な場合がある。そんな時にはバイパス手術が必要になる。妻の場合は、それだった。

先ず、そんなことを詠んだ当該箇所の一連を引いておく。

妻のメモ　　木村草弥

これを聴くと勇気が出ると「フィンランディア」を聴いて妻は手術へ

妻の手帖に遺書メモあり「あちこち連れてもらつて有難う」と
妻のメモ「今しばらくあなたの世話をしたいと思つてゐました」
数々の危険の可能性を挙げたインフォームド・コンセントの所為《せゐ》だ
手術中　かういふ時しか血族が顔をそろへることがない控室
九時間の手術に耐へ妻は冠動脈バイパス四本をつないだ
お互ひに待つてゐる人があることの幸せ支へ合つて生きようね
「弥いちやん」と妻を愛称で呼ぶこともなくなつたかな、ふと思ひ出す
生き死にの病を超えて今あると妻言ひにけり、凭れてよいぞ
水にじむごとく夜が来て燃ゆるてふスノーフレーク白き花なり
ムスカリの傍《かたへ》に置ける愛の詩集湖《うみ》より吹ける風はむらさき

妻が手術を受けたのは、当地、南山城地方では一応、基幹病院として知られる病床500床ほどのところだったが、心臓バイパス手術をするには一旦心臓を切り離してやる。その間は別の機械で血液を循環させ、呼吸も人工心肺で行うのである。バイパスが繋がれば、止めてある心臓に電気ショックを与えて、動かすのである。

私の親友が受けた最新鋭の国立循環器病研究センターなんかは心臓を動かしたまま手術するらしい。

私の歌の一連に詳しく出ているので、事情は判明するから繰り返さないが、そういうことである。九時間もの間、待っている間に妻の病室の枕頭机の引き出しを開けてみたら、妻が日記にしている手帖が出てきたという訳である。

これを見た私は、思わず「泣いた」。妻の心情を思うと涙が出て仕方がなかった。妻は死を覚悟したのだろう。甘い、と思われるかも知れないが、敢えて私は、すべてを甘受する。

妻亡き今となっては、これも強烈な思い出として、私の身につきまとわっている。

シベリウスの「フィンランディア」のYouTubeもネット上で聴けるので聴いてみてもらいたい。

『フィンランディア』(Finlandia) 作品26は、フィンランドの作曲家ジャン・シベリウスによって作曲された交響詩。一八九九年に作曲され、一九〇〇年に改訂された。

『フィンランディア』が作曲された当時、フィンランド大公国は帝政ロシアの圧政に苦しめられており、独立運動が起こっていた。

シベリウスが作曲した当初の曲名は「フィンランドは目覚める」(Suomi herää) で、新聞社主催の歴史劇の伴奏音楽を八曲からなる管弦楽組曲とし、その最終曲を改稿して独立させたものであった。

フィンランドへの愛国心を沸き起こすとして、帝政ロシア政府がこの曲を演奏禁止処分にしたのは有名な話である。初演は一九〇〇年七月二日、ヘルシンキで行われた。

フィンランドは北欧の小国だが、帝政ロシア時代に属国としてロシアに支配されていた時期があり、その抵抗の曲が、これである。

チェコのスメタナの「わが祖国」と同様の扱いのものである。

音楽好きで、大学の時は聖歌隊として、後にはコーラスの一員として歌っていた亡妻の思い出の一端として敢えて載せておく。


一九五七年九月二〇日の夜、シベリウスはアイノラで九一年の生涯を閉じた。死因は脳内出血だった。彼が息を引き取ったその時、マルコム・サージェントの指揮による彼の交響曲第五番がヘルシンキからラジオ放送された。

また時を同じくして開催されていた国連総会では、議長でニュージーランド代表のレスリー・マンローが黙禱を呼びかけ、こう語りかけた。

「シベリウスはこの全世界の一部でした。音楽を通して彼は全人類の暮らしを豊かなものにしてくれたのです。」

同じ日にはやはり著名なフィンランドの作曲家だったヘイノ・カスキが永眠しているが、彼の死はシベリウスの訃報の陰に隠れてしまった。

シベリウスは国葬によって葬られ、アイノラの庭へと埋葬された。

妻アイノ・シベリウスはその後十二年間を同じ家で暮らし、一九六九年六月八日に九七歳で夫の後を追った。彼女も夫の側に眠っている。

忽然としてひぐらしの絶えしかば
少年の日の坂のくらやみ　　佐藤通雅

この歌は佐藤通雅『襤褸日乗』（一九八二年刊）に載るもので、「角川現代短歌集成」第三巻より。「ひぐらし」はカナカナカナと乾いた声で鳴く。だから、「かなかな」とも呼ぶ。夜明けと夕方に深い森で鳴く。市街地や里山では聞かない。この声を聞くと、いかにも秋らしい感じがするが、山間部に入ると七月から鳴いている。海抜の高度や気温に左右されることが多いようだ。

『古今集』に

ひぐらしの鳴く山里の夕暮は風よりほかに訪ふ人もなし

という歌があり、ひぐらしの特徴を巧く捉えている。『和漢三才図会』には「晩景に至りて鳴く声、寂寥たり」とあるのも的確な表現である。

この、「角川現代短歌集成」第三巻には「ひぐらし」や「つくつくぼうし」などを詠んだ佳い歌がたくさん載っている。

いくつか引いてみよう。

たゆたへる雲に落ちゆく日の在処遠ひぐらしの声きこゆなり　松村英一
大方は決りしわれの半生とひぐらしの鳴く落日朱し　武川忠一
かなかなの今年のこゑよあかときの闇にとほればわれは目覚めぬ　上田三四二
蜩は響き啼きけり彼の国のジャムもリルケも知らざりしこゑ　宮柊二
ひぐらしの昇りつめたる声とだえあれはとだえし声のまぼろし　平井弘
ひぐらしのおもひおもひのこゑきけり清七地獄すぎてゆくころ　小野興二郎
木をかへてまた鳴きいでしひぐらしのひとつの声の澄み徹るなり　岡野弘彦
樹の下の泥のつづきのてーぶるに　かなかなのなくひかりちりばふ　森岡貞香
寂しくばなほ寂しきに来て棲めと花折峠のひぐらしぞ澄む　青井史
魔の笛のごとく鳴きつぐ茅蜩の声を率きゆく麦藁帽子　安藤昭司

夏の終り

大岡信

夜ふけ洗面器の水を流す
地中の管をおもむろに移り
遠ざかってゆく澄んだ響き
一日の終りに聞くわたしの音が
たかまるシンフォニー
節まわしたくみな歌でないことの
ふしぎななぐさめ
キュウリの種子
魚の眼玉
ケラの歌
《ほろび》というなつかしい響き
それらに空気の枝のようにさわりながら
水といっしょに下水管をつたい
闇に向かって開かれてゆく

わたしひとりの眼

ひと夏はこのようにして埋葬される

夏の終わりというものは何となく寂しいものである。

そういう夏を送る心象を巧みに一編の詩にまとめあげた。言葉の選択も的確である。

この詩は学習研究社の大岡信編の『うたの歳時記』2・「夏のうた」（一九八六年五月刊）に書き下ろしとして載る大岡信の作品である。

「うたの歳時記」と表記して「うた」としてある所がミソで、短詩形の俳句、川柳、短歌、短詩いずれにも当てはまるように「うた」と表記されているのである。

純現代詩人としての大岡の詩は決して平易なものではないが、このシリーズの性格から読者を意識して、この詩のような平易な表現になったものであろうか。

ここで、別のところに載る大岡信の短詩を一つ紹介する。

木馬　　大岡信

…………夜ごと夜ごと　女がひとり

……………ひっそりと旅をしている（ポール・エリュアール）

日の落ちかかる空の彼方
私はさびしい木馬を見た
幻のように浮かびながら
木馬は空を渡っていった

（昭和五七年九月、小海永二編『精選日本現代詩全集』所載）

妻の剝く梨の丸さを眩しめば
けふの夕べの素肌ゆゆしき　木村草弥

この歌は私の第二歌集『嘉木』（角川書店）に載せたもので、まだ亡妻が元気で「素肌」にも張りがあって魅力的だった頃に詠ったものである。

そういう気持ちが「ゆゆしき」という表現になっている。今では、もう懐かしい追憶の歌になった。

今頃は「豊水」という早生種の梨が出回り「幸水」なども、この系統である。

私の子供の頃は、近くでも水田に畦《くろ》を作って土を盛り、長十郎という褐色で、やや小ぶりの梨の畑があったが、ざらざらした食感が二十世紀梨などに比べて嫌われて、いつしか姿を消した。

豊水、幸水は、この長十郎を最近になって品種改良したもので、今ではよく食べられるようになった。

梨では二十紀梨が有名である。

梨栽培というのも手間の要るもので、筆に花粉をつけて一つ一つ受粉させる。

二十世紀梨というと鳥取県などが生産地として有名だが、この梨の発祥の地は千葉県東葛飾郡八柱村大字大橋（現・松戸市）で、明治に松戸覚之助翁が発見、育成し全国で栽培されるようになった。現地には発祥の地の記念碑が建っている。

ただ、この品種は黒斑病に罹りやすいという弱点があり、鳥取県などは、この障碍を克服して今日の地位をえたものだという。しかし、今や二十一世紀となり、先に書いたように早生種の食感のよいものが出て来たりして、その印象は過去のものとなりつつあるようだ。

この頃では梨の世界にも西洋梨の「ラ・フランス」なども栽培されるようになり、梨の食感も大きく広がるようになった。

今では「ラ・ルクチェ」という更に高価な洋ナシがある。汁が多く、なめらかで香りがいい。この種類の収穫は遅く、出回りは正月贈答用として出荷される。

西洋梨は、まだ珍しいので、結構値段が高く、栽培農家にすると、この高価格というのが、人件費の高い日本では魅力で、手掛ける農家が増えてきたらしい。

二十世紀梨のことだが、平成十四年には鳥取県が、発祥の地の松戸市に感謝して、発祥の地の記念碑の隣に感謝の碑を建てた、という。

『和漢三才図会』には、いろいろの梨の種類を挙げ、紅瓶子梨は「肉白きこと雪のごとし」、江州の観音寺梨は「汁多く、甘美なること、口中に消ゆるごとし」、山城の松尾梨は「甘やわらかなること雪のごとし」などと褒めているが、これらの品種の名前は、今や聞くこともなく淘汰されてしまったと言える。果物の世界も生き残るのは過酷である。

梨を詠んだ句も多いが、少し引いて終わりにする。


梨をむく音のさびしく霧降れり　　日野草城

真夜覚めて梨をむきゐたりひとりごち　加藤楸邨

梨と刃物しづけきものは憤り　長谷川朝風

梨食うて口さむざむと日本海　森澄雄

はまなすの丘にピンクの香は満ちて
海霧《じり》の岬に君と佇《た》ちゐき

木村草弥

「はまなす」は北海道から本州の海岸の砂地に生える植物で、その実が茄子の形をしいてることから、この名前がついいたと言われている。この歌は私の第二歌集『嘉木』（角川書店）に載せたもので、亡妻との思い出を歌にしている。海霧を「じり」と呼ぶことは、歳時記から見つけて、ここに使ってみた。北の海は夏でも霧が出やすく、一般には「ガス」と呼んだりするが、私は余りなじみのない「じり」という言葉を使いたかった。

ハマナスの実は茄子というよりも、トマトに似ているが、トマトと茄子は近縁の植物である。丁度いまころは実が赤く色づいている頃であろうか。ハマナスは漢字で書くと「玫瑰」となるが、花は六月頃から五弁の花を咲かせる。香りが良い。初秋に赤い実が生り、熟して甘いという。しかし、私も食べたことがない。いま歳時記を当ってみたら、生息域は北海道から茨城、島根あたりまでだという。九州や四国などの暖地には生息しないらしい。

函館郊外の立待岬はハマナスの群生地として有名で、歌謡曲にも歌われている。

季節にはハマナスの花が一面に咲いている。この立待岬は、いつもカップルたちで混んでいる。

以下、ハマナスを詠んだ句を引いて終わりにしたい。

玫瑰に幾度行を共にせし　高野素十
玫瑰や仔馬は親を離れ跳び　高浜年尾
玫瑰や今も沖には未来あり　中村草田男
玫瑰を嚙めば酸かりし何を恋ふ　加藤楸邨
玫瑰に紅あり潮騒沖に鳴る　橋本多佳子
玫瑰や波のうへより濤襲ひ　岸風三楼
玫瑰に海は沖のみ見るものか　井沢正江
はまなすや親潮と知る海の色　及川貞

引用した句の終わりの及川貞さんの句のように、ハマナスは「親潮」のかかる流域に限定されるらしいことが、よく判る。

おしろいばな狭庭に群れて咲き匂ふ
妻の夕化粧いまだ終らず　木村草弥

「オシロイバナ」は熱帯アメリカ原産で、元禄の頃日本に入ってきたという。この花は英語ではfour-o'clockと呼ばれるようで、これは夕方の午後四時ころに咲き出し、朝まで咲くからだという。色は赤、白、黄、斑とさまざまなものがあるようだ。種の中に、白粉質の胚乳があるので「オシロイバナ」というらしい。

この草は今では野生化して、路傍のあちこちに群れ咲いている、ありふれた花である。

この歌は、まだ妻が元気であった頃の歌である。私の第二歌集『嘉木』（角川書店）に載せたもので、妻も念入りにお化粧をする気分的なゆとりがあったのである。

私の歌集には「妻」を詠ったものが多い、と、よく言われる。そう言われて子細に見てみると、なるほどたくさんある。

妻のことは一切詠わないという男性歌人も多いから（逆に夫のことを、滅多に詠わない女性歌人も）私はむしろ妻を詠むことが多いのかも知れない。私は恐妻家でもないし、特別に愛妻家でもないと思うが、他人から見ると愛妻家に見えるのだろうか。

私の作歌信条は、先に書いたと思うが宮柊二が「コスモス」創刊の際に高らかに謳いあげた「歌によって生の証明をしたい」というのであり、従って私のことであれ、妻のことであれ、その時々の出来事を歌にして残したい、ということに尽きる。だから、今の時点を大切にしたいと考えている。

以下、オシロイバナを詠んだ句を少し引いて終わりにする。

おしろいの花の紅白はねちがひ　　富安風生
おしろいが咲いて子供が育つ露路　　菖蒲あや
おしろいは父帰る刻咲き揃ふ　　菅野春虹
白粉花吾子は淋しい子かも知れず　　波多野爽波
白粉草の花の夕闇蹟けり　　渡辺桂子
わが法衣おしろい花に触れにけり　　武田無涯子
白粉花やあづかりし子に夜が来る　　堀内春子

無防備にまどろむ君よスカラベが
をみなの肌にとどまる真昼　木村草弥

この歌は私の第四歌集『嬬恋』（角川書店）に載るものである。
この歌では私はスカラベのペンダントをつけた「君」が夏の真昼を、まどろんでいるのを描いたのだが、本来の「スカラベ」というのは、甲虫の「フンコロガシ」のことである。
この虫は日本には居ないが、世界各地には棲息していて、有名なファーブルの「昆虫記」に出てくる虫で、正式には「タマオシコガネ」という。古代エジプトでは、この虫を「スカラベ」と呼んだ。
古代エジプトでは、糞玉をころがすスカラベを見て、日輪の回転を司るケペラ神の化身とみなした。
世界的にも神格を与えられた昆虫は珍しいが、スカラベは、その最初の昆虫ということになる。
かくして、古代エジプトでは、スカラベを創造、復活、不死のシンボルとして崇め、四千年も前から
スカラベの護符や装飾品で飾ったのである。
有名なツタンカーメンの墓からも、このスカラベの護符が「カルトゥーシュ」という「囲み枠」の中に絵文字の名前入りで造られている。他の王や女王、王妃などすべて、そうである。古代エジプトの
絵文字は解読されていて、発掘された墳墓や彫刻などが、誰であるかが同定されているが、それは、
この「カルトゥーシュ」という囲み枠に刻まれている名を解読すれば、すべて判るからである。

ネット上では糞ころがしを絵柄にした切手が世界各地で発行されているのを見ることが出来る。

オーストラリアでは「スカラベ」というと、この糞ころがしのことを指すらしい。

先に日本には糞ころがしは居ないと書いたが、それは日本には丸い糞玉にするような適当な固さの糞をする獣が居なかったことに原因があるだろう。牛の糞や人糞などはベタベタしているから、玉になりにくいだろう。

日本にいる同種の甲虫「センチコガネ」という名のつくもので、大きさ二センチぐらいのもので、センチという便所を意味する名の通り糞便を分解する虫だが、糞玉は作らない。「センチ」とは漢語で「賤地」のことである。

汚らしい話題になって申し訳ない。説明しかけると、こうなってしまうのである。

少し余談を書いておく。

糞ころがしのことだが、この虫の作る糞玉は固くても、柔らかすぎても玉にならないらしい。

だから、この虫は山羊などの小さくて、固くて、コロコロしている糞は、苦手だと、ものの本に書いてある。

この虫が、なぜ糞玉を作って巣へ運ぶかというと、巣に帰ったら、この糞玉の中に卵を産むのである。

孵った幼虫は、この糞玉を食べて成長するという段取りである。

適当な固さで、というところに、虫と言えども「こだわり」があるのである。

何事も「こだわり」が大切らしい。

夏の季語である「こがねむし」黄金虫を詠んだ句を少し引く。金亀子とも書く。

モナリザに仮死いつまでもこがね虫　　西東三鬼
金亀子擲つ闇の深さかな　　高浜虚子

クールベのゑがくヴァギナの題名は「源《スールス》」といふいみじくも言ふ　木村草弥

この歌は私の第四歌集『嬬恋』（角川書店）に載るものである。

この歌に詠んだクールベの絵は、もう二十数年も前になるが、ツアーの自由時間の一日を亡妻と「オルセー美術館」に遊んだ時に「クールベ」の室で見たものである。

この絵は「世界の起源」（L'Origine du monde）を呼び出して見てほしい。

この絵のモデルなど詳しく書いてある。

サイズは46×55センチの大きさである。この作品は館の図録（当時の定価で五〇フランだった）にも出ていないので、今でも常設展示されているかどうか判らない。

この絵は仰臥して股をやや開いて横たわる裸婦を足先の方から描いたもので、画面の中央に裸婦の「ヴァギナ」が大写しになっている大胆な構図である。性器が、もろに描かれているのである。

クールベは、ご存じのように「リアリズム」絵画の巨匠として、フランス画壇にリアリズム絵画の潮流を巻き起こし、一世を風靡して美術史に一つのエポックを画した人である。

前衛芸術運動華やかなりし頃には、ボロクソに言われたこともあるが、美術史の上での運動として欠かすことの出来ない存在である。

絵に戻ると、その絵の題名が「源」source スールス、だと私は記憶していて歌集にも、そのように書いたのだが、上のリンクに出したように原題は「世界の起源」(L'Origine du monde) というのが正式らしいので、ここに訂正しておく。

もっとも「絵画の題名」というのは後年になって付けられることが多いので、私の記憶のように、私が見たときは「source」となっていたかも知れない。

「source」も「Origine」も同じような意味である。

それにしても「世界の起源」という題名には違和感がある。仰々しすぎるのではないか。

この歌については米満英男氏が、先に書いたリンクの批評欄で「木村草弥歌集『嬬恋』——感応」という文章で

……読み下した瞬間に「なるほど」とうなずく外はない愉快な歌である。下句の〈いふ〉〈言ふ〉の駄目押しが決まっている。……

と批評していただいた。その米満氏も先年春に亡くなられた。ご冥福を祈りたい。

セルビアのパフォーマンスアーティスト、Tanja Ostojić は、二〇〇五年、この絵をパロディにして〃EU パンティ〃というポスターを制作した。

よく知られるように、ここはヴィクトール・ラルーが二〇世紀はじめに設計した鉄道の終着駅・オル

セー駅舎であり、鉄道廃止後、放置されていたのを一九八六年に美術館として改装したもので、駅の大きなドームの構造を利用したユニークな造りになっている。

ドームの突き当たりにかかる大時計は、当時の駅にあった金ピカの豪華な大時計そのままである。

この美術館には多くの入場者があり、一九八八年には二一六万人を記録したという。パリの新名所として人気が高い。ここには一八四八年から一九一四年までの絵画、彫刻が集められ、それまでルーブルに展示してあったものも、ここに移された。一九一四年以降の作品はポンピドゥヤンターに展示するという、年代別に館を分けるという、いかにもフランス人らしい合理主義の棲分けがなされている。

このオルセーに展示される年代というと日本人に人気の高い「印象派」の作品は、すべて此処にある。即ち、ミレー、マネ、ルノワール、ドガ、ロートレック、ロダン、ゴッホ、ゴーギャン、セザンヌなどなどである。この場所はセーヌ川の川岸で、オルセー河岸（Quai d'Orsay ケ・ドルセーという）という船着場のあったところ。ここはセーヌ川を挟んで、ちょうどチュイルリー公園とルーブル美術館の向い側にあたる。

この館の玄関ホールの上の中二階には駅舎であった当時の極彩色で金ピカの内装を生かした「レストラン・オルセー」があり、食事をしながら下の回廊の様子を見下ろすことが出来る。天井画も、ステキである。私たち夫婦も、ここで昼食を摂ったのは、言うまでもない。

（お断り）

先年、オルセーは大幅に改装された。
照明なんかも大変よくなっているらしい。
レストランも変わっているかも知れない。念のために書いておく。

痛み

大岡信

秋　ぼくは時の階段をおりてゆく
永遠の岸に腰をおろして
空をわたる人の微《かす》かな足音にききいるために
そこを一つの肉体が　時間が通る

風がしげみを吹きわけるように
永遠がぼくらのあいだを横切っている
ぼくらが時おり不安にみちて
恋人の眼をのぞきこむのはそのためなのだ

遠い地平を魚がゆきかう暗い夜明け
夢がふいに過去を抜けでて
ひらきかけた唇のうえにやってくる
誰にも知られずそこで乾いて死ぬために

生はゆきつくことのない吊橋　揺れながら
水と空とに映えながら　愛は死の
死は愛の旗をうち振っている
ぼくらの中でそれにひそかに応えるものに応えながら

この詩は学習研究社『大岡信・うたの歳時記』秋のうた（一九八五年九月刊）に載るもので、書き下ろしの詩だという。現代詩読者向けではなく、一般読者向けの平易な、分り易い詩である。冒頭の「秋　ぼくは時の階段をおりてゆく」という出だしから、四連冒頭の「生はゆきつくことのない吊橋　揺れながら」という個所など秀逸である。題を「痛み」としたところに作者の内面を知ることが出来よう。

八十の少年にして曼珠沙華　　高島茂

この句は高島茂の遺句集である『ぼるが』（卯辰山文庫刊）の巻末に「原風景」（遺句十一句）として載るものである。

今の晩夏から初秋の句として惹き出せる句が意外と少なく、この一連を引くことにする。

高島茂は平成十一年八月三日に亡くなった。行年七九歳であった。

彼については何度も書いたので繰り返さないが、当該記事のリンクを見てもらいたい。

この句集『ぼるが』の表紙裏から「見開き」にかけて彼の「筆跡」が載せられている。

几帳面な、かっちりとした字が彼の性格を表すように原稿用紙の升目に並んでいる。

以下、掲出句を含む一連を引いておきたい。

なお、原文の漢字は「正字体」で書かれているが、私の独断で「新」字体に変えさせてもらったので、ご了承願いたい。

原風景（遺句十一句）　　高島茂

雷鳴が腹中に棲み駆け狂ふ

つつがなく腹中を涼風ふきぬけよ
手を籠にして蕾の翁草ながめけり
黄華に咲きゐしきすげ寒風たつ
はまなすの紅実のこりて海猫遠し
崖に一羽の海鵜声なきは淋しかりし
八十年顧みしことありおぼろなり
八十の少年にして曼珠沙華
踏まれ鬼に青い蜘蛛来て糸を巻く　（七月二十一日）

□

黒牛の地を蹴る時は戦詩興る
白牛の地にまろびしは平和なりし　（七月二十三日）

これらの作品は高島茂の死後、ご子息で結社を引き継がれた高島征夫氏が句帖から引かれたものだが、死の床にあって、彼の脳裏にさまざまのことが去来したのが、よく判るのである。

はじめの二句などは、体の中に取りついた死霊が惹き起こす「騒擾」との戦いを句に表現したようにも受け取れる。

「戦い」という表現は不適切かも知れない。もはや一種の「諦観」みたいなものが漂っているから、

「せめて苦しまずに死なせてくれよ、病よ」ということかも知れない。

「八十年顧みしことありおぼろなり」「八十の少年にして曼珠沙華」の句からは、幼い頃の回想が、走馬灯のように脳裏を駆け巡っている様子がみてとれる。

掲出句のように、八十になっても心は依然として「少年」なのである。

私自身が、いまや八十を超えた年齢に達しているので、彼の心中が手にとるように判る気がするのである。

終わりの二句は一種の「対」句のようになっていて「戦争と平和」ということを「黒牛」と「白牛」という対比によって表現されたのであろう。

書かれるように戦争中には「戦詩」が「興っていた」ことがある。今となっては、その善悪を云々するのは止めたほうが良さそうである。

「いまわの際」になっても高島茂という優れた俳人は、詩人としての「性《さが》」を示されたと思う。

敬服に価いする立派な最期だった。

その後を継承された、ご子息の征夫氏も亡くなられた今となっては、うたた感慨新たなるものがある。

自《し》が開く力に揺れて月下美人
ひそけき宵に絶頂ありにけり　木村草弥

「月下美人」は長らく名前は聞いていたが二十数年前に知人から一鉢もらって栽培していたが人に貰われて行った。

珍しい神秘的な花として当初は、わくわくだったが、栽培してみると毎年いくつも花が簡単に咲くので拍子抜けするようである。

「つぼみ」の段階で、最初は垂れているが成熟するにつれて「勃起」するように花が上を向いてくる。

月下美人は、もちろん外来の植物で「サボテン」の類である。

栽培本によると直射日光を避けるように書いてあるものもあるが、それはおかしく、本来、熱帯地方の植物であるから、寒さには弱いが暑さには強い。私の家では半日以上直射日光の当るところに置いてあった。

その段階を過ぎて、蕾が上向きになり、蕾が起き上がる。

私は知人が栽培していた月下美人の鉢を、ここ一両日で咲くという段階のものを頂いた。二十数年前のことである。

月下美人の名の通り、夕方から、晩になって、とっぷりと夜のとばりが下りた夏ならば午後9時ころから開花しはじめる。

大振りの花で直径は十センチ以上ある。もちろん手入れの仕方によって花にも大小はある。

花芽は葉の切れ込みの辺りから出てくる。葉の出てくる場所も同じような処からである。

先にサボテン類と言ったが、シャコバサボテンの花芽の出方と同じである。

とにかく月下美人の蕾の発育の仕方を見ていると、男性性器が平常時のしぼんだ状態から「勃起」し、かつ大きさも何倍にもなるのと同じような動きを示すので、ある意味でエロチックである。

花はとっぷり夜になってから一時間余りかけて完全に開く。

そして翌朝には完全に「しおれて」勃起していた花も下を向いて、だらんと垂れている。

この様子も、事が終ったあとの男性性器の状態を思わせて、むしろ嫌らしい感じさえする。

しおれた花は葉の付け根から、すぐに切り取る。そうしないと次の開花に影響があるようだ。

とにかく月下美人は強い植物で、冬の間は屋内の南側のガラス越しの場所に置いてやれば栽培には問題はない。

私の家では、夏場はほったらかしである。水やりは、たっぷりと毎日夕方にやる。

月下美人　　　木村草弥

かのひとに賜ひし一鉢ふくらめる月下美人の咲くを待つ宵

この宵は月も出でざれば月下美人一花乱るる刻きたりけり
蛇皮線を弾いて月下美人の花待つと琉球の友の言ひしも愛《かな》し
白き焔《ほ》を吐きて月下美人のひらき初む一分《いちぶ》の隙もなきしじまにて
友の喪より帰り来たれば月下美人咲き初めむとす　梅雨ふりしきる
自《し》が開く力に揺れて月下美人ひそけき宵に絶頂ありにけり
月下美人たまゆらの香を漂はす明日ありや花　明日ありや花

桔梗や男も汚れてはならず　石田波郷

キキョウも秋の七草のひとつで、古来から詩歌によく詠まれてきた。派手さはないが清楚な花である。もっとも秋の七草に数えられる草は、みな地味なものである。『万葉集』にいう「あさがお」は、キキョウのこととされる。この花は漢字の音読みをして「キチコウ」と呼ばれることも多い。この句もキチコウと読んでいる。小林一茶の句に

きりきりしやんとしてさく桔梗かな

というのがあるが、キキョウの特色を見事に捉えている。きっぱりと、すがすがしい感じの花である。掲出したは波郷の句は、「男も汚れてはならず」と詠んでいて、老いの境地にある私への「警句」のように座右に置いているものである。

私の第二歌集『嘉木』（角川書店）に載せたものに、こんな、母への思いを詠んでいるものがある。

桔梗《きちかう》の紫さける夕べにておもかげさだかに母の顕《た》ちくる　木村草弥

乳ごもる肉《いきみ》の背《せな》に吾《あ》は負はれ三十路の母はまだ若かりき

という歌が載っている。私は母の三〇歳のときの子である。そんな感慨を歌に込めてあるのである。この頃では品種改良で、色々のキキョウがあるが、やはりキキョウは在来種のものが、よい。以下、キキョウを詠んだ句を引いて終わりたい。

仏性は白き桔梗にこそあらめ　夏目漱石
かたまりて咲きし桔梗のさびしさよ　久保田万太郎
桔梗やおのれ惜しめといふことぞ　森澄雄
桔梗挿す壺の暗さをのぞいてから　桂信子
桔梗の露きびきびとありにけり　川端茅舎
姨捨の畦の一本桔梗かな　西本一都
桔梗やいつより過去となりにけむ　油布五線

書評・・初出（角川書店「短歌」平成十一年九月号所載）

「自己存在の起源を求めて」　春日真木子

――木村草弥歌集『嘉木』書評――

『嘉木』は、木村草弥氏の第二歌集。

集名は、陸羽の『茶経』の「茶は南方の嘉木なり」によるもの。

表紙の「製茶の図」が格調を示すのも「生業である〈茶〉に対するこだわり」のあらわれであろう。

・汗あえて茶を刈る時にそぼつ身を女神のごとき風通るなり
・〈汗匂ふゆゑにわれ在り〉夏草を刈りゐたるとき不意に想ひぬ
・立春の茶畑の土にくつきりと生命線のごと日脚のびたり

宇治茶問屋の経営主の木村氏が、自ら茶摘みに励まれる歌。
一、二首目のヨーロッパ的教養が、茶摘みにあらたな匂いを添え、
三首目、立春の日脚の伸びる茶畑は、次の芽生えを育む光を浴び明るく健やかである。

・山城の荘園領主に楯つけば「東大寺文書」に悪党と呼ぶ
・年貢帳にいみじくも記す八十六人、三石以下にて貧しさにじむ
・女の名は書かず女房、母とのみ宗旨人別帳は嘉永四年

氏の住む周辺は、玉つ岡、青谷の里、つぎねふ山城、と地名うつくしく、また豊かな歴史がある。古典、古文書を身近に引き寄せ、その上に数十首の歴史詠があるが、抄出のように弱い立場の階級に視点をとどめる歌に注目した。古文書の謎めいた一行が明快に甦るのも韻律の働きであろうか。実証的な内容に雰囲気が加わり、つぎねふ山城は生命ゆたかに、木村氏の精神風土となっている。

「自らのアイデンティティを求めたのか」と川口美根子氏の帯文にある。まことに自己存在の源を求めて郷土への執着が窺われ、この上に茶園があり、氏の四季詠がしずかに光を放っている。

〈ともしびが音もなく凍る冬の夜は書架こそわれの黄金郷《エルドラド》たれ〉の一首もあるが、旺盛な知識欲と博識は、自から一集に滲む。

・葡萄摘むアダムの裔《すゑ》の青くさき腋窩あらはに濃むらさきなす
・押し合ひて群集はときに暗愚なり群を離れて「岩うつモーゼ」

・ヘブライの筆記のごとく右から左へ「創造」の絵はブルーに染まる

海外詠も、キリスト教的起源に触れ、英知を求めての旅であったろうか。旧約を力づよい詩魂で描いたシャガールの図像に、知識人らしい見方がもりこまれている。

・黒猫が狭庭をよぎる夕べにてチベットの「死の書」を読み始む
・サドを隠れ読みし罌粟畑均されて秋陽かがやく墓地となりたり

「死の書」もサドも、日常現実のなかでうまく溶けあい、言葉の繋りにより気配が生れ、雰囲気のひろがる歌。

「詩はダンスである」、氏の心得とされるヴァレリーの言葉を重ねて味わっている。

あらざらむこの世のほかの思ひ出に
いまひとたびのあふこともがな　　和泉式部

『後拾遺集』巻一三・恋に「心地例ならず侍りけるころ、人のもとにつかはしける　和泉式部」として見える歌で、病のため不安を感じ、ある男性に送った歌なのだが、何よりも『百人一首』中の名歌として、あまねく知られている。

歌の意味は「自分は病気が重くなって、命は長くないかも知れない。「この世のほか」である「あの世」に移ってからの思い出のために、せめてもう一度あなたにお会いしたい、会ってください、ぜひとも」との思いをこめて男に贈った歌である。贈られた相手が誰であるかは判らない。

和泉式部は二三歳で和泉守橘道貞と結婚し、翌年には娘・小式部をもうけたが、道貞が仕える太皇太后宮（冷泉帝皇后）が病気療養の「方たがえ」のため、太皇太后宮の権大進でもあった道貞の家に移り、そのままそこで崩御されたことから式部の運命は狂った。太皇太后宮のもとへ、異母子の為尊親王（冷泉帝第三皇子）が見舞いに訪れるうち道貞の妻・式部と知るところとなったためだ。親王二二歳、式部は二七歳くらいだったらしい。この情事はたちまち評判になった。道貞は妻を離別し、式部の父も怒り悲しんで娘を勘当する。ところが、為尊親王は24歳で夭折される。式部は悲嘆にくれるが、運命は彼女のために更に数奇な筋書きを用意していた。亡き親王の弟・帥宮敦道親王が新たに式部に言い寄り、彼女もまもなくその恋を受け入れたからである。当時、敦道親王は二三歳、式部は三十歳くらいだったらしい。親王はすでに結婚していたが、年上の恋多き女・和泉式部にうつつをぬかし、彼女を自邸の一角に移り住まわせる。親王の妃は屈辱に耐えず邸を去った。年若い男の恋の激しさは異常なもので、式部の方も、この眉目秀麗な皇子を深く愛した。

しかし式部はこれほどの仲だった敦道親王にも、四年あまり後に先立たれる。式部は悲しみの底から恋の尽きせぬ思い出によって染めあげられた悲歌を一二四首にものぼる多くの歌を詠んだ。

捨て果てむと思ふさへこそ悲しけれ君に馴れにしわが身と思へば
鳴けや鳴けわが諸声に呼子鳥呼ばば答へて帰り来ばかり
たぐひなく悲しきものは今はとて待たぬ夕のながめなりけり

だが、このような深い嘆きを詠いながらも、彼女は男に寄り添わねば居られなかったし、男たちもまた言い寄ったらしい。女として、よほど魅力があったのだろう。

一条天皇の中宮・彰子に仕えたのはその後のことだった。紫式部、赤染衛門らも同僚であった。ある日、中宮の父・藤原道長が、彼女の扇に戯れに「うかれ女の扇」と書いたことがあった。平安朝の、一種、自由恋愛過剰とも言うべき時代ではあっても、時めく権力者から「うかれ女」の異名を奉られるのはよほどのことで、彼女の生き方が周囲からどれほどかけ離れていたかを鮮明に示すエピソードだろう。

枕だに知らねばいはじ見しままに君語るなよ春の夜の夢

この歌は、彼女が予想もしない時に言い寄られ、枕さえない場所で「春の夜の夢」のように短い、しかし激しい逢引をした後、男に贈った歌だ、と窪田空穂は解釈している。醜聞を嫌って「君語るなよ」と言わずにおられなかったほどの情事であり、また思いがけない相手であったと思われる。

しかし、そのように男から男へ遍歴を重ねても、彼女の生の渇きそのものだったと言えるほどの十全な恋への夢は、満たされることがなかったようだ。恋によって傷つき、その傷を癒そうとして新たな恋に走る。得体の知れない苛立ちのような不安が、和泉式部の歌の中で、暗い命のほむらとなって燃えているように見える。

そういう意味で、次の有名な歌は和泉式部の心の本質的な暗さを象徴しているような歌である。男に忘れられて、鞍馬の貴船神社に詣でたときに作ったものという。

もの思へば沢の蛍もわが身よりあくがれ出づる魂かとぞ見る

古代以来のものの考え方からすると、魂が肉体を遊離することは「死」を意味する。和泉式部は恋を失うことが、そのまま自らの死を意味するほどの激しさで、恋に生の完全な充足を求めた女性だったらしい。しかし、現実には、そのような要求に応え得る男は居なかった。恋に身を焼かれながら、ついに魂の満たされることのなかった彼女の叫び、それが彼女の歌である。

如何にせむ如何にかすべき世の中を背けば悲し住めば住み憂し

とことはにあはれあはれは尽すとも心にかなふものか命は

この引き裂かれた心の嘆きは、遠い平安朝の女の歌とは思えない現実感をもって私たちに迫ってくるものがある。

才媛《さいゑん》になぞらへし木の実ぞ雨ふれば
むらさきしきぶの紫みだら　木村草弥

この歌は私の第二歌集『嘉木』（角川書店）に載せたもので秋の花のところにまとめてある。この木はクマツヅラ科の落葉低木で、高さは二〜三メートル。同類にコムラサキなどの低くて、実も小粒のものがある。園芸種には、この手のものが多い。
俳句にも、よく詠まれているので引いて終わる。

冷たしや式部の名持つ実のむらさき　長谷川かな女
うち綴り紫式部こぼれける　後藤夜半
倖あれと友が掌に置く実むらさき　石田あき子
胸焦がすほどの詩欲し実むらさき　小沢克己
室の津の歌ひ女の哀実むらさき　志摩知子
むらさきしきぶかざせば空とまぎれけり　草間時彦
鑑真の寺の紫式部かな　角川春樹
地の冷えの色に出でてや実紫　林　翔

その奥に一系の墓所実むらさき　北さとり
実むらさきいよいよものをいはず暮れ　菊池一雄
眼よりこぼれて紫式部かな　鈴木鷹夫
式部の実いくさは人を隔てたり　東海すず
式部の実日あたれる珠あたらぬ珠　田中千里

ある晴れた日につばくらめかへりけり　安住敦

日本で夏の間、巣をつくり子を育てていた燕も九月に入ると、大きな川や湖などの葦原などに大集結して南へ海を越えて帰る準備に入る。

京都近郊では、淀川などが集結地となっているようである。何千羽、何万羽という大きな集団である。

この間もツバメは餌になる飛ぶ虫を捕らえなければならないから、そういう条件を備えた場所というと大きな川や湖ということになる。

この渡りは九月から十月にかけて続く。

この渡りを「帰る」と表現するが、日本が生まれ故郷なので「去る」というのがふさわしい、と書かれている本もある。しかし彼らは南方系の鳥なので、日本は子育ての地とは言え、やはり仮住まいの土地というべく、南へ帰るというのが本当だろう。

「渡り鳥」の大型のものは渡りのルートが、ある程度解明されているが、ツバメのような小型の鳥は何万羽の集団とは言え、渡りが話題になることは少ないようだ。

私自身もツバメの渡りを見たこともない。日本列島を南下し、後は島伝いに南へゆくのであろう。

掲出した安住敦の句は、歌劇「蝶々夫人」の有名な歌のフレーズ「ある晴れた日に」を踏まえているのは明らかで、そういう連想が、この句をなお一層、趣のあるものにしている。

私は第二歌集『嘉木』(角川書店)の中で

翔ぶ鳥は群れから個へとはぐれゆき恐らくは海に墜つるもあらむ　　木村草弥

という歌を作ったことがある。これはツバメその他の「渡り鳥」のことを思って詠ったもので、渡りの途中で多くの鳥が命を落とすことになるのであろう。

俳句でも古来たくさんの句が作られて来た。「燕帰る」「帰燕」「秋燕」などが秋の季語である。単なる「燕」というと春の季語であり、「燕の子」というと夏の季語ということになる。

古句としては

落日のなかを燕の帰るかな　　与謝蕪村
乙鳥は妻子揃うて帰るなり　　小林一茶

などが知られているが、一茶の句は年老いるまで妻子を持てなかった一茶の「羨望」の心情を表現しているようである。

以下、明治以後の句を引いて終わる。

燕の帰りて淋し蔵のあひ　正岡子規
いぶしたる炉上の燕かへりけり　河東碧梧桐
高浪にかくるる秋のつばめかな　飯田蛇笏
やがて帰る燕に妻のやさしさよ　山口青邨
身をほそめとぶ帰燕あり月の空　川端茅舎
ふる里の古き酒倉秋燕　大竹孤愁
秋燕や靴底に砂欠けつづけ　加藤楸邨
去ぬ燕ならん幾度も水に触る　細見綾子
ひたすらに飯炊く燕帰る日も　三橋鷹女
秋燕に満目懈怠なかりけり　飯田龍太
秋つばめ少し辛めの五平餅　岸田稚魚
胸を蹴るごとく秋燕かぎりなく　二枝昭郎
つばめ去る空も磧も展けつつ　友岡子郷
海へ向く坂がいくつも秋燕　田中ひろし

竹杭が十二、三本見えてをりその数だけの赤トンボ止まる　木村草弥

いよいよ赤蜻蛉の飛び交う季節になった。

この歌は私の第一歌集『茶の四季』（角川書店）に載せたものである。とりたてて巧い歌でもないが、叙景を正確に表現し得たと思っている。

赤トンボというのは竿などの先端に止まる習性をもっており、また、群れる癖もある。

よく観察してみればお判りいただけると思うが、私の歌のように立っている杭の先端すべてに赤トンボが止まって群れているという情景は、よく見られるところである。

この歌は「嵯峨野」と題する一連五首のものである。

嵯峨野　　木村草弥

北嵯峨の遊女の墓といふ塚に誰が供へしか蓼の花みゆ
竹杭が十二、三本見えてをりその数だけの赤トンボ止まる
虫しぐれ著く響かふ嵯峨の夜は指揮棒をふる野の仏はや

輪廻説く寂聴は黒衣の手を挙げていとほしきもの命とぞ言ふ
さわさわと風の愛撫に任せつつうつつの愉悦に揺るる紅萩

赤トンボの「赤」色は繁殖期の「婚姻」色らしく、赤色をしているのは「雄」だという。雌は「黄褐色」をしているらしい。

赤トンボというと、三木露風の歌が有名で、判り易く、今でも愛唱されている。

赤トンボの句を少し引いて終わりにする。

赤蜻蛉筑波に雲もなかりけり　正岡子規
から松は淋しき木なり赤蜻蛉　河東碧梧桐
生きて仰ぐ空の高さよ赤蜻蛉　夏目漱石
肩に来て人なつかしや赤蜻蛉　夏目漱石
洞然と大戦了り赤蜻蛉　滝井孝作
赤とんぼまだ恋とげぬ朱さやか　青陽人
旅いゆくしほからとんぼ赤とんぼ　星野立子
美しく暮るる空あり赤とんぼ　遠藤湘海

牧神の午後ならねわがうたた寝は
白蛾の情事をまつぶさに見つ

木村草弥

この歌は私の第二歌集『嘉木』（角川書店）に載るものである。秋の季節は生き物の世界でも越冬に備えて、卵の状態で冬を越すものが多いから交尾をして卵を産むのに忙しい繁殖期だと言えるだろう。

「白蛾の情事」というのも実景としても見られるものである。

しかし、この歌ではそれは添え物で、私の詠いたかったのは「牧神の午後」というところにある。

『牧神の午後』L'Après-Midi d'un Faune はフランスの詩人シュテファヌ・マラルメの「長詩」である。着想そのものはギリシァ神話に基づいている。

物語自体は非常に単純なものである。水辺でニンフたちが水浴びをしている。そこへ彼女たちの美しさに目を奪われた牧神パンが仲間になりたいとやって来るが、ニンフたちはパンが半獣半人の姿なので驚いて逃げてしまう。追っかける、逃げる、の繰り返しの中で、一人のニンフだけがパンに興味を示し、パンも求愛の踊りをする。

愛は受け入れられたかに見えたが、パンが彼女を抱きしめようとするとニンフは逃げてしまう。

パンは取り残されて悲しみにくれたが、彼女が落としていったスカーフを見つけ、それを岩の上に敷いて座り「自慰《オナニー》」する。

マラルメは、これを劇として上演したかったが無理と言われ、マネの挿絵付の本として自費出版した。

これに感動したドビュッシーがマラルメへのオマージュとして『牧神の午後への前奏曲』を作曲する。

マラルメの夢のバレエ化が、二十年後にニジンスキーによって実現されることになったのである。

初演は一九一二年五月二九日、ディアギレフ・ロシア・バレエ団で、パリのシャトレ劇場において、ワスラフ・ニジンスキーの主演で催行された。

当時、このラストシーンで、ニジンスキーは舞台の上で恍惚の表情を見せ、しかも最後には「ハー」と力を抜く仕草までして見せたと言い、彼の狙い通り「スキャンダル」の話題を引き起こしたという。

かすがの　に　おしてる　つき　の　ほがらか　に
あき　の　ゆふべ　と　なり　に　ける　かも　　会津八一

今日十月十七日は暦によると「旧重陽の節句」―旧九月九日である。それに因んで、有名な会津八一の歌を載せる。

明治十四年新潟県に生れた作者は、歌人としてのみならず、書家として一世に名高かった。没後その名声はますます高い。号・秋艸道人。

元来は英文学者だが、東洋美術への関心が強く、とりわけ奈良美術史研究は第一人者として有名である。早稲田大学教授。

この歌は、初出の第一歌集『南京新唱』（大正十三年刊）では漢字になっている部分も、歌の声調を重んじる立場から、後年、かな分かち書きに変えた。

奈良春日野一帯に照り輝く初秋の月。「ほがらかに」の働きひとつで風景は一挙に大きくふくらんだ。

『鹿鳴集』昭和十五年刊所収。

かすがの　の　みくさ　をり　しき　ふす　しか　の　つの　さへ　さやに　てる　つくよ　かも
もりかげ　の　ふぢ　の　ふるね　に　よる　しか　の　ねむり　しづけき　はる　の　ゆき　かも

からふろ の ゆげ の おぼろ に ししむら を ひと に すはせし ほとけ あやし も

あめつち に われ ひとり ゐて たつ ごとき この さびしさ を きみ は ほほゑむ

かすがの の しか ふす くさ の かたより に わが こふ らく は とほ つ よ の ひと

あまごもる やど の ひさし に ひとり きて てまり つく こ の こゑ の さやけさ

さをしか の みみ の わたげ に きこえ こぬ かね を さみしみ こひ つつ か あらむ

みほとけ の ひかり すがしき むね の へ に かげ つぶら なる たま の みすまる

いろづきし したば とぼしみ つゆじも に ぬれ たつ ばら の とげ あらは なり

あき ふかき みだう の のき に すごもる と かや に はね うつ はち の むれ みゆ

こめかみのわびしき日なり毀誉褒貶《きよほうへん》かしましき日の暮れなむとする　木村草弥

この歌は私の第四歌集『嬬恋』（角川書店）に載せたものである。

「うた作り」というのは、連作として、はじめから作るものもあるが、ある程度ばらばらに作った歌を、後から一定の小章名のもとにまとめる、ということもする。

この歌を含む一連を後で引用するが、その中では、掲出の歌は、どちらかと言うと異質かも知れない。

しかし、この歌の持っている雰囲気は、季節で言うと、やはり「秋」のもので、決して気分の浮き立つ春のものではないし、まして夏のものでもない。

私の、この歌は歌会で、私の他の歌のことで「的を射ていない」ような批評を小半日聴かされて、うんざりした気分の時の作品である。咄嗟に出来た歌かと思う。

以下、この歌を含む一連を引く。

雌雄異株　　木村草弥

なきがらを火の色つつむ頃ほひか盃を止めよ　声を絞れよ

須勢理比売《すせりひめ》恋せし色かもみぢ散る明るむ森を遠ざかりきぬ
いつか来る別れは覚悟なほ燃ゆる色を尽して蔦紅葉せる
こめかみのわびしき日なり毀誉褒貶かしましき日の暮れなむとする
……聖武帝の皇子・安積王　十七歳で七四四年歿
わがおほきみ天知らさむと思はねばおほにそ見ける和豆香蘇麻山
……（大伴家持・万葉集第三・四七六）
秋番茶刈りゆく段丘夭折の安積《あさか》親王葬られし地《つち》
このあたり黄泉比良坂《よもつひらさか》といふならむ通夜のくだちに文旦を剝く
役小角《えんのをづぬ》の開きし鷲峰山金胎寺平城《なら》の都の鬼門を鎮めし
……白鳳四年（六七六年）役行者四二歳厄除けのため
無住寺に人来るけはひ紅葉に視界がよくなつたといふ声聞こゆ
日おもてにあれば華やかもみぢ葉が御光の滝に揺るる夕光《ゆふかげ》
宝篋印塔うするる文字のかなたより淡海の湖《うみ》の見ゆる蒼さや
……正安二年（一三〇〇年）建立の文字
つくばひの底の夕焼けまたひとり農を離るる転居先不明
いくたび病みいくたび癒えし妻なるか雌雄異株の青木の雌木
古唐津で茶を飲むときにうら悲し妻が横向き涙を拭きぬ

厨べの灯が万両の実を照らすつねのこころをたひらかにせよ
億年のなかの今生と知るときし病後の妻とただよふごとし

この一連の舞台回しになっている金胎寺は京都府南部の山間部にあり、聖武天皇が一時造営された恭仁京のすぐ近くであり、平城京の鬼門にあたる北東に位置している。

だから、ここに役行者《えんのぎょうじゃ》が、この寺を建てたことになっている。

幻影

中原中也

私の頭の中には、いつの頃からか、
薄命さうなピエロがひとり棲《す》んでゐて、
それは、紗《しや》の服かなんかを着込んで、
そして、月光を浴びてゐるのでした。

ともすると、弱々しげな手付をして、
しきりと　手真似をするのでしたが、
その意味が、つひぞ通じたためしはなく、
あはれげな　思ひをさせるばつかりでした。

手真似につれては、唇《くち》も動かしてゐるのでしたが、
古い影絵でも見てゐるやう
音はちつともしないのですし、
何を言つてるのかは　分りませんでした。

しろじろと身に月光を浴び、
あやしくもあかるい霧の中で、
かすかな姿態をゆるやかに動かしながら、
眼付ばかりはどこまでも、やさしさうなのでした。

中原中也詩集『在りし日の歌』から

今日、十月二二日は中原中也の忌日であるから、それを記念して、この詩を載せる。今に至るも、よく読まれている詩人である。


大正十二年（一九二三年）三月－落第。京都の立命館中学第三学年に転入学。晩秋、高橋新吉『ダダイスト新吉の詩』に出会い、ダダイズムに傾倒するようになる。

冬、劇団表現座の女優で広島出身の長谷川泰子を知り、翌年より同棲。

富永太郎と出会い、フランス詩への興味を抱く。

大正十四年（一九二五年）小林秀雄と出会う。

三月－泰子とともに上京。早稲田大学予科を志すも果たさず。

十一月－泰子が小林の元に去る。富永太郎病没。

ざっと若い頃の経歴を見ても、長谷川泰子をめぐる小林秀雄とのことなど、いかにも一頃の文学者の典型のような情景である。

一流の文化人、芸術家というのは「平凡」ではあってはならない、という気がする。

萩の花／尾花　葛花／瞿麦《なでしこ》の花／女郎花／また　藤袴／朝貌《あさかほ》の花

山上憶良

憶良は奈良時代の歌人。遣唐使として渡唐、後に筑前守《ちくぜんのかみ》となった。人生の苦悩、社会の階級的矛盾を多く詠った歌人であったが、稀には、この歌のように、ふと目にとまった懐かしい景物をも詠った。

この歌は五七七、五七七のリズムの旋頭歌《せどうか》形式で秋の七草を採り上げている。念のために区切りを入れておいた。

尾花はススキ、藤袴はキク科の多年草で、秋、淡紫色の小さな筒状の袴状の花を多数散房状に開く。朝貌はアサガオ、ムクゲ、キキョウ、ヒルガオなどの諸説がある。

『万葉集』巻八に載る歌。

秋の七草と言われるものは地味なものである。

現代人は西洋や新大陸または熱帯の派手な花に慣れているので、いかにも地味な感じを受ける。

先に山上憶良は万葉集の中ではめずらしく、社会の階級的矛盾を詠った、と書いたが、以下、憶良についてて書いてみたい。

その歌の典型的なものは『万葉集』巻五（歌番号八九二、八九三）に載る有名な「貧窮問答の歌」（長歌）と反歌のことである。

この歌を作って上官に差し出した時、聖武天皇が即位してからもう十年以上が経つ天平という年号の時代のはじめの頃のことである。

伯耆、筑前の国守の経歴を踏んだ老いた官人・憶良にして、ようやく出来た歌である。長いのではじめのところのさわりの部分と反歌を引用するにとどめる。

問うのは冬の夜の貧者、つまり作者と、それに応える極貧者の隣人という問答の形を採る。

風雑《まじ》り　雨降る夜の　雨雑《まじ》り　雪降る夜は　術もなく　寒くしあれば　堅塩を　取りつづしろひ　糟湯酒　うち啜ろひて　咳《しはぶ》かひ　鼻びしびしに　しかとあらぬ　鬚かき撫でて　……寒き夜すらを　我よりも　貧しき人の　父母は　飢ゑ寒《こ》ゆらむ　妻子どもは　乞ふ乞ふ泣くらむ　この時は　いかにしつつか　汝が世は渡る……

（反歌）

世間《よのなか》を憂しとやさしと思へども飛び立ちかねつ鳥にしあらねば

山上（山於）の家については、よくわからない。

憶良の名前が『続日本紀』に登場するのは七〇一年（大宝一年）のことで、そこには「無位山於憶良」

と書かれている。

没年から逆算すると、この時四二歳。この頃は、臣《おみ》という姓《かばね》も有していなかったのではないかと言われている。

七〇一年に文武天皇の政府は唐との通交を再開することを決め、粟田真人以下の遣唐使を任命した。その随員の末席に「無位山於憶良」の名が見え、その役目は「少録」つまり書記であった。随分おそすぎるとは言え「少録」に抜擢されたことは四二歳にしてつかんだ幸運と言える。彼は翌七〇二年に渡航し、七〇四年（慶雲一年）に帰朝したようである。研究者によると、これらにまつわる記述もあるが省略する。

帰朝後、彼は、せいぜい六位くらいになって、中央官庁の下っぱ官人の地位を得た筈である。七一四年（和銅七年）一月に正六位下から従五位下に昇進し、ようやく七一六年（霊亀二年）四月に伯耆国守に任ぜられ山陰の地に赴いた。

こういう地方長官としての経験が「貧窮問答の歌」というような画期的な歌の制作の前提になっていると言えよう。

七二一年（養老五年）に呼び戻されて、東宮（のちの聖武天皇）に近侍するようになり、中国の学問などについて進講したようである。

東宮は七二四年（神亀一年）に即位して聖武天皇になる。

これらの間に長屋王や大伴旅人をはじめ当代の碩学たちとの交流によって、その学識を深めたと思われる。

彼には『類聚歌林』という編著があって、『万葉集』には同著からの引用があることで、そのことが判るが万葉集の編者が、それを活用したと言える。

七二六年（神亀三年）に筑前国守に任命されたが、もはや老年で栄転とも言えないが、かの地では上官として赴任してきた大伴旅人などと交流している。

彼の「沈痾自哀の文」という長い漢文の文章や、万葉集巻六の天平五年）のところに配列されている「彼、口述」という次の歌（歌番号九七八）

……山上臣憶良の沈《おも》き病の時の歌一首
士《をのこ》やも空しかるべき万代に語り継ぐべき名は立てずして

の歌は辞世の歌として悲哀に満ちた響きを持っている。同年没の様子である。

夕日

高田敏子

すすきの穂のまねく
秋の道
まねかれ
歩みつづけて
岬のはずれまで来てしまった

もう先へは行きようもないけれど
ひろがる海はおだやかで
やさしい小舟を浮かばせている

水平線もはっきり見えて
海上近くに落ちかかる
夕日の赤
あれは　ほおずきの赤

風車の赤
柿の実の赤
糸につるした折鶴の赤の色

夕日は刻々海に近づいて
円のはしが
水平線に接したと思うと
刻々の　時の早さを見せて
沈んでいった

沈みきったあとも
私はまだ　赤の色を追っている
母が髪に結んでくれたリボンの
赤の色も思い出され

（詩集『こぶしの花』一九八一年花神社刊より）

菊の花

高田敏子

菊の花の
紅をふくんだうす紫が
箱にいっぱい

「さっとゆがいて召し上がって」
友のことばがそえられて

こんなにたくさん
菊畑がそのまま
送られて来たような
花のまぶしさ
花の香り

この美しさを

「食べる?」
私はそれにあたいするかしら
花のまえに　はじらうばかり

お盆に盛って
棚においでの観音様に
まずお供えして
ご近所にもおすそわけしましょう

(詩集『こぶしの花』一九八一年花神社刊より)

冬

な

谷川俊太郎

十月二十六日午後十一時四十二分、私はなと書く。なの意味するところは、一、日本語中のなというひらがな文字。二、なという音によって指示可能な事、及び物の幻影及びそこからの連想の一切。即ちなにはなに始まり全世界に至る可能性が含まれている。三、私がなと書いた行為の記録。四、及びそれらのすべてに共通して内在している無意味。

十月二十六日午後十一時四十五分、私は書いたなを消しゴムで消す。なのあとの空白の意味するところは、前述の四項の否定、及びその否定の不可能なる事。即ちなを書いた事並びに消した事を記述しなければ、それらは他人にとって存在せず従ってその行為は失われる。が、もし記述すれば既に私はなを如何なる行為によっても否定し得ない。

なはかくして存在してしまった。十月二十六日午後十一時四十七分、私は私の生存の形式を裏切る事ができない。言語を超える事ができない。ただ一個のなによってすら。

日付と時間の入っている谷川俊太郎の詩なので、今日の日付で載せた。

これは『定義』という二四篇の散文詩風の作品で構成される詩集で一九七五年思潮社刊に載るもの。

物事を「定義する」ということに拘って二四もの詩をものした詩才に脱帽したい。

こういう詩の作り方は詩作りのトレーニングになる。

真実とはいかなる象《かたち》なすものか
檀《まゆみ》のまろき実くれなゐ深く　木村草弥

この歌は私の第四歌集『嬬恋』（角川書店）に載せたもので二〇〇三年十月に開いてもらった出版記念会で光本恵子氏が採り上げていただいた歌である。

この歌につづいて次の歌が並んでいる。

〈生るは青く、熟すれば淡紅、裂ければ内に紅子三四粒〉と檀を記す
＊和漢三才図会

秋くればくれなゐ深く色づきて檀の喬木山をいろどる

檀は錦木（ニシキギ）科の種類で、ヤマニシキギという。
学名をEuorymus Sieboldianusというが、ここにもシーボルトの名前が見え、シーボルトの命名か分類によるものと思われる。
「檀」というのは「真」「弓」の意味であって、すなわち弓をつくるのに最適の有用な木、ということである。信州などの寒い地方にも育ち、木目の緻密な木質なのであろうか。

光本氏の家の庭にも、この木があり寒くなると彩りが鮮やかだと話された。「マユミ」は園芸用の栽培種でもなく一般的には、余り知られていない木といえようか。上に引いた歌のつづきに、次の歌が載っている。

伊賀人の誇り高きぞ梅もどきのほてりの艶《えん》あり榊莫山邸

ウメモドキはモチノキ科の木で学名をIlex serrataというが雌雄異株だという。先に引用した「和漢三才図会」の文章のつづきには「・その葉、秋に至りて紅なり」と書かれている。マユミを詠った句を少し引いて終わる。

檀の実割れて山脈ひかり出す　福田甲子雄
檀の実圧し来る如く天蒼し　望月たかし
真弓の実華やぐ裏に湖さわぐ　杉山岳陽
檀の実まぶしき母に随へり　岸田稚魚
大工老いたり檀の実ばかり見て　六角文夫
泣きべそのままの笑顔よ檀の実　浜田正把
舞妓ゐて外にぎやかや檀の実　渡辺純枝

ＡＩＢＯに尾を振らせゐし少年が
新世紀に挑むロボットサッカー　　木村草弥

この歌は私の第五歌集『昭和』（角川書店）に載るものである。

ところで二〇一七年一一月一日に、ソニーが新型の犬型ロボットaiboを発売すると発表した。

名称も大文字のＡＩＢＯから、小文字のaiboに替わった。

ソニーとすれば、ここで踏み切らないとＡＩの開発に乗り遅れると判断したらしい。

ソニーは二〇一七年一一月一日夜、十二年年ぶりに復活させるイヌ型のロボットペット「ａｉｂｏ（アイボ）」の予約の受け付けを始めた。

半導体事業などが好調で業績は過去最高水準まで回復したが、爆発的なヒット商品は不在のまま。

独自技術を組み合わせてつくった新型アイボに、ＳＯＮＹブランドの再構築も託す。

「ワン、ワン、ワン」。発表会で、新型アイボは平井一夫社長に鳴き声を上げて近寄った。

鼻にあるカメラで持ち主の表情を認識し、有機ＥＬ製の瞳の色や動きで感情を表す。

税抜き一九万八千円。来年一月に発売する初回分は三〇分ほどで完売した。次回の予約受け付けの時期は未定という。

一九九九年に発売した旧型は感情表現のパターンが決まっていた。新型は人工知能（ＡＩ）を搭載し、自ら感情表現を生み出す。平井社長は「自ら好奇心を持って成長していくパートナー」とアピールした。

旧型は二五万円ながら、初回発売分の三千台は二〇分で売り切れた。ロボットをペットにする発想は画期的で、携帯音楽プレーヤーのウォークマンと並び、前例がない「ソニーらしい製品」と評された。

旧型の保守サービスは打ち切られているが、老人を中心に孤独を慰める相手として愛用され、修理関係のところは忙しい、という。

私の歌では「少年」と詠っているが「老人」と言い直さなければならないかも知れない。　閑話休題。

秋暮れて歯冠の中に疼くもの
我がなせざりし宿題ひとつ　木村草弥

この歌は私の第一歌集『茶の四季』（角川書店）に載るもので、自選にも入れているのでＷｅｂのＨＰでもご覧いただける。
この歌は、今からだと、もう二十数年前の作品になるが、私の経て来た人生を溯ると、数々のやり残したこと、果たせなかったこと、などのもろもろが浮かんで来て、
それを「宿題」という言葉で表現したもので、作った頃から私自身の気に入った作品だった。
具象だけを詠う人には、判りにくいなどの批判も受けたが、歌というものは目につく具体だけを詠んだらいい、というものでもない。
気がつくと、もう時雨の降る十一月になってしまったので、この時期を外すわけにはいかないので、
今日づけで載せることにする。
この歌は「原風景」と題する章名のところに入っているもの。この歌の前後の歌を引いておく。

寧楽《なら》山　木村草弥

突き抜けるやうな青空秋ふかみ世渡り下手で六十路すぎゆく
ねこじゃらし風の言葉にうなづきて白雲ひとつ遊ぶ秋の野
淋しうて西へ歩けばいとほしきものの一つよ野菊咲きゐる
老鹿がふぐりを垂れて歩みゐる寧楽山あたり秋澄みわたる
秋暮れて歯冠の中に疼くもの我がなせざりし宿題ひとつ
茶祭を終へ来て辿る琴坂の萩の白さよ秋も闌《た》けゆく
私が死んでもやはり陽はのぼり地球の朝がきらきらはじまる

菊の香のうごくと見えて白猫《はくべう》の
音なくよぎる夕月夜《ゆふづくよ》なる　木村草弥

この歌は私の第二歌集『嘉木』(角川書店) に載せたものである。

今や「菊」真っ盛りのシーズンだが、あちこちで「菊花展」が盛んであるが、菊という花は、どことなく、うら淋しい気分がするものである。

私は第一歌集『茶の四季』(角川書店) に

一の峯二の峯越えて詣づれば秋の香りの菊花百鉢

という歌を載せたが、これなども心底からの明るい歌とは言い難い。それは「秋」という季節の持つ性格から来るものであろう。

掲出の歌の前後の歌を引いておきたい。

残　菊　　　木村草弥

身めぐりに祝ふべきこと何もなし水引草の花あかけれど
ひようろりと残んの菊と成り果てて庭のかたへに括られてゐつ
菊の香はたまゆら乳の香に似ると言ひし人はも母ぞ恋しき
菊の香のうごくと見えて白猫の音なくよぎる夕月夜なる
白菊に対ひてをればわが心しづかなりけり夕茜して
嵯峨菊が手花火のごと咲く庭に老年といふ早き日の昏《く》れ

「菊」というのは、春の桜と並びたつ秋の花とされる。

死後は火をくぐるべき我が軀《み》にあれば
副葬の鏡に映れ冥府《よみ》の秋

木村草弥

余り明るい、楽しい歌でなくて申訳ないが、この歌は私の第二歌集『嘉木』（角川書店）に載せたものである。一般受けする歌ではないが、心ある人たちからは好評であった。私自身も好きな歌である。

我々が死ぬと日本では通常「火葬」いわゆる「荼毘《だび》」に付される。

これはインド伝来の死体の処理方法であるが、ここで「火」というものの「神聖さ」が表れているように思う。火葬の「火」もまた、人間の肉体処理についての「浄化」の思想の表現である、と言われている。

インドへ行ったことのある人なら、ガンジス川の畔での火葬の光景を目にしたことがあろう。

ここでは「火葬」を巡っても身分差別、貧富による死体の扱い、火の入れ方の違いに直面することになるが、今は、それは置いておこう。

お釈迦さまの最期だが、クシーナガルに着いた釈迦は、アーナンダに、こう言う。

さあ、アーナンダよ。私のために、二本並んだサーラ樹（沙羅双樹）の間に、頭を北に向けて床を用意してくれ。アーナンダよ。私は疲れた。横になりたい。

いわゆる「北枕」で横たわるのだが、中村元先生が、インドの或る知識人から聞いたところ、頭を北にして寝るというのは、インドでは今日でも教養ある人の間では行なわれているという。北枕で右脇を下にして西に向かって臥すというのは、インドでも最上の寝方とされるようである。

釈迦の最期の言葉は

〈さあ、修行僧たちよ、お前たちに告げよう。「もろもろの事象は過ぎ去るものである。怠ることなく修行を完成させよ」〉

この言葉には「万物流転」という真理が簡潔に表現されている。仏教のあまたの教義は、この単純な言葉に集約されている、と言っても過言ではないと思う。

ひととせの寒暖雨晴の巡り経て
茶の実熟《さね》す白露の季に

木村草弥

今が茶の花の咲き始めるシーズンである。この歌は私の第一歌集『茶の四季』（角川書店）の巻頭を飾る歌である。

私は半生を「茶」と共に過ごしてきたので、これに対する思いいれは尋常なものではない。

だから、第一歌集の題名を「茶の四季」とした所以である。

茶の樹はツバキ科としてサザンカなどと同じ種類の木である。晩秋から初冬にかけて花をつける。お茶の花は主に茶樹の下の方に咲く。

予めお断りしておく。歌の中に「白露」というのがあるが、これは二十四節季の一つで、すでに九月七日頃にあった。

この頃に茶の実が熟しはじめる、ということであって、今はもう十一月も下旬で「小雪」の候であるから、茶の花は咲いているが「白露」の季節ではない。誤解なきよう。

茶の実は昨年の初冬に花が咲いて、一年かけて実になったもので植物の中でも息の長いものである。

掲出の私の歌は、その様子を詠んでいる。

この実を来春に蒔けば発芽して茶の木になる。

こういうのを「実生《みしょう》」というが、他の茶樹の花粉と交雑して雑種になるので、栽培的には「挿し木」で幼木を育てるのが一般的である。

今はやりの言葉で言えば「クローン」である。

初冬になると、外皮が割れて、中の実が地面に落ちる。

物を作るというのは生産的で、収穫の時期など心が浮き立つものである。

掲出した歌のつづきに以下のような歌がつづいているので引いてみる。

茶の花　　木村草弥

茶畑はしづかに白花昏《く》れゆきていづくゆ鵙の一声鋭し
酷暑とて茶園に灌《そそ》ぎやる水を飲み干すごとく土は吸ひゆく
たはやすく茶の花咲くにあらざらめ酷暑凌ぎて金色の蘂《しべ》
ひととせの寒暖雨晴の巡り経て茶の実熟す白露の季に
白露してみどりの蕚《がく》に包まるる茶の樹の蕾いまだ固しも
川霧の盛りあがり来てしとどにぞ茶の樹の葉末濡れそぼちゆく
初霜を置きたる茶の樹に朝日さす葉蔭に白き花ひかりつつ

先にも書いたように私の半生をかけた「茶」のことでもあり、また第一歌集でもあるので「茶」について の歌は非常に多い。

また季節に合わせて私の「茶」にまつわる歌を採り上げたい。

ペン胼胝《たこ》の指を擦《さす》ればそのさきに
言葉乞食が坐つてゐるよ

木村草弥

この歌は私の第二歌集『嘉木』（角川書店）に載るものである。

今どきの若い人のペンの持ち方は変な指使いになっているので、ペン胼胝が、指のどの辺に出来るのか、あるいは出来ないのか、私には判らない。

いちばん自然なペンの持ち方をすれば、親指と人差し指でペンをつまんで、中指に添えて握るので、ペン胼胝は中指の第一関節の前あたりに出来るのが普通である。

「事務屋」として人生の大半を過ごした人には、この「ペン胼胝」があるのが普通だろう。

もっとも、この頃では事務処理もコンピュータになったから入力も「キーボード」で、したがって指先を使うことが多い。

以前は手書き伝票などは何枚複写かになっていて、力を入れて書く必要があったから、職業病として「ペン胼胝」は、その人の証明書のようなものであった。

「ペン胼胝」のことを長々と書いたが、私の歌の本題は「言葉乞食」ということにあるのだった。

文芸表現者の端くれとして長年やってきたが、文芸表現というものは、つまるところ斬新な「言葉」探しに尽きると言えるだろう。

それを、私は「言葉乞食」と言ってみた。言葉探しにうろうろと歩き回る乞食のような存在だということである。

聖書の言葉に「はじめに言葉ありき」というのがある。

これは、キリストの言葉（教え）が、すべてに優先する、というのが厳密な意味ではあるが、この言葉をもじって言えば、文芸表現者にとっては、何よりも「言葉」が大切であって、いかに表現する言葉を選ぶかに腐心するかに執着するからである。

「言葉」探しは、散文よりも「詩」においては、特に大切である。

なぜなら、詩は短いから、言葉を、より的確に選ばなければならない。

何度も書くので恐縮だが、ポール・ヴァレリーの言葉に

〈散文は歩行であるが、詩はダンスである〉

というのがある。この言葉に初めて遇ったのは、まだ二〇歳くらいの頃、三好達治の文芸講演会があって、彼の口から聞いて、他のことは忘れたが、この言葉だけは、
今も鮮明に記憶の中にあるのだった。
これこそ、散文と詩との違いを過不足なく、的確に言い表したものであろう。
「詩」の用語というのは、それだけ吟味して選び抜く必要があるということである。

私の詩や歌が、果たして、それを勝ち得ているかどうかは心許ないが、その方向に努めているということだけは言えるだろう。

どうしても「日常」に堕してしまいがちなので、日常の「陳腐」な言葉に埋没してしまっては、いけない。

もっとも、日常の陳腐な言葉でも、使い方によっては「詩語」に転化できるということは、ある。

要は、それらの言葉の使い方が「斬新」であるか、どうかが問題になって来るのである。

妥協とは黙《もだ》すことなり冬ざれの
ピラカンサなる朱《あけ》痛々し

木村草弥

この歌は私の第一歌集『茶の四季』（角川書店）に載るものである。

ピラカンサはPyracanthaと言うが、誤ってピラカンサスと書かれているものもあり、私も原作はピラカンサスと間違って歌集にも載せたが、塚本邦雄氏の文章を読んで、間違いに気付き、改作した。

ピラカンサは五月はじめ頃白い花をたくさんつける。

ピラカンサは樹高せいぜい二メートルまでの低木で、枝にはバラのように鋭いトゲがたくさんつく。晩秋になると真っ赤な実がびっしりと生るが、野鳥たちの冬の絶好の餌となり、冬中には、すっかり食べ尽くされてしまう。

補足して書いておくと、ピラカンサ＝「火＋トゲ」を意味するギリシア語からの造語、と言われる。

ピラカンサはバラ科の常緑低木。中国が原産地だが、日本へは明治中期に、フランスから輸入されたという。刺のある枝を密生し、葉は革質で厚い。庭木として生垣になっている場合が多い。

晩秋に球状の実が黄橙色に色づいて枝上に固まって着く。だんだん赤橙色になり、冬になっても、その色を失わない。南天なども、そうだが、冬ざれの中の「赤」は冬の一点景とは言え、却って「痛々しい」感じが、私には、するのである。

この歌の一つ前には

沈黙は諾《うべな》ひしにはあらざるを言ひつのる男の唇《くち》の赤さよ　木村草弥

という歌が載っているので、これと一体のものとして鑑賞してもらえば、ビジネスマンの人などにも、共感してもらえるのではないか。そういう、生々しい「人事」の歌である。

いま歳時記を開いてみたが、ピラカンサの句は殆ど載っていない。

僅かに、次の一句だけが見つかったが、これも「ピラカンサス」と誤って使われている。

界隈に言葉多さよピラカンサス　森澄雄

明るい日暗い日嬉しい日悲しい日
先ずは朝を祝福して

木村草弥

この歌は私の第三歌集『樹々の記憶』（短歌新聞社）に載せたものである。

この歌のつづきに

生きているものは　先ずは朝を祝福して　一日の暮らしがはじまる

という歌が載っている。

これらの歌は「自由律」の歌と言って、57577という「定型」の枠に収まってはいない。しかし、それなりに一定のリズムを計算して作ってある。

私は定型の短歌作りに入る前には、現代詩をやっていたので「非」定型の歌づくりにも、何らの抵抗もなかった。

今では、しばらく定型を離れて「短詩」のような自由律の歌に手を染めている。

表題の歌のことに戻ると、この歌は、人の一生の中で、さまざまな「朝」があることを詠いたかった。
ここで、この一連の歌を引いてみる。

朝のうた　　木村草弥

きらきらと陽が昇る　裸木の高みに鵯が朝のうたを歌っている
鵯は気持よさそうに歌う　早朝のしじまの中を澄んだ声が透る
明るい日暗い日嬉しい日悲しい日　先ずは朝を祝福して
もう春だから鵯は帰ってゆく　よいペアはみつかったか
雨が雪になりそうな早春しんみりとした曇り日　梅はもう散ったか
真昼間なのに静かだ　「晩年」というのはこんな日を言うのか
妻が心臓カテーテル検査で入院する　冠動脈の狭窄はどうなったか
昨年の暮れの忙しい時　風船で七五％の狭窄を押し拡げたのだ
この一羽の鵯は　私に語りかけ励ましてくれるのだ　ありがとう
生きているものは　先ずは朝を祝福して　一日の暮らしがはじまる

水昏《く》れて石蕗《つはぶき》の黄も昏れゆけり
　　誰よりもこの女《ひと》のかたはら

木村草弥

この歌は私の第四歌集『嬬恋』（角川書店）に載せたもので、巻末の締めくくりをする歌で、私自身でも感慨ふかいものである。

ツワブキは晩秋から初冬にかけて咲く花であり、今の時期の貴重な草花である。

四国遍路の路傍にもしきりに咲いていた。

私自身は、格別に愛妻家とも思わないが、振り返ってみると、七冊の歌集の中で、数多くの「妻恋」の歌を詠ってきたことに、改めて気付くのである。

掲出した歌は、何も難しいものではないので、解説は控えるが、歌集『嬬恋』の巻末の一連の歌を引いて終わりにしたい。

「石蕗」ツワブキの花は、木蔭に咲く、ひっそりとした花だが、そのイメージを妻に重ねていることを言っておきたい。

花言葉は「困難に負けない」

嬬恋《つまごひ》　木村草弥

嬬恋を下りて行けば吾妻《あがつま》とふ村に遇ひたり　いとしき名なり
吾妻氏拠りたるところ今はただキャベツ畑が野づらを埋む
視《み》のかぎり高原野菜まつ黒な土のおもてにひしめきゐたり
黒土に映ゆるレタスがみづみづし高原の風にぎしぎしと生ふ
草津なる白濁の湯にひたるときしらじらと硫黄の霧ながれ来る
ゆるやかに解《ほど》かれてゆく衣《きぬ》の紐はらりと妻のゐさらひの辺に
睦みたる昨夜《きぞ》のうつしみ思ひをりあかときの湯を浴めるたまゆら
柔毛《にこげ》なる草生の湿り白根山の夕茜空汝《なれ》を染めゆく
朱しるく落ちゆく夕日ゆゑもなく「叱られて……」の唄くちずさみゐつ
本白根と地の人呼びぬしんかんとエメラルド湛《たた》ふ白根の火口湖
水昏れて石蕗の黄も昏れゆけり誰よりもこの女のかたはら

「嬬恋」は長野県から入ってすぐの群馬県の地名である。また「吾妻」というのも、その近辺の地名である。

有名な草津温泉も、この一画にある。私の嬬恋の思いを、これらの地名によせて、一連の作品として綴ったものである。

嬬バカとお取りいただいても、結構である。私は「嬬恋」を宣言することに、何の衒いもない。

「おのろけ」という誇りにも敢えて甘受する。

伊勢からの恋文めいて枇杷の花　坪内稔典

「枇杷」はバラ科の常緑高木で、初冬に枝先に三角形総状の花序の花を咲かせる。花は白く香りがよい。庭木としては極めて少なくなった。実は初夏に熟する。甘くて香りのよい果実である。枇杷の木は葉が大きくて長楕円形で、葉の裏に毛がびっしりと生え、葉の表面の色は暗緑色である。『滑稽雑談』という本に「枇杷の木、高さ丈余、肥枝長葉、大いさ驢の耳のごとし。背に黄毛あり。陰密婆娑として愛すべし。四時凋れず。盛冬、白花を開き、三四月に至りて実をなす」とある。簡潔にして要を得た記事だ。

冬に咲く珍しい植物のひとつである。寒い時期であり、この花をじっくりと眺める人は多くはない。こんな句がある。

十人の一人が気付き枇杷の花　　高田風人子

この句などは、先に書いたことを、よく観察して句に仕上げている。こんな句はどうか。

だんだんと無口が好きに枇杷の花　　三並富美
一語づつ呟いて咲く枇杷の花　　西美知子
咲くとなく咲いてゐたりし枇杷の花　　大橋麻沙子

いずれも「枇杷の花」の、ひっそりと咲く様子を的確に捉えている。
以下、枇杷の花を詠んだ句を引いて終わる。

枇杷の花霰はげしく降る中に　　野村喜舟
死ぬやうに思ふ病や枇杷咲けり　　塩谷鵜平
故郷に墓のみ待てり枇杷の花　　福田蓼汀
枇杷の花妻のみに母残りけり　　本宮銑太郎
花枇杷に暗く灯せり歓喜天　　岸川素粒子
雪嶺より来る風に耐へ枇杷の花　　福田甲子雄
蜂のみが知る香放てり枇杷の花　　右城暮石

■がんがんと鉄筋のびる師走かな　高柳重信

師走も一週間を過ぎて、いよいよ歳末のあわただしさが本格的になってきた。今日は「師走」に因む句を採り上げる。

この句は、いかにも前衛俳句の作者としての面目躍如という句であるが、しばらく前は首都圏などでは建築ラッシュで、たとえば東京駅周辺などは様変わりしてきた。まさに重信の詠んだような光景そのものである。高柳重信が、この句を詠んだ頃は高度成長期だった。もっとも今では「高層建築」は「鉄筋コンクリート」ではなく「鉄骨」作りである。鉄骨を組み上げて外側に外壁パネルを組み付ける工法である。

■極月の三日月寒し葱畑　大谷句仏

大谷句佛　明治～昭和期の真宗大谷派僧、東本願寺二三世座主、京都生、法名・彰如、諱・光演、号・愚峰、俳号・句佛、現如上人の次男、地方各地を巡錫、門徒を督励し親鸞六五〇回忌を勤修、画を竹

内栖鳳に学び、俳句を子規・虚子らに私淑、書画・俳句に通じる風流人としても知られた。昭和一八年歿六七才。

十二月の呼び方としては「師走」のほかに、ここに出した「極月」「臘月」など、いろいろあるが、いずれも一年の終わりとしての月の意味を孕んでいる。

■極月の人々人々道にあり　　山口青邨

この青邨の句は単純でありながら、せせこましい師走の情景を捉えて過不足がない。

■師走もつともスクランブル交叉点　　岩岡中正

という、そのものずばりの句もある。

■法善寺横丁一軒づつ師走　　稲畑汀子

ここらで関西の師走の句も採り上げないと不公平だろう。

石畳が続く古い路地で、織田作之助の小説「夫婦善哉」の舞台としても有名。商売繁盛や恋愛成就を祈願した人がかけた水で、全身が苔むした水掛け不動がある。「正弁丹吾亭」は大阪の文化人の溜り場で、今でも歌人の前登志夫や私の兄事する米満英男氏なども屯していたところである。その前氏も亡くなって、もう数年が経った。米満英男氏も亡くなった。年月流転である。

■臘月や錦市場に鯛の粗《あら》　　岡井省二

京の台所といえば、ここ錦市場である。今では外国人の観光客で、とても混んでいた。

詩「邂逅」一七九二年一茶三十歳　宮沢肇

この詩は「詩と思想」二〇一七年十一月号に載るものである。
見事なメルヘンの一篇となっているので、ご紹介しよう。

「邂逅」　宮沢肇

〈通し給え蚊蠅の如き僧一人〉
一七九二年一茶三十歳
関西から九州・四国を巡る西国への旅立ちの
通行手形の一句であった
…………

二〇〇〇年のとある日の早朝
ウィーンのミッテを出発した国境越えのバスは
検問のため国境の町Bhonhofで停まった

……………

ひとりの僧服の男が
検問所に隣接した木戸を開けて
出てきた

なんと　日本を出るとき眺めた
ひとりの肖像画の田舎業俳ではないか

……………

ぼくは車窓から思わず声をあげた
あの一句はこんな処にまで神通力を発揮していたのだ

……………

車窓のぼくと眼を合わせたかれはいきなり

何か弾けるような言葉を発した
「ヤポンスキー・ヤタロウ」と
ぼくの耳には
たしかにそう聞こえた

＊「寛政句帳」より。
「ヤタロウ」（弥太郎）は一茶の幼名

宮沢肇氏のことは何も知らなかったが、多くの詩集をお出しになっておられる。「詩人住所録」によると長野県上田市の方である。

『雄鶏』（一九五九年）　『青春寓話』（一九六四年）　『仮定法の鳥』（一九八二年）　『鳥の半分』（一九九一年）　『帽子の中』（一九九六年）　『宮沢肇詩集』（一九九七年）　『朝の鳥』（二〇〇〇年）　『分け入っても』（二〇〇三年）　『舟の行方』（二〇〇九年）　『海と散髪』（二〇一五年）　など。

ここに記して敬意を表しておく。

京訛やさしき村の媼《おうな》らは「おしまひやす」とゆふべの礼《ゐや》す　木村草弥

この歌は私の第一歌集『茶の四季』（角川書店）に載るものである。

「媼」というのは、男の「翁」に対応する言葉で、「老婆」という意味である。

私の歌の中では、媼とは、私の母も含めた老婆の意味で使っている。

「おしまひやす」とは、夕闇が迫ってきて、道を行き交う時にかける当地の掛け声で、この頃では若い人たちは滅多に使わない言葉だが、「お仕舞いになさってくださいよ」という、「方言」と言えるが、私は、これを愛でて「京訛やさしき」と表現してみた。

この掛け声は、やはり今の時期、秋か初冬の夕暮にふさわしい、と思う。

「礼《ゐや》」という見慣れないフリガナが振ってあるが、日本の古語やまとことば、にはこんな呼びかたが存在するのである。

短歌は古くは「和歌」と称したが、「漢語」の固い言葉よりも、「やまとことば」の柔かさを尊びたい。

東北地方の田舎ならば、夕方の挨拶に「お晩です」と言うのを想像してもらえば、よい。

この歌の一連を引いておきたい。抄出である。

母の世紀

木村草弥

この世紀はじまる年に生まれ来て戦《いくさ》も三たび経し我が母は
田舎もんは田舎が良いといふ母は九十年をこの村に棲《す》む
鼻眼鏡ずり落ちさうにかけゐつつ母はこくりと日向ぼこする
筒鳥の遠音きこゆる木の下に九十の母はのど飴舐むる
ちとばかり大事な客と老い母は乾山の鉢に粽《ちまき》を盛りぬ
仏壇に供ふる花の絶えたりと母は茶花の露けきを挿す
しぐれつつ十二月七日明け初めて母九十一、われ六十一
九十を越えてうれしき誕生日祝の鯛を食みをり母は
口あけて入歯はづして眠りゐる母は世紀末の夢を見てゐむ
かさかさと葦の音させ粽食む九十の母の機嫌よき顔
老い母は言葉しづかに煮わらびの淡煮の青を小鉢に盛りぬ
到来の葛餅を食む老い母の唇《くち》べの皺の機嫌よきこと

寒い夜にちっぽけな寓話を書いて、
淋しさの底に落ちる。……
重い砲声がまた駱駝の喉を揺らす

柴田三吉

この詩は「詩と思想」二〇一七年十一月号巻頭特集に載るものである。

詩　寓話

柴田三吉

（前略）

寒い夜にちっぽけな寓話を書いて、淋しさの底に落ちる。いまでは天も地も淋しいものたちの寄せ集めだ。重い砲声がまた駱駝の喉を揺らす。

（中略）

存在と非在のあいだに愛と無縁の夜があり、
肋がうずく夜があったとしても、この世に生
じたものは耐えなければならない。

なにかを失ったわたしたちは、深い亀裂を満
たすなにかを思い出すほかないのだ。かつて
抱擁と契りを重ねた天地。そのはじまりの歓
びを、ひどく寒いこの夜のうちに。

この詩は、いま中東で起こっている事象の暗喩であることは確かだろう。〈重い砲声がまた駱駝の喉を揺らす〉という詩句など、秀逸である。そして終連の四行が、この作品を締めくくる。

この柴田三吉という人のことは私は何も知らないが今年を締めくくる作品として、敢えて引いておく。

柴田　三吉（しばた　さんきち）
略暦

一九五二年　東京生まれ。
季刊詩誌「Junction」を草野信子と発行。
詩集『さかさの木』『わたしを調律する』『遅刻する時間』『非、あるいは』ほか。
日本詩人クラブ新人賞、壺井繁治賞を受賞。
『角度』（二〇一四年）で第四八回日本詩人クラブ賞を受賞。

恋ともちがふ紅葉の岸をともにして

飯島晴子

今日は「紅葉」を採り上げることにする。

いよいよ十一月も終わりになって、いろんな木や草が紅葉の季節を迎える。

緑の季節には落花に儚さを感じ、紅葉の季節には、くれないの葉の散るのを見て、人の世の無常に涙する、という寸法である。

「紅葉」は、また「黄葉」「黄落」とも書く。

京都は紅葉の季節は一年中で一番入洛客の多い時期だが、果たして染まり具合は、どうだろうか。

以下、紅葉を詠んだ句を引いて終わりたい。

山門に赫つと日浮ぶ紅葉かな　飯田蛇笏
夜の紅葉沼に燃ゆると湯を落す　角川源義
近づけば紅葉の艶の身に移る　沢木欣一
紅葉敷く岩道火伏神のみち　平畑静塔
すさまじき真闇となりぬ紅葉山　鷲谷七菜子
城あれば戦がありぬ蔦紅葉　有馬朗人

天辺に蔦行きつけず紅葉せり　福田甲子雄
黄葉はげし乏しき銭を費ひをり　石田波郷
黄葉樹林に仲間葬りて鴉鳴く　金子兜太
へくそかづらと言はず廃園みな黄葉　福田蓼汀
黄落や或る悲しみの受話器置く　平畑静塔
黄落の真只中に逢ひえたり　小林康治
黄落や臍美しき観世音　堀古蝶
ゆりの木は地を頌め讃へ黄落す　山田みづえ
黄落やいつも短きドイツの雨　大峯あきら

草紅葉ひとのまなざし水に落つ　　桂信子

草紅葉クサモミジは野草や低木が初冬になって色鮮やかに色づくことを、こう形容する。特別に「草紅葉」という名の草や木がある訳ではない。

オトギリソウ、オカトラノオ、トウダイグサなどは特に美しい。

草紅葉を古くは「草の錦」と呼んだが、『栞草』には「草木の紅葉を錦にたとへていふなり」とある。けだし、草紅葉の要約として的確なものである。

秋芳台のように草原と露出した岩石のコントラストが見られる所の草紅葉が趣があって面白い。

この季語は、小さく、地味で目立たない草が紅葉することによって、集団として錦を織り成す様子を表現しているのである。その結果として、「荒れさびた」感じや「哀れさ」を表すのである。

古来、詩歌にたくさん詠まれてきたが、ここでは明治以降の句を引いておく。

猫そこにゐて耳動く草紅葉　　高浜虚子
くもり日の水あかるさよ草紅葉　　寒川鼠骨
帰る家あるが淋しき草紅葉　　永井東門居
草紅葉へくそかつらももみぢせり　　村上鬼城

大綿を逐うてひとりや草紅葉　渡辺水巴
内裏野の名に草紅葉敷けるのみ　水原秋桜子
草紅葉磐城平へ雲流れ　大野林火
絵馬焚いて灰納めたり草紅葉　吉田冬葉
白根かなしもみづる草も木もなくて　村上占魚
鷹の声青天おつる草紅葉　相馬遷子
草もみぢ縹渺としてみるものなし　杉山岳陽
吾が影を踏めばつめたし草紅葉　角川源義
良寛の辿りし峠草紅葉　沢木欣一
屈み寄るほどの照りなり草紅葉　及川貞

ひととせを描ける艶《ゑん》の花画集
ポインセチアで終りとなりぬ　　木村草弥

この歌は私の第二歌集『嘉木』(角川書店)に載るものである。

この歌のつづきには

ポインセチアの一鉢に似て口紅を濃くひく妻は外出もせず
あかあかと机辺を光《て》らすポインセチア冬の夜長を緋に疲れをり

という歌が載っている。

ポインセチアは学名をEuphorbia pulcherrimaというが、原産地はメキシコである。

私などにはポインセチアと言えば、やはり「真紅」のものが好ましい。

すっかりクリスマスのシンボルのように扱われるポインセチアだが、その歴史は、こんな経緯である。

むかし、メキシコにアズテク族というインディアンが住んでいて、生活の中で、この植物を上手に利用していた。苞から赤紫色の色素を採り、切った時に出る白い樹液からは解熱作用のある調剤が作られた。現在のタスコ(Taxco)付近の地域を起源地とするポインセチアはインディアンにCuetlaxochitl

と呼ばれて、その輝くような花は「純粋性のシンボル」とされていた。

十七世紀に入り、フランシスコ修道会の僧たちが、この辺りに住み着き、その花の色と咲く時期から「赤はピュアなキリストの血」「緑は農作物の生長」を表していると祭に使われるようになった。

一八二五年、メキシコ駐在のアメリカ大使Joel Robert Poinsett氏（一七七九〜一八五一）は優れた植物学者でもあったため、アメリカの自宅の温室から植物園などへポインセチアが配られた。「ポインセチア」の名はポインセット氏の名前に由来する。

一九〇〇年代はじめから、ドイツ系の育種家アルバート・エッケ氏などの尽力で、市場向けの生産などがはじまった。

ポインセチアは「短日性」の植物で、一日のうちで夜の暗い状態が十三時間以上になると開花する。

歳時記に載る句を少し引いて終わりにしたい。

小書斎もポインセチアを得て聖夜　富安風生
ポインセチア教へ子の来て愛質《ただ》され　星野麦丘子
ポインセチア愉しき日のみ夫婦和す　草間時彦
ポインセチア愛の一語の虚実かな　角川源義
ポインセチア独りになれ過ぎてはならず　鈴木栄子
ポインセチアどの窓からも港の灯　古賀まり子

星の座の定まりポインセチアかな　奥坂まや

ポインセチア画中に聖家族　上田日差子

寝化粧の鏡にポインセチア燃ゆ　小路智寿子

休日をポインセチアの緋と暮るる　遠藤恵美子

ポインセチア抱いて真赤なハイヒール　西坂三穂子

──冬の浴女三題──

■雪の日の浴身一指一趾愛《いと》し　　橋本多佳子

橋本多佳子は東京生まれだが、九州出身の橋本豊次郎と結婚して小倉に住んだ。早くに夫と死別して、晩年は奈良に住まいした。

昭和三八年に死去したが、これは入院する前に色紙が書き置いた句だという。

「指」は手の指のこと、「趾」とは足の指、のことである。

この句は、女の「ナルシスム」とも言うべき艶やかなリリシスムに満ちている。

こういう表現は、それまでの女流俳句にも無かった句境であった。女の「命」の美しさ、はかなさ、いとほしさ、などをみづみづしく詠いあげた絶唱と言える。

この句は晩年の句集『命終』(昭和四〇年刊) 所収。

■雪はげし抱かれて息のつまりしこと　　橋本多佳子

この句も、有名な句で多佳子の代表作として、よく引用されるものである。

この句も、死別した夫との愛欲の日を思い出して作られた句だと言われている。

多佳子の句は、このように愛欲に満ちた日々を回想しながらも、赤裸々な表現ではなく、控えめな、抑制された句作りであるから、読者にほのぼのとした読後感を与えて、すがすがしい。

この句は『紅糸』（昭和二六年刊）の作で、この頃、すでに夫は死去している。同じ句集に

雄鹿の前吾もあらあらしき息す

という句があり、この句なども「いのち」「生命」「エロチスム」というものを読後感として感得することが出来る。

こういう句作りこそ、多佳子の真骨頂だった。

■窓の雪女体にて湯をあふれしむ　　桂信子

桂信子は大阪の人。

この人も早くに夫を亡くしている。多佳子とは違った面からだが、女体の「艶やかさ」を詠い上げた人であった。つい先年お亡くなりになった。

この句は句集『女身』（昭和三〇年刊）に載るもので、橋本多佳子辺りが先鞭をつけた「女の命」を詠う軌跡に則した流れというべきか。

桂信子の、この頃の句に

ひとづまにゑんどうやはらかく煮えぬ
ゆるやかに着てひとと逢ふ蛍の夜
やはらかき身を月光のなかに容れ
ふところに乳房ある憂さ梅雨ながき

などの句があり、いずれも女の命のリリシスムを詠いあげている。

Wikipediaについて
――『浅田家文書』をめぐって――

木村草弥

もう随分前になるが、京都府立山城郷土資料館の解説ボランティアをしていた時に浅田周宏氏と懇意になった。

その付合いの中で浅田家が南山城での屈指の大地主であり、当家には何百年も書き留められてきた『浅田家文書』というものがあり、今は東京大学経済学部に寄託されていることを知った。

この歴史的資料はぜひインターネット上での百科事典であるWikipediaに項目として載せるべきだと私から浅田氏に進言した。

私は当時その筋のことには疎かったので、ネットの仕組みに詳しい某氏に執筆を頼んでみた。某氏も了承されて取り掛かられたが、何分、膨大な資料であり、「木村さん、やり方を教えますからあなたが執筆してみませんか」という話になり、資料や学者の論文を取り寄せて取り組んだ。

紆余曲折があって一か月余りをかけて書き上げたのがWikipedia―「浅田家文書」である。出典なども詳細につけて「項目」として立派なものになった、と自負している。

浅田氏にも喜んでもらえた。一度、当該ページにアクセスして読んでみてください。

学者の新しい論文などが出れば浅田氏がくださるので適宜追加している。

おかげで私もウィキペディアの編集アカウントを取得して、他に何件かの項目を執筆した。

著者略歴

木《き》村《むら》草《くさ》弥《や》（本名・重夫）

1930年2月7日京都府生まれ。
Wikipedia—木村草弥

著書

歌集『茶の四季』角川書店　1995/07/25 初版 1995/08/25 2刷
　　『嘉木』角川書店　1999/05/31 刊
　　『樹々の記憶』短歌新聞社　1999/07/18 刊
　　『嬬恋』角川書店　2003/07/31 刊
　　『昭和』角川書店　2012/04/01 刊
　　『無冠の馬』KADOKAWA　2015/04/25 刊
　　『信天翁』澪標　2020/03/01 刊
詩集『免疫系』角川書店　2008/10/25 刊
　　『愛の寓意』角川書店　2010/11/30 刊
　　『修学院幻視』澪標　2018/11/15 刊
　　『修学院夜話』澪標　2020/11/01 刊
私家版（いずれも紀行歌文集）
　　『青衣のアフェア』
　　『シュベイクの奇行』
　　『南船北馬』
　　『修学院夜話』

E-mail = sohya @ grape.plala.or.jp
http://poetsohya.web.fc2.com/　http://poetsohya.blog81.fc2.com/
http://facebook.com/sohya38　http://twitter.com/sohya8

現住所　〒610-0116　京都府城陽市奈島十六7

「未来山脈叢書二一二篇」
四季の〈うた〉——草弥のブログ抄
二〇二〇年十二月一日発行
著　者　木村草弥
発行者　松村信人
発行所　澪　標《みおつくし》
大阪市中央区内平野町二—三—十一—二〇二
TEL　〇六—六九四四—〇八六九
FAX　〇六—六九四四—〇六〇〇
振替　〇〇九七〇—三—七二五〇六
印刷製本　亜細亜印刷株式会社
DTP　はあどわあく